狂《きょう》

坂東眞砂子

狂《きょう》

目次

神が共通のものとなれば、
神も神への信仰も、
その国民自身とともに死滅する。
ドストエフスキー
『悪霊』　江川卓訳

覚書

その史料に最初に出会ったのは、十五年も前のことだ。当時、『狗神《いぬがみ》』という小説に取り組んでいた私は、高知県立図書館で、狗神憑《つ》きに関する文献にあたっていた。とはいえ、専門の学者でもないので、県下随一を誇る膨大な郷土資料の目録から注意を惹く題名の本や論文を拾いだし、閉架書庫から出してもらい、ぱらぱらとめくっていただけだった。

高校時代からよく使っていた県立図書館は、高知城の敷地内にある。閲覧室は二階で、壁面の片側いっぱいに広がる大きな窓硝子《ガラス》の向こうには、木々の緑が優しく揺れていた。ちょうど夏で、城内には蟬《せみ》の声が盛んに響いていたが、室内は静かだった。

郷土の本や雑誌を机の両側に積み重ね、コピーしたいところに付箋《ふせん》をつけているうちに、

『土佐民俗』第十号に行きあたった。広江清氏が『土佐憑物《つきもの》資料（一）』と題して史料を提示している。冒頭の『甲辰奇怪略記』という文字が目に入った。「奇怪」の文字に興味をそそられて読もうとしたが、候文《そうろうぶん》で句読点もついていない。

自慢にもならないが、私は古典の素養はまるっきりない。漢字の羅列を見ただけで、頭が痛くなりそうだ。それでも、理解できる漢字の字面だけ追ってみた。弘化元年に、豊永郷《とよながごう》のある村で狗神憑きが起きたこと。しかも、村人の大勢が集団で狗神に憑かれ、大騒ぎになったらしいことまではわかったが、詳細はちんぷんかんぷん。弘化というのは、江戸時代だろう。豊永とは、土讃線の駅名にあった。大歩危小歩危《おおぼけこぼけ》で有名な、高知県と徳島県の県境のあたりだから、豊永郷とは、その辺のことだと目星がついたくらいだった。

ただ非常に気になる史料ではあったから、コピーを取っておいた。その後、当時住んでいた東京から鎌倉に居を移し、さらにイタリアに行き、タヒチ島に住むようになるまで、このコピーは棄《す》てがたく、ずっと手許に留めていた。たまに埃にまみれた紙を引きずりだしては候文を眺めたが、勉強もしないまま古文の読解力が向上するはずもなく、やはり詳細不明で、またもや封筒にしまうということを繰り返していた。

この史料に本腰で取り組むことになったきっかけは、渡邊哲哉氏との出会いだった。三年前、高知の自由民権運動時代の小説を書いている時、高知の歴史研究者の若手第一線に位置する青年ということで紹介され、酒席で、ふと、その史料についての話をしてみたのだった。「ええ、そんな史料、どこかにありましたね」という返事だったが、ほどなくメールをいただいた。

それによると、史料は『甲辰奇怪略記』または『豊永郷奇怪略記』と呼ばれ、「弘化元（一八四四）年に豊永郷岩原村で起こった狗神憑きの騒動の顚末を、城下から鎮圧のために派遣された役人の一人であった野島通玄が記したもので、事件から十年近く経った嘉永六（一八五三）年に書かれたもののようです」という。

原典の所在は不明だが、幕末から明治初期の土佐に生きた国学者であり、歴史家でもある、吉村春峰によって編纂された『土佐國群書類従』の巻四百四十八、さらに同時期、松野尾章行《まつのおあきつら》が編纂した『皆山集《かいざんしゅう》』にも筆写、掲載されている。『土佐國群書類従』の題名は『豊永郷奇怪略記』、『皆山集』では『甲辰奇怪略記』として紹介されていて、前者の題名が一般に通用しているものらしい。この史料の読み下し文や現代語訳は出ておらず、かろうじて『高知県史民俗資料編』に句読点を付した形での全文が掲載されているという。

句読点がついているだけでもありがたいと、『高知県史民俗資料編』を取り寄せる手配中、『日本庶民生活史料集成』第七巻の中にも収録されていること、作家の石牟礼道子氏もエッセイで取り上げておられることなどがわかった。とはいえ、この史料が広く世間に知られているとは言い難いし、やはり現代語訳はなされていないようだ。

　そこで高校の古典の授業以来のことだが、一念発起して、辞書と首っ引きで候文を読み解くことにした。思ったよりも、楽しい作業だった。池に沈んでいたもやもやした塊が、やがて水面に浮かびあがり、陽の光に晒されるような感じで、読み解くうちに、曖昧模糊としていた事件の概要がはっきりとした形を取りはじめ、詳細が実感を伴って迫ってくる。わくわくしながら現代語に訳していき、わからない箇所は、渡邊氏のご協力を仰いだ。

『豊永郷奇怪略記』の筆者、野島通玄は、事件の経過報告の中で役人の一人として、野島馬三郎の名で登場する。通玄は諱名《おくりな》、馬三郎は通称だったらしい。野島馬三郎は、自由民権運動時代、高知新聞の記者、小説家として名を馳せた野島梅屋《うめのや》の祖父にあたる。吉村淑甫《よしほ》氏の著作『海南九人抄』によると、明治十八（一八八五）年、八十一歳で死亡しているので文化元（一八〇四）年生まれとなる。事件当時は、四十歳だった。

　野島馬三郎の名は、『土佐國群書類従』巻第六十八『阿州遁散記』や巻第六十九『元吉忠八筆記』の中にも、百姓の逃散《ちょうさん》事件の後始末に東奔西走した役人の一人として残されている。また豊永郷大庄屋《おおじょうや》山本實藏、惣老《そうどしより》小笠原順平の名も、『阿州遁散記』他の史料で確認できた。『豊永郷奇怪略記』に登場するこれらの人物が実在したことは確かだ。

　本書に記したのは、この事件を軸に、想像力を膨らませた小説である。しかし、事件の中核と経過は、史料に忠実に辿ったつもりだ。ここに書かれていることは、容易には信じられないかもしれない。精神医学では、集団ヒステリーとして診断されてしまう事件でもあるだろう。

しかし、私は、すべての事象に説明をつける科学性に不満を抱いている。自然や世界への畏れと神秘の息づいていたこの時代、今の科学によって説明のしようのない、何らかの存在も介在していたのではないか。そして、その何かは、現代においても目に見えないところで息づいているのではないだろうか。

しかし、人は、説明のつかない何かを、妄想、妄言として片付けてしまう傾向がある。この時代でも同様だったらしく、それは筆者、野島馬三郎の懸念でもあった。『豊永郷奇怪略記』の末尾は、以下のように括《くく》られている。

右壱部、中村の官邸において、暇日《かじつ》の折から、故紙の裏に半ハ虫鼠の食となりしを捜《さぐ》り出して、彼を綴り此《これ》を削りて書改《かきあらたむ》る事、右の如し。素《もとよ》り邪魅の奇談を書置《かきおき》候も、諸人の嘲を忌憚《いみはばか》り、数年の間その望《のぞみ》さし置候にそ、麁略《そりやく》之義ハ思ひ知るへきなり。猶も洩らしぬる事、疑ハしき事共は、数十人の目の前もし見もし聞所《きくところ》なれハ、其《その》人々に尋ね問ふへし。決して妄言にハあらさるなり。

嘉永六年癸丑《みずのとうし》四月廿七日

野島通玄　識《しるす》

「決して妄言ではない」という野島馬三郎の言葉を、私は信じている。

序章

枯れ葉の縁を赤い火が舐めたかと思うと、見る見る間に、ぱちぱちという音を立てて、炎が立ちあがった。近くにいた子供たちがびっくりしたように退く。火が枯れ枝に燃え移り、冬の寒空を焦がすほどに膨れあがった。

「どんど焼きぞおっ」

ほくち石を懐にしまいながら、権六《ごんろく》が大声を上げた。まわりに立っていた新鍬《あらくわ》部落の者たちが、正月の飾り物を火に投げこみはじめる。飾り物といっても、土佐と阿波《あわ》の国境《くにざかい》にある貧しい山村のこと、注連縄《しめなわ》や御幣の他は、榊《さかき》や、青竹、ゆずり葉、シダなど、近くに生えている木の枝や草の葉でしかない。

一月十五日の奥正月。日暮れ時、飾り物を焼いた煙に乗って、正月神が天界にお帰りになるといわれている。

生木の葉をめくり返らせ、火の手は勢いよく天を焦がす。遅ればせながら声を聞きつけ、両手に飾り物を抱えて走ってくる者もいる。新たな物が放りこまれるたびに、弱まっていた炎は再び勢力を盛り返す。

妖しく輝きつつ、刻々と形を変えていく炎を、みつはうっとりと眺めていた。綱を手繰るようにして炎に取りつき、煙に押しあげられて、わっしわっしと天に昇っていく正月神が見えるようだ。

山の頂近くのなだらかな斜面を切り拓いてできた岩原村の各部落の辻々でも、どんど焼きの白い煙が立ち昇っている。吉野川の流れる谷を挟み、向かいの山にある大砂子《おおすなご》村のほうも、ちらちらと火が輝いている。

吉野川に流れこむ有瀬《あらせ》川の向こうは、もう阿波国、西祖谷《にしいや》。そこの山の斜面にも家々が並び、やはりどんど焼きの火が燃えている。一年の節目節目の行事に、国境はない。四国の真ん中を横断する山々の高みに暮らす人々の生業《なりわい》も風習も似通っていた。

無数の尾根の腕で村を抱きこむ山々の頭上では、空が熟し柿色の夕焼けに染まっている。

「今年はいい年になるとええのおし」

「まっこと、去年はえらいこと死人が出たきにのお」

四つ辻に集まった部落の者たちが、日暮れ時の冷気に凍える体を少しでも温めようと火に近づき、話を交わしている。

「この前の飢饉のしわ寄せが、今頃になって出てきたがぜよ。地にあるもんなら、虫みたいになんでも喰ろうてきた間は気も張っちょったが、やっと作物も収穫できるようになった今になって、ぽっくりじゃ。気の緩みは、命綱も緩ませる」

「へっ、気を緩めることができるばぁ、羨ましい。お天道さまと、役人の機嫌次第でこの世は地獄とも極楽ともなる水呑み百姓にゃあ、気が緩む暇なぞあるもんかや」

寅蔵《とらぞう》が皮肉っぽくいった。がに股の痩せた男で、何につけてもひねた口を利く。まわりの者が、「お役人さまの悪口なんぞ、いうもんでない」と咎《とが》めると、寅蔵は「どこが悪口じゃ、重い年貢の杵《きね》に叩かれて、餅《もち》みたいにぺたんこになるがは百姓じゃないか」と言い返した。

「ははっ、米の餅なら上等じゃ。わしんくはせいぜい稗餅《ひえもち》じゃ」

「正月くらいは米の餅を喰うつろうが」

「そんなもん、初夢みたいに、あっという間に消えていったわ」

寅蔵の皮肉は、いつか自嘲の笑いを含んだ愚痴に呑みこまれていった。

みつは部落の者たちの話を聞き流しながら、火にかざした尻を撫でていた。そうすると、一年間、厄にかからないですむと、母に教えられたのだ。もっとも、まだ十六歳になったばかりのみつには、厄というものの禍々《まがまが》しさはぴんとこない。尻を撫でると、なんだか善いことがありそうだと、試しているだけだ。まわりの村人たちの暮しに対する愚痴もまた、ぴんとこないのは同じだった。

みつの物心ついた時には、飢饉はそこにあった。彼岸花の球根の団子や、木の皮や葛《かずら》、蕨《わらび》の根を食べたりして大きくなった。山の地面はあちこち掘り返され、でこぼこになっていた。それでも足りなくて、土壁を崩して、中の藁《わら》まで食べた。ここ数年、そこまで食べるものに窮してはいないとはいえ、飢饉だろうがなかろうが、毎日、暗いうちから日の暮れるまで、くたくたになるまで働くことに変わりはない。だが、辛くて貧しい日々の営みの中にも、冷たい冬の朝の霜のような輝きがあった。腹ぺこに詰めこむ稗飯《ひえめし》のうまさ、視界いっぱいに広がる山々の緑の圧倒的な美しさ、同じ年頃の子供たちと魚捕りしたり、山の椎《しい》や栃《とち》の実を競いあって採る楽しさなどが、日々を彩っていた。大人たちがことさら、今年はいい年になるようにと渇望する気持ちは、みつには吉野川を隔てた大砂子村の家の灯火のようにどこか遠いものだった。

火勢が落ち着いた頃を見計らって、家々の主婦たちが、餅や雑魚《ざこ》の干物を神送りの火で焼こうと集まってきた。一年中、稗や黍《きび》、田芋《たいも》や山菜を食べて暮らしている村人たちにとっては、餅も魚の干物も正月にようやく口にできるものだ。暮れにやっと買った鰯《いわし》の干物と固くなった芋餅を大切そうに紙に包んだ、みつの母のよしも混じっている。

あたりにいい香りが漂いはじめた頃、隣家のすみが現われて、横に立った。

「みっちゃん、今夜はお客さんで煩《うるさ》いろうねぇ」

すみが楽しげに耳許で囁《ささや》いた。子供の頃から一緒に遊んできた同い歳の従姉妹《いとこ》だが、すみはみつより大柄で、色気もあった。

「うちには誰っちゃあ来やせんち」

みつは笑って、かぶりを振った。

奥正月の晩は、粥釣《かいつり》がある。村の若者たちが仮装して、福のありそうな家を訪れ、餅や米などを貰《もら》うのだ。それを食べると、一年、福が来るといわれている。

しかし、みつの家は、日影者《ひかげもの》といわれる小作人だ。自分の田畑を持っておらず、村の成員とも認められていない。そんな家に福を貰いに来る者がいるとは思えなかった。第一、来られても、分ける餅も米もない。それは、すみの家も同じはずだった。しかし、すみは細い目をさらに細くして笑った。

「若者衆は、村の若い娘の家には行くんじゃ。うちには去年も来たも」

そういえば、すみの家は、去年の奥正月の夕方、人が訪ねてきた気配があって、後で粥釣の若者衆だったと聞いたことを思い出した。その時も、いいな、と思ったが、今年は、もっと強く、いいなぁ、と思った。乳房も尻も丸々としたすみに、村の若者衆たちが眩しそうな眼差しを投げかけているのは、みつも気がついていた。笹村の普賢《ふげん》さまの盆踊りでは、いつ

の間にか消えたと思ったら、知り合った他村の男と「いいこと」をしていたのだといってい
た。楮《かじ》のように痩せたみつは、そんなきっかけもなく、ただ踊っているだけだったというの
に……。
「うちには来やせんち」
少し腹立たしくなって否定した時、「そろそろ戻るで、みつ」という母の声がした。焼け
た芋餅と鰯の干物の包みを抱いて、母は、義妹にあたる、りく叔母と連れ立って、辻を立ち
去ろうとしているところだった。
「うん」とみつが返事した横で、すみが甲高い声で、母親のりくにいった。
「もうちょっと火を見ていく」
「若い娘が、あんまり遅うまで外におるもんじゃないで」
りく叔母が少し厳しい声を出した。すみは「わかっちゅう」と答えて、みつをちらと見た。
みつは首を左右に振った。すみはつまらなそうな顔をしたが、すぐに少し離れたところにい
る、のぶのほうに歩いていった。権六の娘で、みつたちより二、三歳年上だが、気の優しい
ところがあり、すみが同輩のような物言いのできる相手だ。
みつは火のまわりで、遊び仲間の昭三とふざけあっていた弟の亀を呼ぶと、母たちの後を
追いかけた。

四つ辻から少し登ったところに、みつやすみの家はある。段々になった横長の畑の後ろ、山林を背にして、三間四方ほどの掘っ立て小屋が三軒並んでいる。組頭《くみがしら》である修兵衛の土地を借りて建てた小作人の家だ。最初は、みつの家と、権六の家の二軒だけだったのだが、みつの父の妹りくと、権六の弟郷助《ごうすけ》が夫婦になって、二軒の間に小さな家を建てた。だからこの三軒はみな親戚同士で、東のみつの家を東屋、西の権六の家を西屋、すみの家は中屋と呼ばれていた。

みつたちは中屋の前で、りく叔母と別れると、板の間と土間の二間だけの家に入った。土間の片隅に切った囲炉裏では、母が家を出る前に仕度したものだろう、鍋がぐつぐつと煮立っていた。父の為右衛門《ためえもん》はすでに家に戻っていて、囲炉裏端の筵《むしろ》の上に座り、ぼんやりと火に当たっている。その背後では、三歳になったばかりの末の弟の市《いち》が、藁しべで縄をなう真似をして遊んでいた。

母は焼いた芋餅を神棚に上げ、簡単に手を合わせてから、それを皿に盛った。みつは漬け物を切りはじめた。十歳になる亀は、気を利かせて市の遊び相手となってやっている。

囲炉裏端に家族銘々の箱膳が置かれ、母が椀に鍋の雑炊を入れはじめる。大根の切れ端に田芋やこんにゃくの混じった味噌味だ。干し鰯や芋餅を割って分けあい、それをおかずにして、熱々の雑炊を啜《すす》る。母は、市を膝に乗せて、雑炊を吹いて冷ましつつ、口に運んでやっている。外にはまだ夕暮れの仄明《ほのあか》るさが漂っていたが、家の中は暗い。囲炉裏で燃える火明かりの中で黙々と食べる家族を、ぱちぱちと薪《まき》の爆《は》ぜる音が包んでいる。いつもの夕餉《ゆうげ》の風景だった。

「黒石山の切畑《きりはた》の薪も運び終えたき、明日からは所沢山に移ることになった」

口数の少ない父が、独り言のようにぼそりといった。薪を山から運び降ろすのは一仕事だ。村の近くの山から薪を取ってこれるのは、自分の田畑を持つ百姓たちで、小作人たちは遠くの山の薪しか貰えない。

「ほんとは正月二十日が過ぎるまで仕事はせんほうがええけどねぇ。そんなことしたら、神さまが怒るいうし」

母が父の椀に雑炊のお代わりを盛りながら応じた。

「二十日過ぎまで休みよったら、春には飢《かつ》え死んじょるわ。本百姓でも、なかなかそんな贅沢できやせん」

父が、本百姓、という時は、複雑な響きが混じらないではいられない。祖父の代まで、父の家は本百姓だったのだ。しかし天明の飢饉で、年貢も払うことができなくなり、祖父は過労のあまり死んでしまった。残された祖母は仕方なく田畑を売って年貢を払い、小作人に没落したという話を、みつは幼い時から聞かされてきた。しかし、みつは、日影者といわれて、村の中で少し距離を置いて見られることは当然だと思っていた。魚が魚であることになんの疑問も覚えないのと同様に。

外のほうで人の騒ぐ声がした。亀がすぐさま立ち上がって、表を覗いた。

「中屋に人がいっぱい来ちゅうでぇ」

粥釣の若者衆がすみを訪ねてきたのだろう。みつは、ことさら何事もないかのように、そのまま漬け物をこりこりと噛んだ。外からは、若者の大声が響いている。時に、どっと笑いが弾けたりするのは、氏神神社の祭礼の時みたいでもある。

「今年は、やけに騒がしいのうし」

父がむっつりといった。確かに、昨年の夕方、中屋に粥釣の若者衆たちが訪れた時は、誰かが挨拶に来た程度に思っただけだった。

みつは干し鰯の最後の切れを口に運んで、若者衆に囲まれたすみの姿を想像した。いいなあ、という羨望がまた心を掠めていった。

「粥釣に来ましたぜよ。お祝いしてつかあされ」

突然、陽気な声が家の中に響いた。入口の戸が、がたがたと横に押しやられ、手拭いで頬《ほお》被《かむ》りをして背中に筵を下げ、乞食を装った若者を先頭に、笠《かさ》と蓑《みの》をつけ、棒の先の表皮を削って花のように飾った削り掛けを手にした山人《やまびと》、大きな風呂敷包みを背負った行商人や、孕《はら》み女の格好をした男、二本の大小の木の棒を腰に差し、武士の真似をした者などが四、五人、雪崩《なだ》れこんできた。

粥釣の衆が訪ねてくるとは思ってもいなかった父は面食らっている。母が困ったように、芋餅も干し鰯もなくなった盆を見つめている。

「福をくだされ」

乞食が、小枝を割った先に榊の葉やゆずり葉などを挟んだものを差しだした。それの代わりに、餅や米を貰う決まりとなっている。

「福じゃ、福。今宵はめでたい福祭り」

行商人が風呂敷包みを背負ったまま飛びまわり、侍はふんぞり返って立っている。孕み女は、大きな腹を抱えて、けらけらと奇声を発している。山人は削り掛けの棒を担いだまま、体を左右にわっさわっさと揺らして、囲炉裏のまわりを歩きまわった。

市が怖がって、母の背後に隠れた。

「福はどこじゃ、福はどこじゃ。拙者は気が短いぞ」

侍が、刀代わりの腰の木の棒を引き抜く真似をすると、孕み女が、「あれえ、乱暴はやめてくださいませぇ」と甲高い声を上げた。行商人は「福はいらんかよ、福はいらんかよ」と踊りまわっている。

「今年の福はどこにある。お天道さまの行き筋にござる。お天道さまはどこにおる。伊勢神宮の奥の院」

　乞食が意味不明の言葉を連ねつつ、父のほうに手を差しだした。山人は「こぉん、こぉん」と木を伐る音とも狐の鳴き声ともつかない声を上げている。

　笠に隠されて、山人の顔はよくわからないが、他の者は、みんな見知っている村の若者たちだ。なのに仮装しているせいだろうか、立ち居振る舞いから声まで、別人のように見える。時々、村に門付《かどづ》け芸を披露しにやってくる芸人のほめみたいだ。

「うちはこの通り貧乏で、差しあげる餅もない。粥《かゆ》でもあれば振る舞うところじゃが、それも食べてしもうた。すまん」

　父が若者衆に負けまいと大声を出して、空になった鍋を見せた。若者衆は鍋の中を覗きこむと、一度に、あはは、と笑いだした。

「粥がないなら、娘を釣ろう」

　侍が、みつの手を取った。みつが、きゃっと叫んで、その手を払った。

「娘はやらんぞ」

　父が半ば本気になって怒鳴ったものだから、行商人がおどけたように、「おお怖《こ》わ」と風呂敷包みを揺らせて、戸口に走った。

「そのうち貰いに来るきにのぉ」

侍が偉ぶっていうと、若者衆は笑いながらぞろぞろと出ていった。

人のざわめきが遠ざかると、家の中は静かになった。亀がみつを眺めて、「姉やん、魚みたいに釣られるがかえ」と聞いてきた。

「馬鹿いいなさんな」

みつは弟の頭を平手で叩いたが、顔が赤くなっていた。若者衆に一人前の娘として認められたのだ。恥ずかしいような、誇らしいような気持ちだった。

「なんぞ、あの粥釣は。娘を釣るじゃと。わしが若い時分にゃ、あんなあられもないことはいいやせんかったぞ」

父が不機嫌な調子で白湯《さゆ》の入ったやかんを傾けて、雑炊を食べていた椀に注いだ。母は心ここにあらずというように、何やら指おり数えていたが、ややあって、みつに聞いた。

「あの山人は誰じゃったか、わかるかえ」

「助《すけ》さんじゃないかえ」

「助さんなら女になっちょった」

「ほいたら、梶《かじ》やん」

「違う違う。梶やんはお侍さん。ほんで菅《すが》ちゃんは行商人……」

みつは首を傾げた。笠の下の山人の顔は、どんなだっただろう。笠の陰で、白目だけがぎろぎろ光っていたことしか覚えていない。

「おい、戸が開《あ》いちゅうぞ」

父がいった。若者衆が出ていった後の戸口から隙間風が入ってきていた。みつは立ちあがって戸口に行った。

戸を閉めようとして、ふと笑い声を聞いた気がして、首を外に出した。

東に聳える冬至山の尾根に、満月が出てきたところだった。斜面に重なる段々畑が青白く浮きあがり、木々は燻銀色《いぶしぎんいろ》にもこもこと縁取られている。

「ほーっ、ほほほほほーっ」

満月に照らされた下の道を、若者衆の影が奇声を上げつつ遠ざかっていくのが見えた。北にある部落にでも行くのだろう。手足を踊るように揺らせて小さくなっていく四つの影を眺めていたみつは、おや、と思った。

訪れたのは五人ではなかったか。

目を凝らしてよく見ようとしているうちに、若者衆の姿は仄蒼《ほのあお》い林の陰に隠れて消えてしまった。

第一章　憑依

1

天照大神と書かれた札を貼った神棚の前で、小笠原順平は勢いよく、ぱんぱん、と拍手《かしわで》を打った。

「家内安全、無病息災。家内だけじゃのうて、岩原村も豊永郷も、みな平穏無事でありますように」

手を合わせたまま、口の中で小さく呟《つぶや》く。

奥正月の翌日、一月十六日の朝だ。

小笠原家は、順平までの五代の間、ずっと岩原村の庄屋を務めてきた。九年前には、庄屋の地位はそのままに、豊永郷惣老の役目も仰せつかった。郷の大庄屋を補佐する大事な役柄だ。その分、気苦労も多いし、思いがけない厄介事に巻きこまれたりもする。

飢饉や百姓の逃散に翻弄された天保の時代は、厄難続きだった。しかし今年、年号は改まった。弘化元年の始まりだ。

「よろしく、よろしく、お願い申し奉りまする」

薄くなった丁髷頭《ちょんまげあたま》を深々と下げると、順平は次に隣の仏壇の前に座った。そこには、山ひとつ越えた大平村の本家から分家してきて以来の先祖の位牌が納められている。

数珠《じゅず》を取りあげて合掌し、線香を上げる。

「ご先祖さま方も、よろしゅうお頼みしますぞ」

今日から正月気分を振り払って、普段の暮しに戻っていくだけに、いつもより念入りにお祈りしてから、順平は奥座敷を出て、下の間、茶の間を通り、台所《うち》に入った。十畳ほどの広い板の間の真ん中で、囲炉裏の薪が静かに燃え、やかんが白い湯気を立てている。台所の前の土間《にわ》には竈《かまど》が設けられ、煮炊きする場となっている。竈の前で、順平の妻の於《お》まきが、長男孫《まご》与門《えもん》の嫁の朝《あさ》に何かくどくどと説明していた。朝はこの家に嫁いできて十五年にもなるというのに、於まきの前で縮こまったように頭を垂れている。もう少し優しくいってやればいいのにと思ったが、下手に口出しすると、百ほど言い返されかねない。

幸い順平が台所に入ってきた気配を察して、於まきは話すのをやめて、朝と一緒に奥の流しのほうに消えていった。二人の下女が朝食の後片付けをしているのだろう、山水を引きこんでいる奥の流しからは、水音と人の気配が微《かす》かに聞こえていた。

順平は今度は、台所の奥の戸棚の上段に祀《まつ》ってある恵比寿と大黒天に向かって拍手を打った。こちらは福の神なので、今年の作物の豊作を祈っておいた。

家の主たる神仏にお参りするのは、順平の朝の習わしだ。小笠原家の家長としての務めだと捉《とら》えていた。

茶の間を出た順平は、玄関の間に向かった。朝の習わしはまだひとつ残っていた。式台にきちんと揃えられた下駄に足を突っこんで、庭に出る。

薄氷のように冷たい冬の陽射しが庭に降り注いでいた。ものを置いても、転がり落ちていくほどの斜面に造られた村だけに、家の敷地は横に長くなっている。母屋の東に納屋《ながや》、隠居屋《へや》と並び、西の低いところに作った平地には、楮を蒸すための釜床《かまどこ》や、掟《おきて》を犯した村人を入れる刑小屋《けごや》がある。今、刑小屋には誰もいないので、そちらに様子を見に行く必要はなかった。

庭の片隅の椋《むく》の木の下では、孫の順助が、弟の恭平を相手に木の棒でちゃんばらごっこをしているところだった。

「これ、順助、寺子屋はどうなったんじゃ」

順平は孫に声をかけた。十一歳になる順助は、平気な顔で「後で行く」と答えた。

「休んだらいかんぞ。ちゃんと恭平も連れていくがぞ」

「はぁい」と順助は返事だけは素直にしたが、相変わらず弟相手のちゃんばらに余念がない。

順平は苦笑いしただけで、小言は控えておいた。

豊永郷の小笠原家の先祖は、清和源氏の末流新羅《しんら》三郎義光の血を引くといわれている。甲斐の小笠原庄《おがさわらのしょう》を支配していたが、源平合戦に敗れて阿波の祖谷《いや》山を越えて、ここまで落ち延び、住みついた。先祖が武者であった証拠に、順平の家には、落ち延びてきた時に持っていたという矢が二本、家宝として祀られている。二人の孫がちゃんばらに夢中になるのも武者の血のせいだろうと思うと、叱る気分にはなれなかった。

鶏小屋の前では、息子の孫与門が家僕の忠助と丑《うし》の親子に何事か命じていた。その先にある隠居屋の戸口に、末弟の竪治の姿がちらりと見えたが、順平に気がついて、挨拶代わりにこくりと頭を下げただけで、家にまたひっこんでしまった。

竪治は、順平の継母、宇乃《うの》と一緒に隠居屋に住んでいる。父の後妻である宇乃が年取ってから出来た子で、順平とは二十歳近く歳が違う。妻を娶《めと》ったこともあったが、気に入らないといって離縁してしまい、母と同居している。実直だが気むずかしいところがあって、家族を持つには向かないようだ。順平が家督を継いだ時から、庄屋の役目の手伝いを、惣老となって以来は、庄屋代理を務めている。順平も、もう六十七歳。そろそろ孫与門に家督を譲ることを考えなくてはならないのに決心がつかないのは、そうなった時の堅治の心持ちを慮《おもんぱか》ってのことだった。

人の心とは難しいものよ、と考えつつ、順平は庭の縁に立った。足許には高い石垣が組まれ、格好の見晴らし台となっている。真っ先に目に飛びこんでくるのは、吉野川の流れる谷に沿って綾織《あやおり》に重なる山々の段々畑だ。川向かいの大砂子村の百姓たちが、秋蒔きの麦が少し育ちはじめている畑で麦踏みをしているのが見える。

左手前に張りだした尾根一帯に広がる棚田の先は筏木《いかだぎ》村。村境に通じる道も、稲刈りも終わった田圃《たんぼ》も閑散としている。さらに左に顔を向けると、百《もも》川が流れだす深い渓谷となっている。谷の真ん中に灰色のごつごつした岩肌を見せている岩塊は、いつも霧がかかっているのでその名のついた霧石だ。渓谷の南側にもやはり棚田が続いているが、こちらも人影はない。

惣老兼庄屋としての役目柄、毎日、近隣に変わったことはないかと目を走らせるのが順平の習性となっていた。百姓たちの一日は、判で押したように決まっている。日の昇る前に起きだして、朝飯を食べ、野良仕事で山や田畑に出かけて、薄暗くなってくる六つ刻《どき》に家に戻る。何か異変があれば、すぐにわかる。

順平は次に、振り返って家の背後の斜面を見上げた。小笠原家のある一帯は、陽当たりがよく、斜面も比較的緩やかで、岩原村で最初に拓けた場所だ。村創建の門、七戸の家に因《ちな》んで、七屋敷と呼ばれている。今では七戸より多くの家が建ち、庄屋の小笠原家はもとより、阿波と土佐との間の通行人の素性を改める道番所《みちばんしょ》番人の吉川家など、村の旧家である本百姓と、その田畑が集まっている。しかし、上方の急な山肌にあるのは後代に開墾された山畑で、貧しい新田《しんでん》百姓や小作人たちが住まっていた。何か揉め事があるならば、新田百姓や小作人たちに決まっている。

ちまちまとした掘っ立て小屋の前や狭い山畑の中で人影が動いているが、目に入る限り、変わったことはない……こともない。

枯れ草を刈っていた三、四人の百姓が集まって、こちらを眺めていた。民家の庭先でも女や子供が何か話しながら、下方を指さしている。順平の家あたりを示しているようでもある。

この近所で何か起きたのだろうか。

不審に思った順平があたりを見回した時だった。庭の東にある門のところで、人の足音がした。見ると、五人の男たちが入ってくるところだ。肩や袖につぎの当たった太布《たふ》の着物を着て、素足に草鞋《わらじ》という貧しい格好だ。千人そこそこの小さな村だけに、順平も、だいたいの村人の顔は把握している。小百姓や日影者たちだった。

　五人はひとつに固まり、母屋のほうに進んでいく。普通、百姓たちは、庄屋の敷地に足を置くのも憚られるというように、腰を低くして、挨拶をして入ってくるのに、この者たちは言葉ひとつかけないし、まるで魚が網ごとたぐり寄せられるように動いている。

「おい、どうしたがじゃ」

　五人の顔が一斉に順平に向けられた。蔵の木戸がぎいいっと開くように、ゆっくりと、そして重々しい感じだった。その目つきが順平をぎくりとさせた。

　黒目の色が薄くなり、水晶玉のようにぴかぴかと光って見えたのだ。

　五人の中に、ずんぐりしているが、頑丈な体格の三十代半ばの男がいた。新鍬部落の新田百姓で、相撲が強い男だ。確か十右衛門といった。村の氏神神社の三宝御前宮《さんぽうおんまえぐう》の奉納相撲の時に、二、三度、優勝したことがある。

　その十右衛門が口を開いた。

「庄屋さまにお頼み申す」

　頼み、といっているわりには、尊大な物言いだ。鶏小屋の前にいた孫与門や忠助たちが、奇妙な空気を察して近寄ってきた。順助や恭平まで遊びをやめて、こちらを見ている。

「なんじゃ」

　順平は、十右衛門の尊大さに負けないよう、威厳をこめて聞き返した。

「長丞《ちょうのじょう》に狗神を憑けられた。どうにかしてもらいたい」

長丞とは、村の北の外れに住む百姓だ。四年前、阿弥陀堂の修理をした時には、世話人に名を連ねたほど、暮しぶりも悪くはない。その長丞が狗神持ちであるとは、村のみなが知っている。確かに、この五人の異常な態度は、狗神に憑かれたせいかもしれない。それにしても、自分に、長丞の狗神をどうにかしてもらいたいというのは、筋の通らない話だとは思ったが、順平は一応、尋ねてみた。

「どうにかするとは、どういうことじゃの」

「前みたいに小宮を建ててもらいたい」

「前じゃと……」

いったいいつのことをいっているのか。小宮とは何のことかと戸惑っていると、いつの間にかやってきていた順助が口を出した。

「とっと前、村でいっぱい狗神憑きが出た時に、長丞がお宮を建てて鎮《おさ》まったと」

「なんで、そんなことを知っちゅうがぞ」

十一歳の孫相手に、思わず声が大きくなった。

「曾祖母《ひぃばぁ》がいいよった」

順平は、孫与門と忠助に顔を向けた。

「おまんらは知っちゅうか」

二人はかぶりを振るだけだ。順平は順助に、隠居屋の曾祖母を呼んでくるように命じると、五人の百姓に尋ねた。

「前とはいつのことじゃ。その小宮はどこにあるんじゃ」

「昔は昔、今は今。昔も今も同じこと」

今度は、がに股の男が訳のわからないことを呟いた。その横から、薄汚れた手拭いを首に巻いた男がいった。

「小宮は氏神神社にある」

この二人の物言いも、十右衛門に負けず、偉そうだった。それでいて、心ここにあらずといった風に、声に抑揚がない。

氏神神社の三宝御前宮にそんな小宮なぞあっただろうか。孫与門と忠助にも聞いたが、二人はまたも頭を振るばかりだ。母屋から出てきた於まきや朝に聞いても、やはり知らないという。

まもなく宇乃が隠居屋から現われた。腰に手を当て、杖を突きながら、つんのめるようにしてやってきた。後ろには、堅治もついてきている。

「前に、この村で狗神憑きが十何人も出て、小宮を建てたいう話を聞いたことがありますかや」

耳の遠い宇乃のために、順平は声を張りあげた。

「あったちあったち。十二、三人、長丞の狗神に喰われたという者が出たがぞね。長丞が小宮を建てて、神主さんに頼んでお祀りしてもろうたら、やっと鎮まったもんじゃった。うちがこの家に嫁に入ったばっかりで、順平さんはまだ十一、二歳やったですろうか」

自分が十一、二歳といえば、五十年以上前のことだ。いわれてみれば、その頃、村の者がおかしくなって、騒ぎになったという記憶が微かにあった。しかし、小宮を建てたことまでは知らなかった。大人の世界のこととして、子供の目からは隠されていたのだろう。

だが、長丞は四十歳そこそこの男だ。

「そんなに前なら、長丞の生まれたる前の話じゃろうに」

「先代の長丞の頃ですぞね。今はもう亡《の》うなったが」

「長丞に小宮を建ててもらいたい。そしたら、わしらも鎮まる」

十右衛門が、二人の会話に割って入った。声が空気をびりびりと震わせるように響く。一緒にいる他の四人もぎらぎらした目で一斉に頷《うなず》いた。

威圧されるような重い空気が放たれ、いつもの臆病で従順な新田百姓や日影者とは思えない。

宇乃も五人の百姓を見回して、気がついたらしい。

「ありゃ、また始まったがかえ」と素っ頓狂な声を上げた。

「おまえさん、この衆らのいう通りにしちゃったがええんじゃないかね」

於まきが順平の横にやってきて耳打ちした。孫与門も忠助も賛同するように頷く。堅治は少し離れたところで、懐手をして立ち、難しい顔をしている。

五人の百姓たちは、ここから一歩も動かないというように硬直した表情で集まっている。

「わかった。これから長丞んくに行って談判してくるけに、おまえらはここでおとなしゅう待ちよれ」

五人の百姓は無表情に頷いただけだ。

やはり尋常ではない。孫与門と堅治に、家僕や小作人たちを呼びだして、この五人を見張っておくように頼むと、順平は忠助と丑を供に連れて門を出た。

庭の石垣に沿って下の道まで続く石段を降りながら頭上を眺めると、段々畑や家の前に集まった百姓たちが、こちらをまだ見つめているのに気がついた。

いつもは見張っている立場が、反対に見張られる立場に変わったみたいで、忌々しい。

狗神憑きが五人。年明け早々なんということだ。

先ほど、あれほど神さま仏さまに、念入りに平穏無事をお祈りしたのに、どうしたことか。

神仏に恨み事をいいたくなりながら、順平は長丞の家へと急いだ。

2

「寅蔵さん、ががた震えだしたと思うたら、鎌を放くりだして、気が抜けたみたいに、ふらふら歩きだしたがやと」

　すみが水溜めにばしゃんと着物を投げこんでいった。冷たい水がみつの頬にかかったが、話に夢中で気がついたようでもなかった。

「一緒に草刈りしよった十右衛門さんがびっくりして追いかけたけんど、ちっとも戻《も》んてこん。ほんで兄やんが行ったら、二人して七屋敷のほうに向かいよったというがよ」

「庄屋さんに用事があったがやろか」

　みつは冷水でかじかんだ指先に息を吹きかけて聞いた。

　洗濯は、たいていみつの役目となっていた。竹の樋《とい》で山から引いてきた水を流しこんでいる家の水では足りないので、新鍬部落の中ほどにある洗い場までやってくる。田圃用水の水路だが、手を切るほどに冷たい清流が豊富に流れている。今朝も洗濯に来ていると、すみも洗濯物を入れた桶《おけ》を抱えてやってきて、みつを見つけるなり、兄の鉄太郎に聞いた話を披露しはじめたのだった。鉄太郎は他の者と一緒に、組頭の家の牛の飼い葉用の草を刈りに出ていたのだった。

「兄やんもそう思うて走っていって、どうしたがじゃ、と聞いたと。ほいたら二人ともなんとも変な目つきで兄やんを見返した。兄やん、ぞおっとして、そのまま家に帰ってきて、体がだるい、ゆうて寝こんでしもうた」

「そりゃ、大事《おおごと》じゃぃか。大丈夫かえ」

「ちょっと熱があるみたいやよ。お母やんは、粥釣で騒ぎすぎたせいじゃといいゆう」

「あれ、鉄《て》っちゃん、ゆうべ、うちんとこに来た若者衆の中におったかえ」

「おらん、おらん。別の部落のほうに行ったはずじゃ。うちに来たがは、苦竹《にらたけ》のほうの若者衆……あんたも顔は見たろうに」

地面に両膝を突いて座りこみ、透けるほどに着古した着物をごしごしと洗っていたすみが怪訝《けげん》そうに聞き返した。

「それが山人の格好をした者《もん》だけ、誰かわからんかったき」

「山人らぁておったかえ」

「おったち。笠と蓑をつけて、削り掛けを持っちょった。あんた、気がつかんかったがかえ。全部で五人おったろう」

月光の下、目にしたのは、四人だけだったことが頭に浮かんできて、みつは確かめるように尋ねた。

「山人がおったんやったら、うちにはすぐわかったと思うけんどねぇ……」

すみは首を傾げた。

山人は、山に棲む異人だ。神の使いとか、天狗とか仙人とかいわれていて、神楽舞《かぐらまい》の役のひとつともなっている。昨夜は、その神楽舞の役の装束そのままに現われたので、すみが気がつかなかったとは合点がいかない。

「あんまり浮かれて騒ぎよったき、目に入らんかったんじゃないかえ」

「そんなはずはないち。山人らぁて、おらんかったち」

すみは勢いよく着物を絞って傍らの石に置くと、「よっこらしょ」といって立ちあがった。腰に手を当てて、背中を反らしている。まるで年寄りみたいだと思って、みつはすみの体がまた一段と丸みを帯びてきたのに気がついた。

「おすみちゃん、ちょっと太ったんじゃないかえ」

「稗や芋ばっかり食べよって、太ったら世話ないわ……あれ、どうしたがやろ」

茶色の土のもこもこと広がる田畑の間につけられた道を、男たちの一団がやってきている。前のほうにいるのは、貧しい身なりの百姓たちだ。十右衛門や寅蔵も混じっている。少し離れて、追いかけるようについていくのは、庄屋の順平や息子の孫与門、それに小笠原家の家僕や小作人たちだ。

「おい、待て」

「こら、どうするつもりじゃ」

順平や家僕たちが呼びかける声がしているが、前を行く二十人ばかりの百姓たちは振り返りもしない。

七屋敷の番所前から続いているその道は、馬一頭がやっと通れるほどの幅しかないが、みつたちのいる洗い場の下を通り、阿波へと通じている往還だ。男たちの一団は尋常ではない気配を漂わしつつ近づいてくる。すみが往還に続く石段を降りはじめた。みつも洗濯物を石の上に引き上げると、すみを追いかけた。

往還に着くと、まもなく男たちの一団が通りかかった。先を行く百姓たちは、ただ前を見つめて歩いていた。神楽の鬼面のように、その目は丸い穴の奥から、どこともない宙をかっと睨みつけている。

思わずみつは、すみの腕を取った。

「兄やんのいうた通りじゃ、目が変じゃ……けんど、たまるか、あんなにいっぱい」

すみが呟いた。

風を切るように百姓の群が通り過ぎていくと、小笠原家の家僕や小作人が続いた。その少し後を、順平が頬を紅潮させて、「おい、待て、待たんか」といいながらついていく。順平は串に刺した稗団子のように顔も体も丸い。年貢の取り立ての時も柔和な顔でおっとりと笑いつつ、取るものはしっかり取るといわれているが、今朝ばかりは慌てふためいていた。その後には、跡取りの孫与門、しんがりには、丑がいた。しゃくれた鼻をした少年で、みつやすみと同い歳だから、小さい時から見知っている。

「丑、どうしたがで」

すみが通り過ぎようとする丑の袖を引っ張って聞いた。丑のほうでも誰かに話したくてうずうずしていたらしく、ぱっと嬉しそうな顔になった。

「長丞んくの狗神に喰われたんじゃ。最初は五人じゃったが、あんなに増えてしもうた」

長丞は、新鍬部落の奥、岩御殿《いわごてん》部落に住んでいる。三代ほど前に岩原にやってきた新田百姓だ。村の北にある岩御殿山の頂上近くで山水を引き、けっこう広い棚田を開墾して、耕作しているが、狗神持ちという噂なので、村人はつきあいをしない。長丞自身も愛想のない男だ。頬のこけた陰気な顔をして、山から山を旅する木地屋の一族から来たという妻と、二十歳過ぎの娘と三人で、田畑を耕している。

それでは、あの長丞の狗神が……。

みつとすみは同時に頭上に聳える岩御殿山を仰いだ。ここからは見えないが、岩御殿山の頂近くには、灰色の巨岩がある。噂では、長丞は、その巨岩の中の洞窟に狗神を祀って、朝夕、お供えものをしているということだった。

「旦那さまが、長丞んくに行って、なんとかするように頼んだけんど、らちがあかん。戻ってきて、それを話すと、直談判するいうて、みなして長丞んくに……」

「丑っ、無駄口叩かんと、ついてこい」

丑の父の忠助が前のほうで立ち止まって怒鳴った。丑は舌をぺろりと出すと、草鞋で土を蹴りたてて、走り去っていった。

すでに男たちは往還から分かれて、岩御殿山に続く石段を登りはじめている。

「行こう、みっちゃん」

いきなり、すみに手首をつかまれた。

「どこへ……」

「長丞んくに決まっちゅうろう。どうなるか見ちょかんと、後で悔やむで」

すみは、みつを引きずるようにして、往還を歩きだした。みつは渋々ついていく顔をしつつも、すぐにすみと先を争うように急ぎ足となった。

岩御殿部落に続く石段は、灰色の薄石を急斜面に差しこむようにして築かれている。険しい石段の左右に家がぽつぽつと建っている。その一番上にあって、宙に身を乗りだしているように見える長丞の家は、細長い敷地に母屋と納屋、隠居屋が並ぶ、村の一般の造りだった。隠居屋は今は使われていないらしく雨戸が閉められている。南に面した庭には南天や椿が植えられ、物干し竿には洗濯物が下げられていた。

みつとすみが家の庭に入っていくや、開いたままの土間の引き戸の奥から、人々の騒ぐ声が聞こえてきた。そっと覗くと、土間で暴れまわっている百姓たちの姿が見えた。

土間の竈にかかった鍋の蓋《ふた》を開けたり、積み重ねてある薪を持って踊ったり、囲炉裏のまわりを飛び跳ねたり、天に向かって拍手を打ったりしている。そのさまときたら、いかにも奇態で、兎さながら、不意にぽんと飛びあがったり、手足を波のように蠢《うごめ》かせて土間を這う者、尺取虫のように背中を丸めては前に体を伸ばしている者もいる。虫か獣か。人ではないようだ。

「ひぃいいっひっひ、ぴろぴろぴぃいいいひひ久しぶりの我が家はええのおっふっふわわああ」

「懐かしや嬉しや草津の湯。ぬるいぞぬくいぞ、落ち着くぞおおぅうおうおうおう」

切れ切れに聞こえてくる言葉は、歌のようでもある。しかも、その声は、銅鑼《どら》の音にも似て腹の底に響き、薄気味悪い。順平や孫与門が声を嗄《か》らして、「これ、やめんかっ」「鎮まれ、

「鎮まれ」などといっているが、効き目はない。小笠原家の家僕や小作人たちも、どうしていいかわからない様子で、呆然と騒ぎを見守っている。二十人ほどの男たちが家の中で暴れまわっているのだから、手の出しようもない。

　茶の間の奥では、長丞と妻、娘の三人が身を寄せあっていた。妻と娘を背後に置いて、守るように座る長丞もまた途方に暮れた顔をしている。長丞の妻も娘もよく似ていて、吊りあがった目をしていた。

「ほんまに狗神に喰われたみたいじゃね」

　すみはみつに囁いた。

　みつは昨夜の粥釣がまだ続いているような気分に襲われていた。もしかして、あれは今朝の出来事の前兆だったのだろうか……。

「長丞、おまえ、なんで十右衛門に大狗神を憑けたあっ」

　板壁に背中をすりつけて、蛇のようにするすると立ちあがりつつ、寅蔵が怒鳴った。

「わしらを取り殺さん限りは、ここに戻ってこんきになあああっ」

　順平が、はっとしたように寅蔵に聞いた。

「今、話しゆうのは、狗神かっ」

　涎《よだれ》を垂らし、背中をぺたりと板壁にくっつけたまま、寅蔵はずるずると尻餅をついた。

「わしこそは大狗神」

十右衛門の大きな声が響き、みつは思わず、すみの肩に縋《すが》りついた。

声はふたつに割れていたのだ。十右衛門は、ぎらぎらと光る目で長丞を見つめていった。

「おまえの正体の小玉ふたつを取りだして、今すぐ、お祀りをするんじゃ」

声はまだ割れている。同時に放たれる低音と高音が土間の空気を震わせる。

「そんなもん、あるもんかっ。おまんらに狗神を憑けた覚えもありゃせん。そっちこそ、とっとと正体を現わしてみろや」

長丞が怒鳴り返したとたん、二十人の百姓たちが、一時に、ずわっと立ちあがった。めらめらと黒い妖気が噴きあがったように見えた。

「ぅうううぅぉおおおっ」「びゃうびゃうびゃおお」という犬の吠え声のような声が、土間に響き渡った。意味不明の言葉で長丞に罵りだす者、ぴょんぴょん跳ねまわる者、拳で板壁や柱をどんどん叩く者。元結《もとゆい》は解《ほど》け、髪はざんばらとなり、目は異様な光を放っている。二、三人が土間の隅に積んであった薪を手にして、奇声を上げながら長丞に飛びかかっていった。

「やめんかっ、やめろっ」

孫与門や、小笠原家の家僕や小作人が止めに入ったが、薪を振りまわされて近づけもしない。長丞は妻と娘を急《せ》きたてて、奥座敷に走った。憑かれた者たちは口々に何か喚《わめ》きつつ、猫を追う犬のように追いかけていく。

土間に残った百姓たちは、まだ長丞を捜しているのか、きょろきょろしている。中の一人が、戸口から覗いているすみとみつに気がついた。

「うおおおっん」

一声吠えて、その百姓がこちらにぴょんと飛んできた。

「ひゃあ」

みつとすみは悲鳴を上げて庭に逃げだした。

奥座敷に続く縁から、長丞と妻娘も転がるように降りてきた。みつとすみは、長丞一家と共に、一目散に庭から走り出ていった。背後では縁に立って、障子をがたがた鳴らしたり、薪を振りかざしたりする百姓たちの奇声が上がり続けていた。

3

冬の冴えきった青空に、高知城の天守閣が白く浮き立っていた。城を囲む堀の水面に張った薄氷が、朝の冷えこみの強さを示している。野島馬三郎は、草鞋の下で霜柱をがりがりと踏み潰しながら、郡《こおり》奉行所へと向かっていた。

高知城の南門の前を過ぎ、家老の邸宅と堀に挟まれた帯屋町筋《おびやまちすじ》を東に進んでいると、登城する武士たちとすれ違う。上格の武士に出会うと、道を退いて礼を尽くさないといけない。郡奉行配下先遣役の馬三郎の士格は下っ端もいいものだから、道脇に寄る回数は多くなる。

向こうからやってくる武士たちに目を走らせつつ歩いていると、「よう、野島殿」と、背後から声をかけられた。振り返ると、同輩の門田左助だ。里芋のようにもったりした顔に細い目が埋もれている。左助とは、先遣役として四年間一緒に勤めてきた。同年代でもあり、役所の中でも気安く話せる相手だ。

「珍しゅう早いの」

左助はたいてい城の五つ刻を知らせる鐘の音が鳴り終わってから、のんびりと郡奉行所に現われる。

「気持ちを入れ替えることにしたがよ。年明け早々、また人減らしの噂があるきにな」

「まことかや」

馬三郎は疑念をこめて聞き返した。

藩の財政緊縮のために、人減らしの噂は絶えない。しかし昨秋に省略令が発せられ、人減らしはされたばかりだ。左助は、あたりに人がいないのを確かめて囁いた。

「おこぜ組の獄で、藩の人事にひと波乱あったろう。もう一遍、見直しがあるという噂じや」

おこぜ組は、藩の財政改革の先頭に立っていた馬淵嘉平《まぶちかへい》の一派だった。昨年の三月、第十三代藩主となった山内豊熙《とよてる》に重用されて、思い切った財政改革案を打ち出し、そのめざましい活躍ぶりが、水田にいる貝、おこぜと結びつけられた。おこぜを持てば、海山の幸に恵まれ、願いごとはすべからく叶うといわれていることから、不可思議な力を使っての成功を匂わせる嫉妬混じりの命名だった。やがて馬淵は伴天連《バテレン》の妖術を使って、人を集めているのだという噂が立った。藩主が監察吏に調べさせると、確かに密かに会合を行っていたという証拠が挙がり、年末、馬淵は苗字帯刀召し上げ、永牢となったばかりか、おこぜ組に与《くみ》していたとして、家老を始め、馬廻り、小姓を含む藩の優秀な人材十余人が役から外された。おこぜを喰われて、残るは雑魚ばかりなり、と嘯《うそぶ》いている者もいる。

まことに大魚はいなくなった、と馬三郎は残念に思う。かつての上司、寺村勝之進《てらむらかつのしん》も冷静沈着、やり手の郡奉行だった。大目付に抜擢されたのも束の間、おこぜ組一党ということで、お役御免、隠居申しつけ、城下四カ村禁足処分となった。風の便りでは、ひっそりと暮らしているらしい。

藩の財政が傾いている時に、寺村のような人材が棄てておかれ、人減らしという消極的な対策しか打つ手がなくなっているのだ。

「それにしても伴天連の妖術を使いよったなら、会合しよったことなぞ、ちちんぷいぷいとばかりに、隠してしまやぁよかったろうに」

左助は少し単純なところがある。

「伴天連の妖術というのは、ただの噂じゃ。ほんとは御禁制の心学というものを教えよったということぞ」

「心学かや……」

左助は呟いたが、心学とは何かはよく把握しているようではなかった。

「心学とは、神儒仏、つまり神道、儒教、仏教、それぞれの学説を統合したものじゃ。ちゃんとした学問のひとつで、妖術なぞではない」

左助は感心した顔をした。もっとも、それ以上のことは馬三郎も知らなかったので、襤褸《ぼろ》が出る前に、さっさと南会所の表門に入っていった。

土佐藩の農村を支配する郡奉行の管轄にある郡奉行所は、遠方の幡多《はた》奉行所以外、すべて藩庁のある南会所に入っている。ここには郡奉行所だけではなく、町奉行所、山奉行所、浦奉行所なども あり、各奉行所は、会所の中で各部屋を割り当てられている。広い敷地の周囲には、下役や足軽たちの住む長屋、土蔵や修練場、当直小屋などが並び、中央に寺院のような大屋根の平屋がでんと構えられている。会所の玄関を入り、長い外廊下を通って、郡奉行所に向かう。廊下に面した役人部屋の中では、すでに文机《ふづくえ》の前で実務に入っている者あり、火鉢を囲んで雑談をしている者あり、朝だというのに、うたた寝している者もいる。馬三郎と左助が郡奉行所の先遣役部屋に入っていくと、すでに出仕していた同輩の植田十蔵が待ちかまえていたようにいった。

「豊永郷の地下役《じげやく》の者たちが書状を携えて来ちょります。野島殿に直接、手渡したいと申しておりまして」

長岡郡豊永郷の庄屋、老《としより》、組頭といった地下役たちと、馬三郎は旧知の間柄だ。年始の挨拶にでも来てくれたのだろうかなどと思いつつ、使番《つかいばん》を陳情者の溜まりに遣《や》らせた。先遣役部屋の控えの間で待っていると、まもなく豊永郷の大庄屋、山本實蔵と、惣老の小笠原順平が現われた。馬三郎を見ると、ほっとした表情を浮かべて、正座した。

「挨拶が遅れましたが、新年、明けましておめでとうございます」

實蔵がしゃちほこばった顔つきで、順平ともども両手を突いてお辞儀した。大庄屋といっても、實蔵は、まだ三十代半ば。間違いをしでかしてはいけないといわんばかりに、馬三郎の前だと肩に力が入る。

とはいえ、年始の挨拶に来たにしては、緊張が漂っていた。歩いて丸一日もかかる豊永郷から、大庄屋、惣老揃って城下に出向いてきたのは、よほどのことが起きたのではないか。

不吉な予感を覚えつつ、馬三郎は聞いた。

「挨拶はいいが、なんぞ火急の事態でも起きたのか」

「それが困ったことに……」と、實蔵は順平を見遣《みや》った。惣老として、實蔵の父の代から大庄屋を補佐してきた順平だけに、何かというと頼りにするところがある。順平は、實蔵に囁いた。

「まずは手前どもの書状をお読みいただいたほうがいいのではないかと思いますが」

「ああ、そうだ、そうだな」

實蔵が前に置いていた書状を恭《うやうや》しく馬三郎に差しだした。

私共支配豊永郷岩原村地下人とも人数弐拾余人今正月十六日より乱心仕《つかまつり》、同村百姓長丞方に有之《これあり》候狗神と申者《もうすもの》にて御座候所、長丞全く左様《さよう》の者無之《これなし》と申出《もうしいで》候に付《つき》、応対仕含《ふくみ》に候と申《もうす》。一同長丞方へ相集り罷帰不申《まかりかえりもうさず》、其内《そのうち》長丞へ対し手向《てむかい》仕候者も御座候て、家内一同逃去《にげさり》申。乱心仕候者へは、地下一同相集り守方仕居《おり》候へとも、数拾人右の通《とおり》の事に付一応御届仕候。
　弘化元年正月十八日
　　豊永郷大庄屋　山本實蔵
　　同惣老　　　　小笠原順平

馬三郎は、昨日付の書面を二度、繰り返して読んだ。

乱心とはなんだ。

狗神だと……。

高知城下でも、時々、誰かが狗神に憑かれたということは耳にする。しかし、二十数名もが一度に狗神に憑かれるなど、聞いたことはない。

馬三郎は当惑して、書状と、二人の地下役の顔を交互に眺めていた。

4

「だいたい今年に入って、長丞が組合《もやい》に入れてくれというたがを断ったんがいかんかったがぞ」

為右衛門が、楮の束を葛でぎりぎりと縛りながらいった。葬式や火事の時などに助けあう村の組合から、長丞の家はこれまでずっと外されていたのだった。

「真っ先に、駄目じゃ、いうたんが寅蔵だったきのおし。ほんで狗神を憑けられてしもうたがじゃ」

為右衛門を手伝って、楮の束を釜床の上に立てていた郷助が相槌《あいづち》を打った。

みつは、父の為右衛門と、すみの父の郷助叔父の会話に、内心、首を傾げた。騒ぎの起きた当日、長丞の言い分を耳にしていただけに、納得できなかった。だが、一緒に聞いていたはずのすみは、不機嫌そうに黙々と楮の皮を剝いているだけだ。

「けんど長丞さんは、狗神のことらぁ知らんといいよったで」

みつは父たちの話に口を挟んだ。

「狗神持ちの家の者は、自分くの狗神の行き先なぞ知りはせんがよ」

みつの母のよしが、新たな楮の枝を手にしていった。

楮を蒸す釜床の前だった。太布を織る糸にする楮の皮は、蒸したての柔らかいところを、まだ熱いうちに剝かなくてはならない。楮を蒸すとなると、東屋、中屋、西屋の全員が駆りだされることになる。

釜床の置かれた西屋の庭には、三軒の家の幼い子供たちも集まって、母や祖母、叔母、姉たちと一緒に陽溜まりに座って皮剝きを手伝っている。男たちは、火のぼんぼん燃え盛る釜床に置いた大釜の中に、三抱えはある楮の束を立てていた。

「昨日から阿弥陀堂で定福寺《じょうふくじ》の坊さまがご祈禱《きとう》しゆうらしいねぇ」と、権六の妻のとよがいうと、りく叔母が頷いた。

「庄屋さんが、粟生《あおう》村から呼んだいうけんど、お祈りが効きゆうとも思えんけどねぇ」

この三日の間に、狗神に憑かれた百姓たちは、三十人近くとなっていた。小笠原順平が土居《どい》村の大庄屋のところに相談に行ったらしいとか、長丞一家は上大向《うえおおむかい》に住む息子の長吉のところに身を寄せているらしいとか、村の中では寄ると触ると、その話でもちきりだ。

「甑《こしき》じゃあ」

為右衛門が、郷助叔父の長男、鉄太郎に手を振った。大きな桶を釣り下げていた竿の端にいた鉄太郎は、同じ年頃の権六の息子の松と一緒に竿を下ろしていく。せっかく立てた楮の束が倒れないように桶を被せるためには、ゆっくりと慎重にしないといけない。

お喋りがしばし途絶えた。

楮の束が桶の中に消えていっているところに、どこからか、ちんちろちんちろ、という奇妙な音が聞こえてきた。みつはあたりを見回した。音は、三軒の家の斜め上にある寅蔵の家から流れてきていた。歌のような人の声も混じっている。

「吉太夫《よしだゆう》さんが弓祈禱をしゆうがよ」と、よしがいった。

吉太夫は弓叩きで、米占いをしたり、梓弓《あずさゆみ》を使って病人祈禱をする。病が狗神のせいだとなると、狗神退散の祈禱も行うので、今回の騒ぎでは引っ張りだこだ。

「なにしろあちこちで頼まれるもんじゃき、吉太夫さんも忙しゅうて、やっと今朝、来てもらえることになったと、ふみちゃんがいいよったが」

　ふみちゃんとは寅蔵の妻だ。つい楮の皮を剝くのも忘れて、寅蔵の家を眺めていると、隣にいたすみが「うっ」と変な声を洩らして、庭の隅に走っていった。りく叔母が眉をひそめて娘のほうに近づいていく。すみが草の上に吐いているのが見えた。

「村中、邪気がいっぱいじゃきねぇ」

　権六の母、きく婆が、気の毒そうに孫娘にあたるすみを眺めて呟いたところに、りく叔母の叫び声がした。

「いったい、誰の子でっ」

　すみがかぶりを振りながら、家の後ろに走り逃げていくのが見えた。りく叔母が「みっともないことして、おまえはっ」と怒鳴りながら追いかけていく。

　その場にいた者たちが、あっけに取られて、母娘の後ろ姿を見送っていると、今度は亀の声が響いた。

「寅蔵さんが出てきた」

　家の戸口に、寅蔵の姿が現われた。そのまま、ふらふらと石段を降りてくる。水干《すいかん》を着て、烏帽子《えぼし》を被った吉太夫が追いかけてきて、何やら唱えつつ、御幣をつけた榊を寅蔵の前で振るのだが、寅蔵は榊に顔を突っこんでも気がつかない様子で、ただまっすぐ歩きつづける。

妻のふみも、「あんたっ、行ったらいかん、あんたっ」と叫びながら、夫の袖を引っ張っている。

家の横の石段で繰り広げられる騒ぎを見かねて、為右衛門と権六も、寅蔵に近づいていって、引き留めようとした。しかし寅蔵はその手を振り払って石段を降りきると、七屋敷に続く往還を歩きはじめた。

「おい、待ちいや」

為右衛門と権六が追いすがって、往還まで降りていった。

「あれ、あっちからも人が……」

とよが叫んで、新鍬部落の下方を指さした。段々畑の間につけられた小径《こみち》のあちこちで、百姓たちが家族の止めるのを振り切って歩いていく。示し合わせたみたいに、切株だけとなった茶色の棚田の間をくねくねと続く小径を辿り、往還のほうに集まってきている。

やがて権六があきらめたように引き返してきたが、為右衛門はまだ寅蔵を説得しているのか、往還を一緒についていっている。

「うちの人、どうしたがやろう」

庭に入ってきた権六に、よしが聞いた。

「さあ、戻ろういうても、聞こえんみたいじゃった」

「十右衛門さんの時と同じじゃ」といったのは、鉄太郎だ。

「為右衛門伯父《おん》ちゃん、狗神に喰われたがかもしれんで」

よしが青ざめて、庭から飛びだした。みつも楮を放りだして、母と一緒に父の後を追いかけた。

天頂に昇りつつある太陽の光が燦々《さんさん》と降り注いでいる。父と寅蔵は、他の方角から来た二人の百姓と一緒になって、往還を北に進んでいく。往還は阿波の国境まで続いている。どこまで行くつもりだろうと不安になっていると、やがて一軒の大きな家の前で立ち止まった。この付近一帯の組頭、修兵衛の家だ。すでに他の者たちが数人、その家の門に続く石段を登りはじめている。

「あんた、あんたっ」

追いついた母が、為右衛門の肩に手をかけて叫んだ。

「どうしたがで、楮蒸しはどうした」

父がゆっくりと母を振り向いた。

母がぎょっとしたように、肩にかけていた手を浮かせた。みつも、母の肩越しに父の目を見て、足がすくんだ。

三日前、長丞の家に向かっていた百姓たちと同じ目だった。瞳の色が少し茶色がかり、その奥でひかひかと鈍い光を放っている。

それでは、父も狗神に憑かれたのだ。

父は顔を前に戻すと、組頭の家に続く石段を登りだした。

5

「教授館《こうじゆかん》」という額が、重々しい瓦造りの門にかかっていた。門衛に頭を下げて、中に入っていくと、風呂敷包みを小脇に抱えて、外に出ていこうとする若者たちとすれ違った。まだ十歳くらいの子もいる。馬三郎は思わず、自分の子供の頃のことを思い出した。

城下の下士の家に生まれた馬三郎もまた、四書素読が終わるまでの四年間、この藩校に通ったものだった。正面に聳える講堂の威容は昔と変わることはない。

すでに今日の講義は終わり、小使いが講堂の雨戸を閉めているところだ。馬三郎は玄関から上がると、講堂のまわりに配された教官控室や写字室の前を通り、書庫の横の控えの間に顔を覗かせた。

明かり取りの障子窓の近くに身を寄せ、火鉢に手を翳《かざ》しながら、五十嵐文吉《いがらしぶんきち》はいつものように書物を読んでいた。四角ばった大きな顔に、横一文字に口を結んで、書物を睨みつけているさまは閻魔《えんま》大王のようにも見える。文吉は馬三郎の友人で、教授館の教官をしていた。

人の気配に顔を上げた文吉は、馬三郎を認めて、開口一番に聞いた。

「なんぞ変わったことでも起きたかの」

「どうしてわかったんじゃ」

「まだ五つ刻過ぎじゃ。御者《おんし》が南会所からまっすぐここに立ち寄るのは、郡奉行所でなにかあったに決まっちょるけにのお」

そういえば、前に奉行所を辞したその足で教授館の文吉に会いに来たのは、昨年十一月、おこぜ組の首魁、馬淵嘉平が投獄されたと聞いた時だった。文吉は、「心学なぞやりゆうからじゃ」と苦々しげにいったものだ。心学については、馬三郎も御禁制の学問としか知らなかったが、その場で文吉は、心学の概要について講釈してくれた。今朝方、左助に披露した知識は、なんのことはない、文吉からの受け売りだったのだ。

馬三郎と文吉は、少年時代、教授館で机を並べて学んだ仲だ。馬三郎より一歳下だが、文吉の知識の豊富さには当時から舌を巻いたもので、教授館の教官として召し抱えられているのも不思議ではない。広く世間を知っているので、事あるごとに馬三郎は文吉の意見を聞きにやってくる。

「実は今日、豊永郷の大庄屋と惣老が書状を携えて郡奉行所に参ったんじゃ。それによると、阿波との国境にある岩原村で、二十数名が狗神憑きとなって騒ぎゆうという」

文吉は少し目を見開いたが、何もいわなかった。

「今のところは、しばらく様子を見ることにして二人は帰し、一応、郡奉行さまに報告しただけじゃが……そんな大勢が狗神に憑かれたという話、聞いたことがあるか」

文吉は火鉢の縁に片肘を突いて、うーむ、と唸っただけだったので、馬三郎は続けた。

「狗神に憑かれるいうたら、たいてい一人とか二人ばぁのもんじゃろう。以前、うちの家の裏のお内儀が気が狂《ふ》れたみたいになって、茄子《なす》の枯れ枝を家の戸口で焚《た》いて、南無大師遍照《へんじよう》金剛《こんごう》を何遍も唱えたり、祈禱師を呼んだりして大騒ぎしたが、数日もするとけろりと治った。わしの知っておる狗神憑きいうたら、それっぱぁのもんじゃ。考えてみたら、狗神の話はよう耳にするが、いったいどんなもんで、なんでそうなるかは知らん。そこで、物知りの御者に聞いてみようと思うて、来たわけじゃ」

文吉は肩が凝ったとでもいわんばかりに、しばし首を左右に動かしていたが、やがて、それもやめていった。

「今から百八十年ばかり前の書物に、『伽婢子《とぎぼうこ》』というものがあってな。その中に、土佐、国畑《こくはた》というところには、何代にもわたって狗神を持っている家系が多いとか書かれておる。狗神持ちの者が、よその者の持っちゅう小袖《こそで》や家財道具でもなんでも欲しいと思うたら、その者に狗神が取り憑く。取り憑かれた者は、高熱を発したり、錐《きり》で刺されたり刀で斬られたような痛みを胸や腹に覚えるそうな。狗神持ちの者を探しだして、欲しいものをやると、けろりと治る。やらんと、病に伏して、最後には死ぬんじゃと」

「岩原村の狗神に憑かれた者は、やたら元気に大騒ぎして、むしろ村の者を困らせておるらしいぞ。痛みに苦しんでおるようには見えんが」

文吉は思いついたように腰を上げた。そして書庫に入っていったと思うと、やがて一冊の書物を手にして戻ってきた。馬三郎の前にまた座ると、『土佐國淵岳誌』と墨書された表紙をめくった。

「ここでは、狗神というのは体の中に入ってくる蟲《むし》じゃと説明しておる。この蟲に入られたら、痛風になったようだとも、犬に嚙まれたようだとも書かれている。やはり骨の節々が痛んで、譫言《せんげん》妄言を口走りだすらしい。針灸や祈禱によって、たまたま治ることはあるが、死ぬこともあると。ある婦人が昼寝をしよった時に、鼠ばぁの小犬が足を囓《かじ》ろうとしたのを見つけて、枕で殴って追い払ったと」

「鼠ばぁの小犬かのおし……。しかし、書状によれば、狗神持ちといわれている百姓は、そんなものは飼ってはおらんといいゆうらしい」

文吉は書物を膝の上に広げたまま、また、ふーむ、と唸った。馬三郎はため息をついた。

「だいたい、あの豊永郷は騒ぎが多い場所なんじゃ。一昨年も阿波の百姓どもが、岩原村の隣の西峰《にしみね》の道番所を越えて、大勢、逃散してきた。ちょうど今頃……おやっ、ほんとにぴったりこの時分じゃったぞ」

阿波との国境の村々で騒ぎだした百姓たちが、土佐側に逃げこんできたのが、二年前の天保十三年一月十五日。前年の暮れから阿波、山城村の百姓たちが暴れだし、それが西祖谷の村々に広がったのが原因だ。百姓たちは、自分たちの庄屋の家を襲い、乱暴を働き、西峰番所から土佐藩に逃散してきた。

六百人余りもの百姓が、手に手に草刈り鎌や山の枝伐りの柄鎌《えがま》、鉄砲まで持って入ってきたという報せを受けて、郡奉行を始め、先遣役の馬三郎他、作配役《さはいやく》、郷廻役《ごうまわりやく》、陸目付役《おかめつけやく》や下横目も入れて総勢十九人の役人が、豊永郷に出立《しゅったつ》した。西峰番所には、近隣の大庄屋や庄屋も集まってきていて、中には、今日訪ねてきた豊永郷の大庄屋、山本實蔵や、惣老の小笠原順平もいた。百姓の住む阿波側の村々の庄屋たちもやってきて、引き渡すようにと願い出る。百姓は、年貢や人役《にんえき》、その他さまざまなものにかかる税を考え直してくれるまでは帰らないと突っぱねる。馬三郎は双方の言い分を調整するのに大わらわで、凍てつくほどに寒い山村に半月も寝起きすることになったのだった。結局、百姓側の言い分をほぼ全部認める形で話はつき、百姓たちは村々に戻っていった。

「正月十五日あたりは、百姓の気が荒ぶるものじゃろうか」

馬三郎は、この符合に落ち着かぬものを感じながら呟いた。

「そうかもしれんの。小正月も過ぎると、正月の浮かれ気分も終わりになって、これからまた一年、働かにゃいかんと思いだす。日頃の暮しに不満があったら、暴れとうもなるがかもしれん。そういえば、名野川《なのかわ》の百姓が逃散したのも、二年前じゃなかったかの」

「そうじゃった、そうじゃった」と、馬三郎は顔をしかめた。

伊予との国境にある名野川郷の村人三百人余りが伊予に逃散したのは、同じ年の七月だった。その時も馬三郎は先遣役として駆りだされ、事の収拾にあたったのだ。阿波の百姓の逃散と違って、こちらは大庄屋の座を狙った庄屋にそそのかされて、百姓たちが騒いだことに端を発していた。投獄された庄屋が吟味も受けずに自害するに至って、驚いて逃げだしただけだったから、藩側も断固たる姿勢で臨み、逃散した百姓百五名を城下まで引き立てていって終わった。あの年の心労、苦労を思い出すだけで、また疲れに襲われる。

「名野川の逃散は、その前の阿波の逃散の話を聞いて、土佐の百姓どもの気持ちが動かされたせいかもしれんの」と、文吉が顎を撫でつついった。

「まっこと。阿波百姓の逃散で、山分《やまぶん》の百姓の動揺は大きかったはずだ。なにしろ六百人余りというたら、小さな村ひとつほどもの数。それが大挙して藩の掟を破り、国境を越えて逃げだして、自分たちの言い分を通してしもうたんじゃき。名野川郷のある吾川《あがわ》郡と、豊永郷のある長岡郡は、土佐郡を隔てた隣同士。阿波百姓の噂を伝え聞いた名野川の百姓どもも、自分らもあわよくばうまくいくかもしれんと思うたがかもしれん」

「もしかして、今度の岩原村の狗神騒ぎも、世間の不穏な気配を感じた百姓どもの動揺と関わりがあるかもしれんぞ」

文吉の言葉に、馬三郎はしかめ面をした。

「それはどうかな。一昨年はさておき、去年は、藩内、ことに山分に至っては、これといった騒動もなかったし」

「それはちくと視野が狭いのぉ」

文吉はからかうようにいった。

「なるほど、藩内だけ見たらそうじゃが、他国の情勢は安穏とは言い難い。昨年は肥後の天草で何千人もの百姓が一揆を起こしたのを始めとして、大がかりな一揆が諸国で起こった。その一方で、幕府も藩も財政難で四苦八苦。海には異国船が現われて、開国を要求する。外患内憂とはこのことじゃ。こんな世の趨勢は、庶民を不安に陥れる」

さすがに江戸や大坂の友人知人と文を遣り取りして世情に詳しい文吉だけに、さまざまなことを知っている。しかし、馬三郎は、いまひとつ納得できない。

「じゃが、豊永郷みたいな土佐の山奥は、世の趨勢なんぞとは関わりはなかろう」

文吉はにやりとした。

「人の噂は千里を駆ける。噂と一緒に不穏な空気も伝染していく。そんな世の妖気にあてられて、百姓どもが騒ぎだしても不思議ではない」

腕組みして考えこんでいた馬三郎は、はたと思い当たって、文吉に聞いた。

「御者、今回の騒ぎ、百姓どもの狂言じゃと思いゆうがじゃないか」

「そこまではいいやぁせん。けんど、底には、百姓どもの感じる世に対する不満や不安があるのかもしれん。人というもの、なかなかに測りがたいものがあるけにの」

文吉は暗くなってきた障子の向こうに目を遣って答えた。

6

鼾《いびき》の音で、みつは目を覚ました。

まだ外は薄暗く、囲炉裏の火は熾《おき》となって鈍く光っている。白い煙の漂う囲炉裏に足を突きだして温もりを取りつつ、両親と弟たちが、ありったけの着物を被って眠っている。鼾は、その一番大きな塊から湧きあがっていた。父の為右衛門だ。

ごおおっ、ごおおっ、という盛大な鼾の音に寝ていられなくなったらしく、母がもぞもぞと囲炉裏端から這いだして、外に出ていくのがわかった。みつも、弟たちを起こさないように、そっと母の後に続いた。

夜明け前の冷たい光が、横長の敷地に肩すり寄せあう三軒の家の屋根にまとわりついている。空は暗い藍色で、東のほうだけがほんのり白んでいる。みつは寒さに両腕をさすりながら、家の前に引いてきた水で顔を洗っている母に近づいていった。

「ええ気なもんじゃ。昨日はあんなに大騒ぎしたくせに」

母は、みつに洗い場を譲ると、手拭いで顔を拭きつつぼやいた。

まったくだと、みつも思う。

昨日、父は、他の狗神に憑かれた者たち三人と一緒に、夕方まで組頭の家の庭で騒ぎまわっていた。意味のわからない言葉で怒鳴り散らしたり、歌ったり、飛び跳ねたり、犬の吠え声を立てたり。それは、長丞の家で見た百姓たちの狂態と同じものだった。

組頭の家の者や、狗神に憑かれた者の家族が止めようとしても、撥《は》ね飛ばされるだけだ。仕方がないので、見守っているしかない。楮の皮剝きもあったので、みつと母は交替で、組頭の庭先で見張りをした。やはり寅蔵の見張りに出てきた妻のふみによると、こうして毎日のように、庄屋や組頭の家に押しかけて、騒ぎまわるのだという。夕方になったらおさまり、おとなしく家に戻るといっていたが、その通りだった。

日暮れ時になると、一人また一人と騒ぐのをやめて、ふらふらと家に戻りはじめた。父も家に帰り、囲炉裏端で放心したように座っていたと思うと、用意された夕食をがつがつと掻きこんで、そのまま大の字になって寝はじめたというわけだった。

「それにしても、なんで長丞んとこじゃのうて、組頭さまや庄屋さまの家に行くがじゃろう。長丞なら、今は上大向の長吉さんくにおるのは、みな知っちゅうはずやのに」

みつは母から手拭いを受け取って聞いた。

「どこで騒いでも、迷惑なのは同じじゃ。今日は騒ぎださんでくれるのを祈るだけよ」

母は投げ遣りに答えると、厠《かわや》のほうに行ってしまった。

みつが母と一緒に大根や芋を切り、鍋に水を入れ、囲炉裏の火を熾《おこ》して、朝餉《あさげ》の仕度をしていると、弟たちも起きだしてきた。父が目を覚ましたのは、雑炊も煮えてきた頃だった。

むくりと上半身を起こして、元結も解けてぼさぼさになった頭で、ぼけっと家の中を眺めまわしていたが、両手を突きあげて、大あくびをした。それから雑炊の鍋に気がつくと、顔をほころばせた。

「ちくと寝過ごしたようじゃな。どれ、もう朝飯か」

片膝突いて立ちあがろうとして、父は顔をしかめた。

「こりゃ、えらい筋が凝っちゅう。どういうもんじゃ」

首筋や脹《ふく》ら脛《はぎ》を揉みはじめた父に、母がおずおずと声をかけた。

「あんた……正気に戻ったかえ」

「正気に戻ったとは、どういうことじゃ」

「お父やん、昨日、狗神に喰われちょったがぞ」

亀が、いつもの父に戻ったのでほっとしたらしく、妙にはしゃいだ様子でいった。

父は驚いたように、「わしが狗神に喰われたとぉ」と大きな声を上げた。それから、自分の手足を見つめて、ずいぶんと土にまみれているのに気がついた。頭に手を遣り、ざんばら髪なのを発見すると、その表情は困ったようになった。

「……どういうわけじゃ……」

「それを聞きたいのは、こっちですよ。ほんと、昨日は大事やったがですきに。寅蔵さんと一緒に組頭さまの家に行って、一日中、騒ぎまわってからに」

母が堪《こら》えていたものを吐きだすようにいいたてた。父はぽかんとして聞いていたが、やがてぽつりと、「なんも覚えちゃあせん」と呟いた。

「覚えてないて……」

母があきれたように、みつを見た。みつは安堵で泣きそうになりながら、笑った。

「ええじゃいか、お母やん。普通に戻ったわけやし」

「まあねぇ……」

「わしが狗神に喰われたらぁて、とんでもない。なに、食あたりみたいに、一時のことじゃろうよ」

父はぶつぶついいつつ、顔を洗いに外に出ていった。

雑炊で朝食をすませると、また野良仕事が待っている。父は今日は体の節々が痛いからと、山に薪を伐りに行くのはやめて、破れていた板壁の修繕をするといいだした。母は、楮の皮から作った糸で太布織りを始め、みつはいつものように洗濯に行った。

このところ、ずっと晴れている。朝日が昇るとともに、田圃の道端の枯れ草の露がきらきらと光っている。家々の茅葺《かやぶき》屋根からは、白い煙がたなびき、遠くの山はくっきりと雲のように折り重なっていた。

父が正気を取り戻したこともあり、みつは肩の荷が下りた気分で洗濯物を洗いだした。

里は土陽《どよう》の西峰口へ
備へ置かれし御番所は
常々堅き御構へ

なほも厳重守るうち
群衆越境と聞くにつけ
物見の小使ひ走らせて
追々出向ふ役人衆
その訳一応聞きやした
見る目も哀れな次第なり

昨年、流行《はや》った歌が口をついて出る。二年前、阿波、西祖谷の村々の百姓たちが逃散してきた一件を、大砂子村の寺子屋師匠が歌にしたものだ。長い歌詞なので、全部は覚えていないが、近くの西峰の地名の出てくる件《くだり》だけは覚えていて、時々、口ずさむ。

来込《きこむ》凡夫がそのなりふり
見れば月代《さかやき》十二歳
一筋藁の束ね髪
破れ股引《ももひき》太布襦袢《じゅばん》
露も凌《しの》げぬ蓑と笠

背負ひつれたる風俗は
お傘の露のうるはしく
きらめき渡る御威勢に
心細道下り坂

あの正月のことは、よく覚えている。西峰村は、岩原村とは山ひとつ隔てたところにある。そう遠くではないので、鉄太郎や松、すみたちと一緒に見に行ったのだ。

逃散した百姓たちは、西峰村の寺や神社の堂内、道番所の納屋などに分かれて、寝起きしていた。こっそり覗くと、みつたちよりもっとひどい身なりをした百姓たちが寒さに凍えていた。男も女も、子供たちまで、もうどこにも行くところはないというように、暗く、思い詰めた表情をしていた。

みんな同じなのだ、とみつは思った。谷向こうの隣の藩でも、どこに行っても、百姓たちの貧しい暮しがあるのだ。

みつは、お腹が空いたら食べようと思って持ってきた干し芋の切れ端を、赤ん坊を抱いていた母親に差しだして、逃げるようにしてその場を離れた。

一月ほどして、百姓たちは自分の村に戻っていった。頭となった者の首三つ、国境の峠に晒されたと聞いて、物見高い村人は見物に行ったりしたものだった。ただ、百姓たちの税に対する言い分は通ったので、岩原では、何かというと、わしらも逃散するか、というのが冗談のひとつとなった。もっとも、それも夏までのこと。名野川郷の百姓が伊予に逃散したが、言い分は通らず、城下に引っ立てられて終わったという話が伝わってくると、そんな軽口は誰も叩かなくなった。

「おはよう」

ぶすっとした声がして、すみが現われた。洗濯物を入れた桶を抱えて、浮かぬ顔つきをしている。それで、みつは、昨日、すみが気分を悪くして吐いたことを思い出した。父の狗神憑きの件ですっかり忘れていた。

「もう具合はええの」

すみは桶から洗濯物を取り出して、小川に放りこむと、怒ったように答えた。

「具合なら、どんどん悪うなる」

「そりゃ、いかんじゃいか」

すみは引きつれたような笑みを浮かべた。

「病気じゃない。孕んでしもうたがよ。悪阻《つわり》じゃと」

すみと妊娠ということが、すぐには結びつかずに、みつはぽかんとした。

「お母やんはかんかんよ。みっともないやと。お祖母《ばあ》やんは、ようあることじゃ、いうてくれたけんど、聞く耳、持ちゃあせん」

りく叔母は、自分の実家がかつては本百姓だったということが自慢で、三軒の親戚の女たちの中で一番身なりにも気を遣っている。日影者の人妻にとっては、あってもなくても同様のお歯黒も、毎朝、きちんとつけている。

「いつ生まれるがで」

「お祖母やんの見立てじゃ、春あたりじゃと」

「もうすぐじゃいか」

「月のものも夏から止まっちょったき、ひょっとしてと思いよったけんど……」

すみの声は少し沈んでいた。

みつは男と女の交わりは噂話でしか知らない。犬や猫の番《つが》う姿は見たことはあるので、あんなものかなと想像しているが、ぴんとこないことには変わりはない。

すみはしばらく乱暴にばしゃばしゃと洗っていた。みつは自分の洗濯物を洗い終わると、すみの分も手伝ってやった。

太陽はどんどん頭上に昇り、空気も暖かくなってきた。二人が洗濯桶を抱えて帰途に就いたのは、四つ刻あたりだった。

「ありゃ、寅蔵さん」

不意に、すみが立ち止まり、先のほうを指さした。寅蔵がふらふらと家から出てくるところだった。妻のふみが、あきらめたように、後に従っている。

昨日寅蔵が家から出ていったのも、この時分だった。

厭な予感がして、自分の家のほうに目を遣った。家の前の石段を、父が降りてくるところだった。母が、その袖を取って止めようとしているが、振り向きもしない。

みつは桶を抱えたまま走りだした。

母は、父をなんとか家に帰らせようとしているところだった。しかし、父の目は、昨日と同様、異様に光っている。

「お母やん、もうなにゆうたち、いかんぜえ」

みつは母に囁いた。母は苦りきった顔で頷いた。

「ほいたら、みつ、お父やんの見張りをしちょいてくれるかえ」

みつは「うん」と答えて、桶を母に渡した。父はすでに寅蔵を追うように往還を歩きだしている。寅蔵は立ち止まり、父を待っている。まるで狗神に憑かれた者同士、無言の繋がりが出来ているようだ。

みつが父に従って歩きだそうとした時、りく叔母がこちらにやってくるのが見えた。ちょうど、みつのいるところまでやってきていたすみが、「いかん、お母やんじゃ」といって、みつの背後に隠れた。

　近づいてくるりく叔母が裸足のままであることに気がついて、みつは、どきっとした。いつも身なりに気を遣う叔母らしくない。りく叔母は、まっすぐ前を見たまま、すみとみつの横を通りすぎていった。

「お母やん……」

　すみが拍子抜けしたように、みつの背後から声をかけた。しかし、叔母は振り返りもせずに遠ざかり、父や寅蔵たちと合流した。

　りく叔母もまた狗神に憑かれたのだった。

7

『先達《せんだつ》て御達《おたつし》申上候豊永郷岩原村地下人共数人乱心仕、色々と取治候《とりおさめそうら》へとも其後又々人数五人計《ばかり》相増《あいまし》、都合二拾七人に相成、一同騒立取計方《とりはからいかた》当惑仕候』

　茶の間の囲炉裏端で郡奉行所宛の文をしたためていた順平は、ふと手を止めた。

「ちょんまげちょんちょん、ちゃらちょろ、ひょんひょん、ほめの大尻、たらの大禿げ、たばござろうあれ、ひゃりりりり」

「びぃややああっびぃやあああっ、たなぼたそうそうたなばたそうろう、いまいましあれ

「おおめでたや、松の木のぉおおぉぁぁあ天照《あまてらす》ぅうおおおぉぉん大神《おおみかみ》ぃいいさまぁあ」

らちれたらたら」

庭のほうからは相変わらず、百姓たちの大声が響いている。

昨日遅く、城下から戻ってみると、狗神憑き騒ぎはおさまるどころか、ますます大きくなっていた。昼前に順平宅に押しかけてきて、ああして一日中、庭で訳もわからぬことを怒鳴って騒いでいる。この調子では、どれほど大勢になるか予想もつかない。当惑仕候、と文には書いたが、本心をいえば、途方に暮れていた。

「お茶でもいかがですか」

妻の於まきが、台所との境の障子を開けて入ってきた。

「ああ、貰う」と、順平は文と筆を脇に置いた。いずれにしろ、この先、どう書こうかと迷っていたところだった。

於まきは囲炉裏にかけられた鉄瓶から、急須に湯を注いだ。

「弓叩きの吉太夫さん、寝込んだということですよ。あちこちの家に呼ばれて、へとへとになったうえに、弓も叩きすぎて折れてしもうて……」

「心海和尚《おしょう》のご祈禱やち効きゃあせんのやき、仕方ないろう」

於まきは湯飲みを順平の前に置いた。

「あの和尚さん、ちくと修行が足りんのじゃないですろうか」

「そんなこというもんじゃない。毎日、わざわざ山を越えて、粟生村から通うてきてくれゆうというに」

「ほんでもねぇ、和尚さんが阿弥陀堂で祈禱を始めると、狗神に憑かれた百姓どもが集まってきて、口々にそりゃあひどいことをいいたてて、祈禱どころじゃないと聞きますで」

「ひどいこととは、どんなことぞ」

「さぁ……。忠助の話ですけんど、忠助は、罰《ばち》が当たりそうで、そんなこと、よう口にできんゆうちょりますきに」

いつもの百姓どもなら、忠助のように、和尚に向かって乱暴な口を叩くなど、想像もできないはずだ。まったくもって常軌を逸している。

庭のほうから、「そろそろ帰ろう」という家族の者らしい声がする。「長丞が小宮を建てるまでは、鎮まらんぞ」という返事が聞こえてきた。それから、また意味不明の喚き声が高まった。

「ああ、毎日毎日、こんな調子じゃったら、こっちまで頭が変になりそうじゃ。なんぞ手だてはないがですかえ」

於まきが苛々といった。そのぴりぴりした口調に、順平は不安になった。若い頃から気の強いところのある女だったが、五十歳を過ぎてから、頑固さが増してきた。いい加減、村の狗神騒ぎで頭が痛いのに、家の中でも於まきの憤りにつきあわされてはたまったものではない。

「郡奉行所にもご報告したことじゃし、これ以上の手だては……」

「長門《ちょうもん》さんにご祈禱を頼んだらどうですろう」

長門さんとは、氏神神社の神主、岡崎長門《ながと》のことだ。

「長門さんにやったら、騒ぎが起きてから真っ先に頼みに行ったんじゃが、まずは、この障りがまことに狗神のせいかどうかを占《うらの》うてもらわんといかんということでのぉ。長門さんは陰陽師《おんみょうじ》じゃき、占いはせんのじゃと。占いなら吉太夫さんの役目やったけんど、吉太夫さんは吉太夫さんで、あちこちに呼ばれて忙しそうじゃったんで、とりあえずは心海和尚に頼んだんじゃが……」

「ほんで、和尚さんの祈禱は御利益《ごりやく》なし、吉太夫さんは寝込んだというんじゃあねぇ」

於まきは自分に煎《い》れた茶を啜った。

「狗神に憑かれた家じゃあ、守りする手も足らんもんで、大平村や土居村からも親類縁者を呼んで、手助けしてもらいゆうという話ですで。このままやったら、春が来る前に村の衆、みな共倒れじゃ」

　順平は茶を一口飲んだだけで、そそくさと腰を上げた。

「ちょっと出かけてくる」

「へえ、どこに」

　おまえの皮肉の聞こえないところに、と喉元まで出かかったのを堪え、「騒ぎを収拾する算段をつけにじゃ」と言い置いて、茶の間を後にした。

　庭で、狗神に憑かれた百姓どもを見物していた丑についてくるように命じて、順平は門から出ていった。丑はひとつに結んだ髪を揺らしつつ、追いかけてきた。

「旦那さま、どこに行くがですか」

「上大向じゃ」

「長丞に会いに行くがですね」

　順平はそれには答えず、足を速めた。

　家の前の道を西に進むと、阿弥陀堂のある堂山の向こう側に出る。吉野川に面して眺望の開けた一帯で、正面に対岸の山が一望できる。棚田の間に点在している家々からかなり離れたところに、ぽつんと一軒建っている作小屋のような家が、長丞の息子、長吉の住まいだった。

　庭の陽溜まりに敷いた筵の上で、二人の女が芋を切っていた。長丞の娘と、長吉の妻だ。同年齢なので気が合うらしく、楽しげに話していたが、順平の姿を見ると、慌てたように立ち上がってお辞儀をした。鶏を追いかけて遊んでいた子供たちも動きを止めて、順平と丑を見つめた。

「長丞に会いに来たんじゃ。どこにおるかね」

　長吉の妻が家の中を指さし、長丞の娘が、ばたばたと縁側から中に入っていった。二人とも突然の順平の出現に狼狽《うろた》えているようだった。狗神は、母から娘へと女筋で伝わっていくとされている。長丞の息子、長吉の家は、狗神筋とは考えられてはいないとはいえ、この騒ぎで村人の訪れは遠ざかっているのだろう。長丞一家が身を寄せているなら尚更だ。そこに惣老がわざわざやってきたのだから、動転するのも無理はなかった。

　少しすると長丞の娘が戻ってきて、中の囲炉裏端に誘った。順平が丑を連れて、土間に入ると、板の間の囲炉裏端で草鞋を編んでいたらしい長丞が、あたりを片付けているところだった。隣では、長丞の妻が慌てたように囲炉裏の火を熾している。

「こっちには、狂乱者どもはやっては来てないようじゃの」

　順平は勧められた客座に座ると、長丞に話しかけた。

「もともと、うちの狗神が憑いたいうのからして、根も葉もないことながですきに」

長丞はふて腐れたように答えた。

「ということは、おまさんくが狗神持ちいうのはただの噂じゃと……」

「嘘八百じゃ」

長丞はきっぱりといった。

「ほいたら……家の後ろの山の洞窟に、狗神を祀ってお参りしようという話は……」

「嘘八百ですち」

長丞は繰り返した。

「岩御殿山に洞窟なぞありはしません。岩の下に小さな社があるだけです。そこに、うちの氏神さまをお祀りしちゅうがを、村の衆が勝手に狗神を祀っちゅうといいだしたがです」

年貢納めや寄り合いの時などに、順平は長丞と顔を合わせる機会があった。しかし、時候の挨拶や世間話をするだけで、長丞に、狗神筋について問い質《ただ》したことはなかった。それは村の者はみな同じだ。この騒ぎが起きるまで、長丞の家が狗神持ちである、ということはこそこそと話されるだけで、決して面と向かって問われることではなかったのだ。

すべては、ただの噂というのか。順平は半信半疑で、さらに尋ねた。

「じゃが、前の狗神憑き騒ぎの時も、おまえんくは狗神持ちといわれ、先代の長丞は、いわれた通りに小宮を建てたというじゃろうが。心当たりがあったきとしか思えんがのお」

「わたしは先代の長丞の家の者じゃないきに、そんなことは知りませんで」

長丞はぶすりとして答えた。

「おまえは長丞の家の者ではないと」と、順平は怪訝な顔で繰り返した。

「わたしは長丞の息子の養子です。実家は阿波の東祖谷にあって親戚筋にはあたります。両親ともに死んでしもうたんで、三つの時に貰われてきたがじゃき、先代の長丞のやったことは、息子じゃった養父から耳にしただけです。そうでもせんと、おさまりがつかんかったというちょりました。それに、みなのいう通りにしたら、村もうちを受け入れてくれるようになると思うたんじゃけんど、とんだ見当違いじゃったと、死んだ養父はこぼしちょりましたわ。狗神持ちいう噂は消えはせん、組合に入れてくれいうたち、今もって断られる有様じゃ。ほんやき今度は、そんなことはしとうないがです」

「しかし、狂乱者どもは相も変わらず、おまえに、氏神神社に小宮を建てて、お祀りしてもらいたいといいゆうぞ。なぁ、長丞、ここは村を救うと思うて、いうとおりにしてやってくれんか」

「いくら惣老さまのお頼みでも、これはできません。わしの家族や一族のためです。今度も小宮を建てたら、やっぱり長丞んくは、狗神持ちやったいう話になるだけです」

長丞は悔しげに言い放った。

順平は、どう説得していいかわからなくなって黙った。外から子供たちがいいあう声が聞こえてくる。それをなだめる母親たちの声が混じる。

どこにでもある家庭の空気だった。長丞もまた家族の声に肩の力を抜いたようだった。ほうと息を洩らして、少し穏やかな顔になって続けた。

「一遍、狗神持ち、という烙印を押されると、もう取り消しようはないもんです。どんなに真面目に働いても、村のために骨を折っても、知らん顔をされる。筋といわれた女は、他の家との婚姻もできん。うちの娘が二十二になってもまだ嫁ぎ先が決まらんがは、そのせいです。この村を出て、誰もわしの家のことを知らんところで、なにもかもやり直せるがやったら、そうしたいもんです。もし惣老さまが、家の者全部に働切手を下さるんじゃったら、家を棄てて余所《よそ》の村に行ってもええ。百姓株も田畑もお取りあげくださるなら、小宮のひとつばぁ建ててやってもええとは思いよります」

隣で長丞の妻が考え深げに頷いた。

働切手とは、他村に働きに出る百姓に対して、庄屋から庄屋に宛てて出す認め証のようなものだ。それを書いてやって、百姓株や田畑を取りあげると、これまで長丞の田畑から上がっていた年貢や税の収入がなくなる。長丞の家がかなりの田畑を持っているだけに、順平としては困る話だった。

「それは、ちくと無理な話じゃのおし……」

「ほんなら小宮はよう建てません」

長丞は頑として答えた。

これ以上、話しても無駄なようだった。

順平は囲炉裏の中の薪からゆらゆらと立ち昇る煙を眺めてから、「そうか」と呟いて、腰を上げた。

土間の隅に座って、二人の遣り取りに聴耳《ききみみ》を立てていた丑も立ちあがった。

長丞が土間の出口まで見送ってくれた。

家を出ようとして、順平はふと思い出して尋ねてみた。

「それにしても、狂乱者どもが、おまんくで暴れた時に、正体の小玉ふたつを出せとかいっておったの。あれは、いったいなんのことじゃったのかのうし」

長丞は下唇を突きだして憮然としていたが、やがてにやりと笑って、着物の上から、股間を叩いた。

「わしの金玉を抜きたいんですろう。ほいたら、もう怖うはないきに」

丑が感心したみたいに、「そうかぁ」と声を洩らした。順平は、一瞬、長丞まで狗神に憑かれて、頭がおかしくなったのではないかと疑った。しかし、狗神持ちの家が、狗神憑きになるはずはない。いや、長丞は狗神持ちではないという……。

なんだか頭が混乱してきた。

とにかく、この経過を文にしたため、郡奉行所に差し送っておかなくては。

順平は丑を連れて、重い足取りで長吉の家を立ち去った。

8

「狗神憑きは、伝染《うつ》るというのか」

郡奉行青木忠蔵が当惑したように呟いた。頰骨の突きでた、竹のように面長の男だ。

「本日、地下役からの書状を携えてきた使いの者は、そのように申しちょります」

庭に面した座敷で、馬三郎は平伏して答えた。床の間を背にして前に座っているのは、土佐藩の六郡を治める郡奉行、青木忠蔵、久徳安左衛門、吉田元吉の三人だ。

「麻疹《はしか》でもあるまいし、そんなことはなかろうに」

懐手をして座っていた久徳が首をひねった。

「しかし、二十七名もの村人が次々に狗神憑きになったとは、伝染ると考えても不思議ではないですな」

それまで、じっくりと書状を読んでいた吉田が、ついと顔を上げた。端整な顔立ちに、剃《かみ》刀《そり》のような鋭い目つきが物騒な印象を与える。まだ三十歳前で、三人の郡奉行の中では最も若い元吉だが、切れ者だという噂だ。新藩主豊熙の目に留まって、十一月に郡奉行に任官されたばかり。短気なところがあるらしく、七年前に、投げ網のことで家来の若党と口論になり、その者を斬って棄てたという。家来が主人に歯向かった無礼討ちとして、表沙汰にはならなかったが、任官が遅れたのは、それが理由だったらしい。

「使いの者の申すには、狂乱者どもは、夜分になると平常に戻って家に戻り、翌朝もいつものように仕事に出ていくそうでございます。ところが、四つ刻になると道端に自然と集まりはじめ、惣老の小笠原順平方を始めとして、五人組の組頭の家などに連れだって行って、騒ぎだすとか。その者たちの顔を見れば、昨日の狂乱者の他に、何右衛門が加わり、また翌日には何助などが加わりという次第で、狂乱者たちとつきあうせいで伝染るものではないかと、村の者どもは噂しておるそうでございます」

馬三郎は、吉田のほうに平伏したまま答えた。

一月二十日付岩原村からの第二信が届いたのは、今日の午後だった。郡奉行所に書状を携えてきたのは、惣老の小笠原家の家僕だという。夜分に村を出立して、城下に着くや、そのまま出頭したらしかった。

書状によると、岩原村の狗神憑きは広がる一方。長丞は小宮建立を突っぱねるし、狗神に憑かれた村人たちは、毎日、暴れまわっている。『誠に稀成《まれなる》大変に付、此上《このうえ》は如何成行《いかがなりゆき》候事も難計《はかりがたく》御座候故、右の段、御届申候』と結ばれ、地下役たちの途方に暮れた様子がよく伝わってくる。

馬三郎は、使いの者に色々と尋ねてから帰し、すぐさま郡奉行に報告に上がったのだった。

「狗神憑きの類ならば、お祓《はら》いや祈禱の領分であろう」

久徳が不機嫌に呟いた。一揆や旱魃《かんばつ》、地震といった問題ならばまだしも、狗神憑きという一件にまともに取りあうことは、郡奉行として屈辱的だと考えているようでもあった。

「隣村の住職が毎日、祈禱しているのですが、それも効き目はないという話です」

「とにかく、お仕置《しおき》役の五藤さまにご報告しておいたほうがいいだろうな」

青木は他の二人の奉行に同意を求めた。

五藤恒次郎は、前藩主豊資《とよすけ》に重用され、藩主が交代した後も、隠居となった豊資の後ろ盾で仕置役におさまっていた。堅実で真面目だが、思い切ったことをする性格ではない。仕置役に報告しても、その上の奉行に報告するくらいのもので終わるだろう。

平伏したまま馬三郎がそんなことを考えていると、吉田の声がした。

「五藤さまにご報告するのはもっとものことですが、狗神憑きの者も増えている以上、この件、国境の地下役だけに任せておくのも、心配ではありませんか」

「では、どうするべきだと……」

青木が不承不承、尋ねた。面倒なことになって欲しくはないという様子はありありだった。

「郡奉行所の誰かを様子見に遣わすべきじゃと思います。これ、野島」

馬三郎は、はっ、と面を上げた。吉田の目が射抜くようにこちらを見つめている。

「誰かこの役に適任の者はおらんか」

馬三郎は、先遣役の同輩の四人を思い浮かべた。もう五十歳近い徳弘三右衛門は、豊永郷まで赴くのは大儀だろう。藤井清治と植田十蔵は若いが、豊永郷のことはよく知らない。門田左助は、二年前の阿波の百姓の逃散の時、陸目付役だったので、土地勘はあるが、考えの足りないところが不安である。適任といえば馬三郎自身ではあったが、この件の窓口となっている自分が、今、城下を離れるのは得策とも思えなかった。

「岩原村に様子見に遣るのでしたら、村のことを多少なりとも知っている者がいいと思います。すると先遣役よりも、地下役とよく顔を合わせる機会のある作配役のほうがよろしいかと存じます」

作配役は、年貢の銭や穀物の出納を掌《つかさど》る役柄だ。村々の風俗や戸口数などを掌握することが務めの先遣役よりは、もっと直接的に地下役と接していた。

「なるほど、作配役か……」

吉田は頷くと、すぐさま作配役の誰かを部屋に寄越すようにと、馬三郎に命じた。

第二章　探索

1

作配役畑山堅蔵が、豊永郷岩原村に出立するようにとの命《めい》を受けたのは、一月二十二日のことだ。翌朝、まだ暗い時分に、堅蔵は旅仕度を整えて、長屋の外に出た。

「どのくらいの滞在になるかはわからん。留守中、くれぐれも家のことは頼んだぞ」

見送りに出てきた妻に、堅蔵は厳めしく申し渡した。

「かしこまりました。ご安心して、お役目を果たしてきてくださりませ」

妻のいう役目というのが、村の狗神憑き如きの検分というのは張り合いがないが、堅蔵はその不満は隠して、うむ、と答えた。それから、眠たげな顔をして並ぶ、十歳を筆頭に三人いる子供たちに顔を向けた。

「しっかり学問に励めよ、義之助」

長男が、「はいっ」と気張った声を出す。

「かよとはるは、母上をちゃんと助けして、家の手伝いをするのだぞ」

かよが「はい」と答え、はるはまだ三歳だが、こくりとした。

貧しい長屋暮しではあるが、堅蔵は、武士の家としての格だけは保っているべきだと思っている。

「それでは行ってくる」と言い放つと、背中に風呂敷包みを縛りつけた堅蔵は、菅笠《すげがさ》を被って、長屋の前の通りを歩きだした。

堅蔵の住む鉄砲町は、城下の東にある。土佐藩下級武士である下士や職人たちの多く住む界隈だ。すでに路地のあちこちで表の戸が開く音がしたり、豆腐屋の前では台所で人の立ち働く物音が響いている。

寒々とした朝の冷気の中を、堅蔵は体を温めるために早足で進んでいく。江《え》の口《くち》川の板橋を渡り、北に向かううちに、夜が白々と明けてきた。城下を囲むように広がる田圃が浮かびあがってくる。切株だけとなった田圃の先には、青々と冬の山脈が連なっている。豊永郷は、その山々の遥か奥にある。

岩原村には、何度か年貢の検見《けみ》や取り立てで行ったことがあった。阿波との国境の山深い村だ。陽の射す時は短く、山並みが波のように眼下にたなびいて見えるほどの高みにある。村で穫《と》れる米は少なく、税のほとんどは焼畑の穀物に課するものとなっている。ないよりはましという程度の年貢しか得られない、土佐の山間部によくある貧しい村のひとつに過ぎなかった。

あの村で、どんなに大勢の百姓が狗神憑きとなっても、藩の財政に影響があるべくもない。郡奉行など上の者たちは、隣の阿波藩を通して、騒ぎが幕府に聞こえ、藩政不行き届きの理由を与えるのを恐れているのだ。そのため木枯らしの中をあんな山奥まで出向く羽目となってしまった。しかも先遣役の馬三郎から見せてもらった書状には、狗神憑きは伝染すると書かれていたではないか。もしかして自分まで狗神に憑かれたら……。

堅蔵は慌てて、頭を振った。

馬鹿な。狗神なぞに憑かれるのは、愚かな百姓どもだ。武士がそうなるはずはあるまい。

小さな丘のような比島《ひじま》山の横を抜け、久万《くま》川に架かる橋を渡ると、田圃の中に続く街道を北東に向かう。眼前に聳える山脈は青灰色にくすみ、朝陽が顔を出すに従って、雲の切れ間が錆《さび》色に染まってきた。不気味な色だ。あの山の中に岩原村があるのだ。そこが魑魅魍魎《ちみもうりょう》たちの棲み家にすら思えてきて、堅蔵は焦った。忌々しい考えを置き去りにする勢いで、ますます足を速める。

だが、不吉な考えも、太陽が昇り、あたりに蜜柑色の暖かな光を投げかけるようになると、薄氷のように融《と》けていった。山田村を過ぎると、土佐藩の穀倉地帯である平野は終わり、山が両側に迫ってくる。すでに太陽は高く昇り、そろそろ四つ刻だ。山道にさしかかる前に一服するかと思って、田圃の中の松の木の下にあった茶屋に立ち寄った。

陽溜まりに置かれた露台に、男が三人、座っていた。頭に手拭いを被り、着物をはしょって股引を穿《は》いている。帯に扇子を挟んでいるからには、門付け芸人のほめだろう。

堅蔵は、その者たちとは離れた露台に腰を下ろして、昼には早いが、弁当を開け、握り飯をひとつだけ喰うことにした。

「いらっしゃいまし」

掘っ立て小屋に葦簀《よしず》を立てかけただけの茶屋の中から、前掛けをした女が出てきた。雀の黒焼きのように痩せて、色黒の女だ。お歯黒までしているので、影法師みたいでもある。

「茶を貰おう」

堅蔵は握り飯にかぶりつきながらいった。

女が中に入ろうとすると、ほめの一人が声をかけた。

「姐《ねえ》さん、韮生野郷《にろうの》いうたら、この先かね」

女は「そうですよ」と答えて茶屋に入ると、堅蔵のところに茶を運んできた。それから、ほめたちに話しかけた。

「韮生野に行きなさるんですかね」

「ああ、庄屋さんところの宴席に呼ばれたんじゃ」

韮生野郷は、この山田から物部《ものべ》川沿いに東に行ったところにある。

「韮生野に行くがでしたら、早いうちに着いたほうがええですよ。あそこらへんの山は深《ふこ》うて、うかうかしよったら、狸や柴天《しばてん》に化かされたり、山犬に喰い殺されたりするというきにねぇ」

「そりゃあ、たまらん」

ほめの一人が大仰に両腕をさすって、震えあがる真似をした。

「なに、狸や柴天に出くわしたら、このおれさまの法力で、ちちんぷいぷい、じゃ」

もう一人のほめが箸を口にくわえて、法印を結ぶ真似をした。女は袂《たもと》で口許を隠しつつ笑った。

「それが効くとええですけどねぇ。韮生野あたりの太夫さまたちの験力《げんりき》は強うて、遠くの岩を転がしたり、笊《ざる》を天井から糸ものうて釣りさげることもできるいいますけんど、やっぱり、化かされた、いう話はあちこちで聞きますけに」

ほめたちは顔を見合わせ、そそくさと勘定をすませて立ち去っていった。

韮生野郷やその先の物部郷の怪異については、堅蔵もしばしば耳にしていた。そして、岩原村のある豊永郷は、山ひとつ隔てた隣り合わせの郷。昔から豊永郷は、韮生野郷や物部郷と峠道で行き来してきた。

狗神に憑かれた者が二十七人か……。

岩原村行きは、まったく気が進まなかった。

2

「およしさん、およしさん。おるかえ」

家の外でしゃがれ声がして、みつの母が腰を浮かせた。誰か訪ねてきたらしい。夕食もすませて、囲炉裏の火明かりの中で藁仕事をしていたところだった。

今日も夕方まで狗神に憑かれて騒ぎまわっていた父は、すでに囲炉裏端で大の字になって寝ている。父の手がひとつ抜けたために、みつや母、弟の亀までせっせと夜なべ仕事をしないと、冬場のやるべきことは片付きそうもなかったのだ。

よしが土間の入口の戸を開けると、提灯《ちょうちん》を手にした忠助が現われた。背後には、息子の丑もくっついている。

みつが丑に声をかけようとした時、順平のずんぐりした姿に気がついた。母のよしも驚いて、「あれ、惣老さま」といったきり、挨拶も忘れている。

「夜分、すまんのぉ。ちと用があってな」といいながら、順平は腰をかがめて、後ろにいる者に、「さあ、どうぞ」とお辞儀した。

続いて入ってきたのは、刀を差した侍だ。三十代後半ほどで、目も鼻も口も一カ所に集まり、耳が横に突きだした貧相な顔つき。生真面目そうに口を一文字に結んでいる。

そういえば、順平の屋敷に、昨夜、城下からの役人が来たという噂は聞いていた。

「こちらは郡奉行所作配役、畑山堅蔵さまじゃ。狗神憑き騒ぎのお取り調べで参られたが、狂乱者どもは、夜はどのようになっているか見聞したいと申されて、お連れしておるところじゃ」

堅蔵は、母やみつや弟たちを土間の薪のように見遣ってから、父の為右衛門の寝姿に目を止めた。鼾こそ立ててはいないが、胸を大きく上下させて、気持ち良さそうに寝入っている。

よしがその視線を追って答えた。

「あそこで寝ておりますです」

堅蔵は眉根を寄せて、父に近づいていった。少し頬を手で叩いてみたが、為右衛門はぐっすりと眠っている。

堅蔵はしばらく為右衛門の様子を眺めた後、ゆるゆると立ちあがった。

「毎晩、こんな調子なのか」

「はい」と、母は緊張した面持ちで頷いた。

「どこの家の狂乱者も同じでございます」と、順平が言葉を挟んだ。

「朝はいつもの通りに起きだして、仕事に出ていくのですが、四つ刻になるとおかしゅうなって、他の狂乱者どもと、あっちの道筋、こっちの道筋で集まって、組頭やうちに押しかけてきて、騒ぎまわるのです」

「帰宅する時は、正気に戻っているのか」

堅蔵が母に聞いた。

「はい。ぼんやりした顔はしちょりますが、気は確かで。ただ、くたくたに疲れちゅうみたいで、ご飯を掻きこんでそのまま朝まであんな調子で……」

母が申し訳なさそうに答える。

「いい気なもんじゃな」

堅蔵は、為右衛門のぼさぼさ頭や、薄汚れた手足を一瞥してから、「女の狂乱者も出たといいよったな」と順平に聞いた。

「ああ、何人かおります。一人は、この付近に住んじょりはせんかったかな」

順平は忠助に顔を向けた。

「それは、りくという女でして、隣に住んでおります」

「隣か。それでは、女のほうも一応、どうしているか検分しておくか」

堅蔵が踵《きびす》を返した。忠助が外に飛びでて、提灯で足許を照らすと、堅蔵はのっそりと家を出ていった。順平が腰巾着のように後に続く。最後に出ていこうとした丑に、みつは追いすがって小声で聞いた。

「いったい、どうして夜にお調べがあるがで」

「わからんけど、昨日、着いた時から、旦那さまから色々と詳しい話を聞きよる。脱藩者のお取り調べみたいじゃぞ」

丑は早口で答えると、ぴょんと敷居を飛んで闇に消えた。

隣のすみの家で、「ごめんくだされ」という忠助の声が響いている。開かれた戸の内に、黒い人影が次々と吸いこまれていく。

城下から役人が来て、村の家々を調べまわっている。役人という言葉だけで、みつは背筋の冷たくなるのを感じる。

これから、どうなるのだろう。脱藩者のお取り調べみたいだと、丑はいっていた。父の狗神憑きがおさまらなければ、脱藩者のように死罪となるのではないか。

空を見上げると、星が一面に広がっていた。月はまだ出ていない。狗神憑き騒ぎが起きた時は、満月が皓々《こうこう》と輝いていたのに……。そんなことを考えていると、粥釣の晩のことを思い出した。満月の下で見た人数は四人。一人は消えていた。

あの粥釣の翌日から、狗神憑き騒ぎが始まった。消えた山人役の男こそ、村の家々を訪ねてまわり、狗神をばらまいていた張本人だったのでは……。

みつは禍々しい連想を断ち切るように、戸をぴしゃんと閉じた。

3

葉を落とした椚《くぬぎ》の木々の枝の隙間から、阿弥陀堂の藁葺《わらぶき》屋根が覗いていた。空は灰色に曇り、今にも雪がちらつきそうだ。凍えるほどの冷たい風が吹いていたが、幸い阿弥陀堂は、小笠原家の屋敷から歩いてすぐのところだった。そこでも連日、狗神に憑かれた者たちが騒いでいるというので、堅蔵は、順平の案内でその小さな堂に向かっていた。

岩原村に到着して三日目。昨日は、小笠原家に集まった狂乱者の狂態を目の当たりにして度肝を抜かれ、夜にはその者の家々を訪ねてみた。誰も彼も、ただ眠りこけているのを確かめただけだった。郡奉行所には、着いて早々の二十四日に、順平から聞き取った細かな経過を報告しておいたが、他にどうしていいかもわからない。さしあたってできることは、事態の見聞を広めるしかない。

「あの阿弥陀堂は、村の氏堂となっていまして、昔は百川の畔《ほとり》にあったんですが、洪水で土地が崩れてしもうて、今の堂山に移ったという話です」

順平が道々説明する。

「後の世に、隣の阿波の西祖谷の村に移ってしもうたということですが、その堂山の跡地に二百年ばぁ前ですろうか、また氏堂を建立して、以来、隣の粟生村の定福寺がここの世話をしてくれるようになっております。ほんで今度も、定福寺の心海和尚さまにご祈禱をお頼み申しあげたのですが……」

順平はかぶりを振った。

聞かなくても、その祈禱が無為に終わっているのは察せられた。

阿弥陀堂に近づくにつれて、人々の騒ぐ声が聞こえてきた。境内の入口から覗くと、実に大勢の者たちが飛び跳ねたり、奇声を発したりしている。鞠《まり》のようにぽんと跳ねたり、背中を蛇のようにくねらせたり、その動きときたら人間業《わざ》とは思えない。見物や、見張り役の家族の者たちが周囲を囲み、まるで祭り騒ぎだ。切れ切れに聞こえてくるのは、心海和尚の読経だろうが、それも罵声によって、かき消されがちだ。

「たんたん狸の和尚さまお嬢さまお庄屋さま。まっとええ声でお経を上げよ、花咲爺も満開じゃあ」

「ああ見苦しや息苦しや。坊主の癖に頭の毛が伸びておるのはなんちゅうことぞ、刈れ刈れ丸刈りの禿山ぞ」

「ほら、経を間違えた。下手糞坊主糞坊主、糞を丸めて枯れ葉に包み、こんがり焼いて糞団子」

堂内に座っているらしい和尚に向かって、罵詈雑言を投げつけている。支離滅裂な言葉に、奇妙な節がつけられて、まるで祝詞《のりと》か歌のようでもある。和尚の読経と相まって、境内一円から気の狂れた読経が湧きあがっているようだ。

「祇園精舎の鐘の声、諸行無常の響きあり」

聞き覚えのある節回しが聞こえてきて、堅蔵は、おや、と思った。見ると、髪もざんばらとなった一人の百姓が、朗々と歌いながら、境内の椋《むく》の木のまわりを巡っている。それに釣られたように、他の者も一斉に声を合わせだした。

「沙羅双樹の花の色、盛者必衰の理《ことわり》をあらわす……」

こんな山方の百姓どもが、どうして源平合戦の物語などを知っているのか。

「あぁあぁ哀れ神代、神を招じのためしのまにまにいいっ、槙《まき》の松明《たいまつ》暗夜に振りあげええ、照らす火影に立ち舞い遊ぶううっ」

神代の話を甲高い声で語りだしたのは、一人の女だ。太布の薄い着物をひらひらさせて舞っている。これまた百姓が知っているようなものではない。しかも女の帯は解けかかり、髪の毛は乱れ、お歯黒の大きく開いた口がやけに色っぽい。

あれは昨夜、訪れた家の女だ。髪も解け、着物の裾も乱したまま、囲炉裏端に横になって眠りこけていた。割れた着物から覗いていた張りきった太腿《ふともも》を思い出して、堅蔵は思わず唾を呑みこんだ。

「まず松明ぞおもしろやぁああ、まず松明ぞおもしろやぁああ」

げらげらと笑いながら舞いつづけていた女の声がふと止まった。焦点の合わなかった目がひとつとなり、堅蔵たちのほうをじっと見つめた。

堅蔵は、なぜかは知らないが、どきりとした。

女の口がゆっくりと横に押し広がった。にやあ、と笑ったようだった。剝げかかったお歯黒の黒い歯が覗いた。そしてまた女は裾を翻して舞いはじめた。

4

膳の上には、豆腐と里芋の煮付け、漬け物や焼き味噌などの肴が載っている。簡素な下級武士の食膳でちょっと贅沢なのは、こってりと脂の乗った鰤《ぶり》の刺身だ。その刺身をつまみつつ、馬三郎は、文吉と酒を酌み交わしていた。

こうして、時々、文吉を家に招いたり、招かれたりして、四方山話《よもやまばなし》をして夜を過ごすのが、馬三郎の楽しみのひとつだ。今朝、妻、八尾《やお》の長浜村の親戚から新鮮な鰤が届いたので、郡奉行所からの帰途、教授館に文吉を訪ね、北奉公人町の自宅に誘ったのだった。

「岩原村の狗神憑きの一件、ますます紛糾しておるのじゃろう」

しばらく雑談した後で、文吉は含み笑いをしていった。鰤の刺身は口実で、実はその件でゆっくりと文吉の意見を聞きたかったことは、すでに承知しているようだった。

「万事お見通しじゃの」

馬三郎も苦笑いした。

「四日前に岩原村に作配役の者を一人送ったのじゃが、まったく手に負えん次第となっておるらしい」

話しながら、今日、届いた畑山堅蔵からの二十六日付の第二信の最後が、馬三郎の脳裏に浮かんでいた。

『次第に人員も相増、今日は四十人余にも相成候由《よし》にて、如何《いかん》とも不安次第とは存《ぞん》候へとも、壱人も御他領へ立去《たちさり》候様の事は無之《これなく》、是《これ》には致安心罷有候《あんしんいたし》』

堅蔵の寄越した第一信、二十四日付の文では、狗神に憑かれた者たちは三十余人とあった。二日のうちに、十人ほど増えていることになる。

「一日五人の見当で伝染していきゆうわけよ。この先どうなることやら。郡奉行さまにお達し申しあげたところ、明日にでも、もう一人、作配役を遣わすことになったが、それが作配役になったばかりの若造での、まあ、誰もおらんよりはましという程度で……」

「岩原村の村人は何人くらいおるがじゃ」

「ええと、あの村は……まぁ、七、八百人弱くらいじゃろうか……」

「七、八百人のうち四十人いうたら、まだまだ、ちょっとのもんじゃないか」

文吉は事も無げにいって、酒を啜った。

「けんど、ほとんどが働き盛りの男なんじゃ。百戸弱の村で、四十戸の家主が狗神憑きになってしもうたら、半分近い家がその障りを被りゆうことになる。大変なことじゃ」

ふむ、ふむ、と文吉は他人事《ひとごと》のように相槌を打って、刺身に箸を伸ばした。

馬三郎は銚子の酒を文吉に注いで続けた。

「百姓どもの狂言芝居かとも疑っておったが、それだとしたら解せんことがある」

文吉は口に刺身を入れたまま、興味をそそられたように馬三郎を見た。

「作配役の手紙では、狂乱者どもは、神代のことや源平合戦の始終を大声で一緒に唱えよるらしい。山分の百姓どもがそんな歌を知っちゅうはずはない。というと、やはり狗神に憑かれちゅうとしか考えようはない」

文吉は上半身を起こすと、傍らの火鉢に手を翳して、「さて、それはどうかの」と応じた。

「いかに山奥の村とはいえ、ほめなどの旅芸人は全国津々浦々を巡りゆう。源平合戦を語る琵琶《びわ》法師や、座頭、瞽女《ごぜ》もおるろう。神代の話いうても、どこの神社でもやりゆう神楽で謡《うた》われゆうろう。楽しみもない村の暮しの中で、そんな芸人どもの語る物語や神楽の歌には、さぞかし心も騒ぐことじゃろう。言葉のひとつひとつ、胸に刻みつけちょっても不思議じゃあない」

「なるほどのお」

文吉の説明の冴えに、馬三郎はいつものように感心して、銚子を取りあげ、空になっているのに気がついた。

「おい、八尾、八尾」

妻の名を呼ぶと、隣の茶の間との境の襖《ふすま》が開いて、八尾が顔を出した。

「ご用でございましょうか」

八尾は敷居の前にきちんと正座して、恭しく聞いた。馬三郎より十歳若い、まだ三十歳の女だ。武士の娘らしく、立ち居振る舞いがきっちりしている。座敷と茶の間と奥の間しかない小さな家で、こんなに丁寧にされては、馬三郎すら時に窮屈に思えるほどだ。

「酒をもう一本、つけてくれ」

馬三郎は空の銚子を差しだした。八尾がそれを両手で受け取って、「かしこまりました」といった時、敷居のほうから声がした。

「狗神って、なんでぇ」

五歳になる息子の敬吉が、開いた襖の間から好奇心に溢れた顔を出していた。

「敬吉、お父上のお話の邪魔をしてはいけません」

茶の間で、二人の話を聞いていたことがあからさまになったばつの悪さから、八尾が顔を赤くして咎めた。

「かまやせん、かまやせん。狗神とはのぉ、敬吉っちゃん、人に憑いて悪戯《わるさ》をする獣の霊といわれちょるが、迷信じゃよ」

文吉が穏やかにいった。敬吉の名は、文吉の諱《いみな》である敬之と、通り名の文吉のそれぞれ一字ずつ貰ってつけた名だった。息子も文吉の才にあやかればいいと、馬三郎が願ったためだ。文吉は、自分の名を承《う》けた敬吉をかわいがっていた。

「迷信ち、なんで」

敬吉は困ったように、今度は馬三郎を見た。

「迷った信心じゃ」

きょとんとしている敬吉に、文吉が「間違《まちご》うた信心ということよ」と補足した。

「ふうん」

敬吉はわかったような、わからないような顔をした。

「ほら、敬吉、こっちにおいで」

八尾がきびきびした声で敬吉を急き立てて、茶の間との境の襖を閉めた。

「御者の名前を貰《もろ》うても、目から鼻に抜ける子になるもんでもないのお。御者のところに女の子でもできたら、敬吉の嫁にしたいもんじゃ。ほいたら、孫はさぞかし頭のええ子になる」

文吉は、はっは、と笑った。

「そんなもんで頭のええ子ができるんなら、し易《よ》いことよ。うちの幾之助の妹ができたら、敬吉っちゃんの嫁にしちゃってもええぞ」

「ほんまか、約束ぞ」

「約束する、約束する」

そして、文吉はおかしそうにいった。

「確かに、生まれながらの資質みたいなものはあるようじゃのお。教授館にも時々顔を出す国学者の鹿持雅澄《かもちまさずみ》殿に甥っ子がおるがの」

鹿持雅澄は、馬三郎も何度か顔を合わせたことがある。城下の西北にある福井村に引きこもって、万葉集の研究に勤《いそ》しんでいる。

「その甥っ子というのは、武芸にばっかり夢中になっちゅう腕白坊主じゃが、なかなかふてぶてしい面構えなんじゃ。武市半平太《たけちはんぺいた》というての、先々、大物になりそうな感があるのぉ」

「それは藩のためにも末頼もしい若者じゃの」

「藩のためとは了見が狭い。これからは藩ではのうて、この豊葦原《とよあしはら》の瑞穂《みずほ》の国全体を視野に入れて考えんといかん。国を立て直し、城壁を堅固に築いて、夷狄《いてき》をはね飛ばさんことには、日本は滅ぼされてしまう」

「日本が滅ぼされるとは、ずいぶんと大袈裟《おおげさ》ではないかや」

「いやいや、実際に起こりかねんぞ。昨今、英国は阿片によって中国に手を伸ばし、我がものとしたも同然じゃ。次は日本じゃと、他の西洋の国々と共に虎視眈々と狙いゆう。国存亡の危機は目前に迫っておるんじゃ」

文吉は、そんな危機感を抱いているのかと、馬三郎は少し驚き、五年前に起きた蛮社の獄を思い出して、ひやりとした。西洋事情に詳しいために英船渡来の対処策を真剣に思案したことが仇となり、幕府を批判したと非難され、蘭学者《らんがく》の渡辺崋山と高野長英が処罰されたのだった。崋山は蟄居《ちっきょ》の末に三年前に自殺、長英は今、江戸の獄に繋がれていると聞いている。

「幕府の政策を憂慮するのは、ほどほどにしておいたほうがいいんじゃないか」

馬三郎は声を低くしていった。

「下級武士は黙っちょれ。愚民は愚昧《ぐまい》でおれ、ということか」

文吉は嘲るように言い返した。

「確かに天下泰平の世はそれでよかった。手形なしの旅の御禁制、さらには鎖国によって、民は幾重にも守られておった。他の国のことを知らんかったら、もっとええ暮しがあるとも思わんし、生まれたところを出ていきたいとも思わん。生まれ育った土地で、平穏無事な気分で生きておれた。親に守られた子供みたいなもんよ。しかし、それも親が面倒をちゃんと見てくれておる間だけのこと。今、日本の上の方々は、民の世話をちゃんとしちょるろうか。親として子を守っておるろうか。子はひもじい、ひもじいと泣き喚いておるのに、有効な手だてもなく、ほったらかしじゃ。そして海の向こうでは、嵐の前触れが吹き荒れゆうときた。子供も大人にならんといかん。下級武士とて、愚昧ではおれん時代となってきた」

そういってから、文吉はふっと肩の力を抜いて付け加えた。

「愚昧ではおれんようになっちゅうがは、岩原村の百姓どもも同じじゃないかの」

5

「狗神に喰われたらいかんとは、自分でも重々、わかってはおりますんです」

庭に座った十右衛門が神妙に答えた。そこに居並ぶ、村人十二、三人も、十右衛門の言葉に同意するように、やはり頷いた。これまた、連日、狗神に憑かれて騒いでいる連中だ。

「それでは、どうして、毎日、狗神に憑かれてしまうんじゃ」

座敷の縁側に座った作配役の堅蔵が、不機嫌そうに尋ねる。少し離れたところにいた順平は、そんなことは、鶏になぜ鳴くのかと聞くと同じことだ、と内心、思った。

役人というのは、収穫が少ないと、どうしてかと平気で聞いてくる。天候のせいに決まっているではないか。まるで天候をどうにかできるとでも信じているようだ。

狂乱者たちを集めて、事の次第を問い質そうといいだしたのは、堅蔵だった。順平は、そんなことを当人たちに聞いても無駄だとは思ったが、なにしろ役人の提案だ。無視するわけにはいかず、狂乱者たちも平穏でいられる朝の早いうちに、近隣の者たちを自宅の庭に集めたのだった。

　順平の横には、堅治や孫与門も控え、狂乱者たちを連れてきた家族、小笠原家の家僕や小作人たちも遠巻きにして見守っている。役人の取り調べというので、全員、髪もちゃんと結び、着物もこざっぱりしたものを着ている。首をすくめて、緊張して並ぶ態度は、連日、同じ庭で傍若無人に騒ぎ狂っている姿とは繋がらない。

「それが急に、東風がひゅうと吹いてくるみたいに感じて、身の毛が逆立ってしもうて、正気がのうなってしまうがです。それからもう、なんを喋ったか、どこに参ったかもわからんようになってしまいまして……」

　巨体を縮こまらせて語る十右衛門の横で、他の百姓たちも盛んに頷いている。それでは四つ刻になると、全員、似たり寄ったりの体験をするのだ。

　悪い風に当たるというが、それはこのことかもしれない。しかし東風とは何だろう。

　岩原村の東は、山を隔てて三谷《みたに》村。そこから先は国境の京柱《きょうばしら》峠になっている。峠を越えると、阿波の東祖谷村だ。その峠を越えて、一昨年には阿波の百姓たちが西峰番所に逃げこんできた……。

　この者たちは、阿波から吹いてくる東風に当たって狂乱するというのか。

「だが、夜には自分で家に戻り着くと聞いたが」

堅蔵の声が、順平の思案を砕いた。

「そうでございます。夕方になって我が家に戻る時分には、ここを東、そこを西に、と帰り道はちゃんとわかるがです。ほんで家に戻ったら、ええ気分で寝てしまい、次の朝、家の者から前日のことを聞いても、とんと覚えちゃおらん始末で……。惣老さまを始め、村の衆に迷惑をかけゆうのは、まっこと申し訳のう思うちょります」

十右衛門は心から恐縮しているらしく、汗を滲ませつつ話している。嘘をついているようではない。

それにしても、すべて忘れるとは、どういうことか。順平は考えながら軒先を見上げた。さっきまで東の空で輝いていた太陽も高く昇り、軒に隠れている。

そろそろ四つ刻ではないか、と思った時だった。庭に座った百姓の東の端にいた者が、犬が匂いを嗅ぐように、顔を上げて、左右をきょろきょろ見回した。はっとした順平が止める間もなく、東端の男が飛びあがって、「かっかっかっ」と笑いだした。すぐにその横の百姓が肩を揺すり、くわっくわっと全身を震わせた。

「やめろっ、鎮まれっ」

順平が怒鳴ったが、もう遅かった。

一陣の旋風に煽《あお》られたかのように、東にいた者から順番に騒ぎだし、庭に土下座していた百姓たちが立ちあがった。

「お白洲《しらす》に役人引きだし御詮議なるか豊葦原の瑞穂の国にぴろぴろひょろろ」

「長丞はどこだ、小宮はまだか。わしらは狗神ぞ、畏れを知れい」

「吉野川の川辺を行けば吉野桜、千本桜に花が散るぅうっ」

ある者は四つん這いになって飛び跳ね、ある者は庭の南天の下で転がって、尺取り虫のように抱きついている。十右衛門が軒下に積んであった薪で、縁で度肝を抜かれている堅蔵や順平を示して怒鳴った。

「そこの者どもぉおっ。われらに不届きな言い方をしおって、許さぬぞおおおっ」

声は高音と低音のふたつに割れて、鐘の中に入れられたように、がんがんと頭に響く。

「懲らしめてやるぅううおおっ」

「おうおうおぉおおん」

犬の吠えるような声を立てて、他の者たちは石を縁側に投げつけはじめた。

「やめろ、やめんかっ」

堅蔵が立ちあがって一喝したが、そんなものを聞く耳は持っていない。むしろ、ますます興奮し、目をぎらぎらさせて縁側に押し寄せてくる。

「畑山さま、ここはとりあえず中に」

順平が堅蔵の袖を取って頼んだ。

堅蔵も、十数名の屈強な男たちに襲われそうになって魂消《たまげ》たらしく、順平や孫与門と一緒に居間に入った。堅治が急いで障子を閉ざす。いつものことながら、狂乱者たちは家の中までは入ってこない。庭で騒ぎたてるだけだ。

居間の囲炉裏端では、於まきと朝が強ばった顔つきで座っていた。順平は二人の女に茶を持ってくるように命じると、堅蔵を囲炉裏端に座らせ、自分も孫与門と堅治とともに腰を下ろした。しばらく四人は、外から聞こえる怒鳴り声や歌声を聞くともなく聞いていた。

「定福寺の坊主の祈禱も効き目はないし、話をしても、なんともならんときたか」

堅蔵は懐手をして、難しい顔をした。

「はい。まったく、どうしていいかわからないものでございます」

順平はことさら大仰にため息をついてはみせたが、内心は安堵していた。城下から遣わされた役人が、この騒ぎを鎮める手だてはないと認めたのだ。自分たち地下役が百姓鎮撫《ちんぶ》の努力を怠っていたわけではないと判断されたと同じことだった。

「坊主が駄目なら、神主がおるんじゃないか。氏神神社くらいあるろうが。そこの神主の祈禱はどうなんじゃ」

順平と堅治は困った顔を見合わせた。実は、弓占いの吉太夫が寝込んでしまったと聞いてから、順平は堅治に、もう一度、岡崎長門のところに祈禱を頼みに行かせたのだが、前回同様に断られたのだった。今度の理由は、狗神憑きというのは、それぞれの家の問題である、当神社は村全体の平穏を祈るもので、そのような各自の家のための祈禱はせん、というものだった。順平は、長門は自分の手には負えないと踏んで、断ったのではないかと疑っていた。

「氏神神社の神主は及び腰でして……。それに定福寺といえば、豊永郷では名刹《めいさつ》のひとつ。そこの和尚さままでも駄目なものが、村の神主如きで効きますかどうか……」

順平はおずおずといった。

「それならば、誰がいいというんじゃ」

堅蔵が問い返した。順平が考えていると、堅治が口を挟んだ。

「村人たちは、五台山高善院の律師さまは大層法力が高いと、崇《あが》めております。その律師さまにご祈禱していただいたら、狂乱者どもも畏れ入るのではないですろうか」

「狗神退治には、五台山よりも、お稲荷さまのほうがええんじゃないですか」

孫与門が意見を述べた。

「なるほど。四国には狐の住まいがないきに、狗神が盛んに悪戯《わるさ》するということを聞いたことがある」

「稲荷宮というと、城下、松ヶ鼻の稲荷神社とやらは霊験あらたかとか……」

順平がうろ覚えの名を口にすると、「それそれ」と堅蔵が膝を叩いた。

「松ヶ鼻の稲荷神社は、わしの家の近くにあってな、参詣人もいっぱいおる。十年ほど前、前藩主豊資さまの求めに応じて、大坂の土佐藩邸に勧請《かんじょう》されたものを、土佐に持ってきたという。神主は松ヶ鼻の神社の建立から勧請まで、すべて一人でやったほどのなかなかの人物じゃ。まことに、あそこの神主ならば、適任かもしれん」

堅蔵が薦めるからには、験力も強い神主に違いない。

「それでは、早速、郡奉行所に、松ヶ鼻の稲荷神社の神主さまをお呼びすることを、お願いしたいもんです。大庄屋さんに相談して、嘆願状を出すことにいたします」

「よし、わしも添え文をつけて、仔細を説明してやろう」と、堅蔵も機嫌良くいった。堅蔵もまた、この事態に対するなんらかの手だてを見つけて喜んでいるようだった。

藁にも縋る思いの順平は、一里ほど離れた土居村に住む大庄屋の山本實蔵に話をするために、そそくさと腰を上げた。

6

夕暮れ時の山中は薄暗く、冷え冷えとしていた。吉野川に沿って続く山の中腹の道を、藤崎信八は辿っていた。前に立つのは、小笠原順平から遣わされた少年だ。

もうすぐ岩原村が現われる。そう思うと、信八のこめかみが脈打った。

昨日、三人の郡奉行の前に呼ばれ、先達の同僚、畑山堅蔵と一緒に岩原村の狗神憑き騒ぎの探索にあたれといわれた時、信八は顔面に浮かびそうな喜色を隠すのに苦労した。

「とにかく真実にあたらなくては、当座の評議は無益であるから、すでに彼の地に差し向けた畑山堅蔵と力を合わせて、お役目、相勤めるように」との言葉を、吉田元吉からかけられるや、信八は顔を伏せたまま、「かしこまりましてございますっ」とやたら張り切った声で返事したものだった。

四十人以上の村人の狗神憑き。稀代の事件だ。岩原村というところは、よほど面妖な地に違いない。

信八は、国学者、平田篤胤《あつたね》の著作を愛読している。篤胤が幕府から江戸退去、著述禁止の命を受けて、故国の秋田に引退することになった三年前から、おおっぴらに読むのは憚られるようになったが、円行寺《えんぎょうじ》村から出てきて世話になっている城下の叔父宅の自室に、今も大事に隠し持っている。武州中野村の九歳の少年の転生譚を記録した『勝五郎再生記聞』や、山人の師について、仙境で修行を積んだ少年寅吉の話を詳述した『仙境異聞』といった聞き書きの類だ。

信八は、篤胤のように、岩原村の狗神憑きの話を詳細に記録し、自分なりにその不思議の原因を追求したいという密かな希望を抱いて、旅立ってきた。

「岩原村には、前々から化け物が出るとか、幽霊が出るとか、そんな話がよくありはしないか」

慣れた足取りで、ひょいひょいと細い山道を行く案内の少年に、信八は聞いた。

「そりゃあ、あります」

少年は元気に答えた。

「百川の畔の奥荒《おくなあれ》には、霧石いう大きな岩があって、夜泣き岩と呼ばれちょります。夜になったら泣くそうです。そこに昔は、氏神神社があったがですけんど、一度、百手《ももて》祭りの時、太鼓が川の淵に落ちてからに、今も時々淵の底から、どんどこどろどろ、いうて太鼓の音が聞こえるいうて、太鼓淵といわれよります。氏神神社のあったところの前は、宮淵といわれよりまして、大蛇が棲みゆうということです」

「百川の話ばっかりだな。村の他の場所の話はないかや」

「阿弥陀堂の裏の墓で幽霊が出るいうのは聞いたことがあります。岩原口番所の向こうの阿波との境の峠で狸に化かされたとか、吉野川の淵に棲む猿猴《えんこう》が悪戯《わるさ》好きで、留爺いう村の者が尻《つべ》を抜かれて死んでしもうたとか。杖立《つえたて》峠には魔人いうて人を喰う化け物がおるとか……」

どれも、どこの村にでもある狸の化かし話とか、猿猴の話だ。おまけに杖立峠は、今日、信八も通ってきた城下に抜ける往還の峠道だが、岩原村の外だ。

「なんかもっと、村の中の話で怖気《おじけ》を震うような話はないか」

少年はちらと振り返って、信八を見た。鼻の低い、猿のような顔をしている。その賢《さか》しげな目がきらめいた。

「ほいたら、お侍さん、この話はどうじゃろう。昔、村に板屋屋敷いう大きなお家があった。その家のお花婆いうんが、ある夏、十三人の日雇いに山焼きに行かしたと。お花婆は日雇いらぁの弁当を作って、一人で後から山に入ったところが、氏神神社の鳥居の前で、白髪の爺がおって、今日の山行きはやめたがええ、というたと。けんどお花婆はこじゃんと気の強い婆じゃったき、耳も貸さんと進んでいった」

なんだか、鬼ヶ島に行く途中の桃太郎が雉《きじ》と犬と猿に出会うような話だ。これまた、どこにでもあるような昔話ではないかと思っていると、舞い降りてきた薄闇の中、木立のどこかから、ごうごうと水の轟きが聞こえているのに気がついた。

「ずいぶんと烈《はげ》しい流れがあるようだな」

「百川です」

信八は、少年の語る最初の話に出てきた場所だと思い出した。

道は下り坂となり、視界が開けてきた。棚田が広がり、その底の渓谷に百川が流れていた。さほど大きな川ではないが、流れは激しい。川に向かって石段を降りていくと、渓谷の上流に、黒々とした巨大な岩が聳えたっている。

「あれが霧石です」と、少年が指さした。

あの石が夜になったら泣くというのか。

いかにも奇怪な様相をした岩塊だ。薄く切り立った板のような岩肌に、夜霧がまとわりついている。あの岩塊が夜泣きしても不思議ではないと思われた。

渓谷の底に着くと、急流の中の大きな石に、板を渡した、橋ともいえないものが架かっている。冬場だけに、ごうごうと音を立てて流れる川は、氷のように冷たそうだ。足を滑らせると、たまったものではない。慎重に渡り終えて、やっと向こう岸に着いたと思うや、前を、さあっと黒い影が横切っていった。信八は思わず腰の刀に手をかけた。細い尻尾が見えた。山鼠《やまね》だった。

百川を渡って、また棚田の間の小径を登っていく。前面の斜面一帯に棚田が広がっている。あちこちに民家が散らばり、夕餉の煙が白く立ち昇っていた。

「岩原です」と少年が振り向いた。

初めて見る岩原村は、夕闇に沈みつつあった。ここで大勢の狗神憑きが出たのだ。

「ところで、先のお花婆とやらの話はどうなったんじゃ」

少年の後について、急な坂道を登りつつ、信八は尋ねた。

「ああ、そうでございました。お花婆の話の途中じゃった」

少年は話を思い出すためか、少し黙ってから、また続けた。

「白髪の爺と別れたお花婆が、山の入口にさしかかった時、今度は、ひとつ目で一本足の小坊主が出てきて、こういうたと。この山に火を入れるのをやめろ、やめんと、おまえの家で帰りを待ちゆうきねや。そいで小坊主は山を降りていったがやと。お花婆は日雇いに弁当をやって、家に戻った。ほいたら、茶の間の囲炉裏の自在鉤《じざいかぎ》に人の身の丈より長い太い蛇が巻きついて、じろりじろりとお花婆を見ゆうがやと。お花婆は魂消たけんど、そこは気丈な婆じゃき、近くにあった手斧《ちょうな》で蛇を切って、九つの輪切りにしたと。ほんだところが、その切ったところが、次々に蛇の口に変わってしまうがやと」

少年は言葉を切った。

今度の話の成り行きには、信八もぞくりとさせられた。斧で立ち切られた蛇の胴体の肉が、そのまま蛇の口に変貌して、動きだす。

けぇんけぇんけぇん。薄暗くなってきた山の中から、何かの鳴く声が響いてくる。前の少年が、またちらりと信八を振り返った。

その鼻の低い顔は、ますます猿そっくりに見えてきた。今にも、ききっ、と鳴いて、茂みに飛びこみそうな……。

「お花婆は、飼い犬の黒を呼んだと」と、少年はまた話しはじめた。

「黒、ねぶれ、黒、ねぶれ、いうて、黒に蛇の血を舐めさせたら、蛇の切り口は、もう口にはならんようになったき、蛇の輪切りを川に棄ててしもうた。祟《たた》りが始まったのは、それからじゃった」

次第に道は緩やかになり、棚田も広くなってきた。裕福そうな民家がぽつぽつと散らばっている。

「それから四日目に黒が死んだ」と、少年は話を続ける。

「これを境に、板屋屋敷に次々と不幸が起こりはじめたと。家族の者が一人、また一人と死んでいくがじゃ。数年もしたら、板屋の者はみんな死に絶えてしもうた。ほいたら、次には、板屋屋敷のあった部落の者に不思議なことが起こりはじめたと」

「不思議なことというと……」

信八は聞き返した。声が妙にがらがらしていた。

「病気になったり、怪我したり、火が出たりですち。ほんで氏神神社の神主さんに見てもろうたら、蛇を殺した祟りじゃと出たんで、お祀りをしてもらうようになったけんど、やがて衰えて屋敷には誰も住まんようになったと……」

「その板屋屋敷とは、どこにあるんじゃ」

「ええと……」

少年はあたりを眺めた。二人の前には、石垣が聳え、その上に一際立派な家が建っていた。石垣の上は庭になっているらしく、大勢の人々の気配がある。しかし、人が集まっているにしては、話す声はほとんどなく、ただ気配が漂うばかりだ。

もしかして、これが板屋屋敷ではないか。今は誰も住まない家に集まるのは、死者の霊だけ。もしかしたら鬼神がここに……。その時、家から降りてくる道から、人影がぬっと現われた。信八の心臓が飛びだしそうになった。

髪をざんばらにして、着物の帯も緩み、ぼんやりとした顔の男がふらふらと横を通っていく。信八も少年も目には入らないようだ。

「あれは……」と少年に聞こうとした時、背後で女の声がした。

「丑やんじゃないかえ」

「ああ、みっちゃん。なんで、ここに……」

丑というらしい少年が聞き返している。

「お父やんを迎えに来たがよ。今日は庄屋さまの家まで騒ぎに来てからに、まっこと困ったもんで」といいさしてから、娘は丑の背後にいた信八に気がついた。丑が慌てて説明した。

「旦那さまにいいつかって、城下から来たお侍さんを案内して戻ったところながじゃ」

侍と聞いて、娘が驚いたように信八を見た。黒目の美しい、すらりとした娘だった。肌の色は黒く、まるで薄闇の中から、輝く双眸《そうぼう》とともに生まれてきたようだ。

「郡奉行所作配役、藤崎信八と申す」

名乗る必要などなかったのに、信八は思わず、頭まで下げてしまった。娘は恐縮して、

「みつといいます」と地面に頭がつきそうなほどお辞儀した。

「いや、そんな堅苦しい挨拶はせんでええ。侍いうても、郷士《ごうし》の倅《せがれ》の下士ですきに」

そういってから、なぜ、こんなことを百姓の娘にいうのだ、と自問した。しかし、妙に頭の中がぼわっとして、きちんと理由を見つけることはできなかった。

みつは、はぁ、と驚いたように、信八を見つめている。信八はいたたまれないような、そこにずっといたいような気持ちに苛《さいな》まれつつ、「行くぞ」と丑に乱暴にいうと、ずんずんと歩きだした。

「お侍さま、そっちじゃない。こっちですで」

丑が石垣の上の屋敷に続く道を指さしている。信八は顔をしかめつつ、向きを変えた。屋敷の前の道にまだ佇《たたず》んでいたみつが、自分を見つめているのに気がついて、信八の頰が赤くなった。

7

珍しくぽかぽかと暖かな日だった。日向《ひなた》の匂いのする畑道を、風に着物の裾を翻しつつ、りく叔母がふらふらと歩いていく。襟許は乱れ、妙に尻を振って、艶《なま》めかしい歩き方だ。

「お母やんが狗神憑きになってくれて、よかったち」

少し距離を置いて母の後ろをついていきながら、すみがみつに小声でいった。

「よかったぁ」

みつはあきれて、すみを見つめた。すみは唇の端をめくらせて笑った。

「正気でおってみや、腹ぼてのことで、毎日、針の筵じゃ」と、ふざけるように自分の下腹を叩いてみせた。確かに、りく叔母が正気だったら、すみのそんな仕草ひとつにだって、眉を逆立てて怒ることだろう。

「よかったらぁいいゆうがは、おすみちゃんくらいのもんで。毎日毎日、騒ぎまわられて、家の者は大変じゃ」

みつは憤然と応じると、りく叔母の少し前にいる父の後ろ姿を見遣った。父のそばには寅蔵と十右衛門が、やはり糸に手繰り寄せられるように七屋敷のほうに向かっている。

今朝も四つ刻になると、父は板壁の修繕を放りだして、往還に降りていった。父の姿を追うように、りく叔母も家から出てきた。途中、寅蔵や十右衛門と合流して、組頭や庄屋の家に行って騒ぐのが、このところの日課となっている。寅蔵の妻は、みつやすみが付き添いをするようになると、夫のことも一緒に頼んで、自分は家にいるようになった。十右衛門に付き従っているのは、まだ十歳ちょっとの息子だ。「狗神がいっぱい来るぞおっ」と喚きながら歩く父の後ろを、うんざりした顔で歩いている。噂では、十右衛門の妻は気疲れで寝込んでしまったということだった。

狗神憑き騒ぎが起きてから、十三日が過ぎている。寅蔵や十右衛門といった最初から狗神に憑かれた者の家族は、そろそろ疲労が頂点に達している。薪集めや楮蒸し、太布織りなどの冬場の仕事も滞るようになり、隣村の親戚に助太刀を頼んでいる家もある。

昼間の村は、一見、何事も起こってないかのように静かだ。野良仕事に出ている百姓の姿が点在し、家々からは白い囲炉裏の煙が立ち昇っている。それでも、みつの思い過ごしか、村を包む空気が妙にべったりと感じられる。見えないものが、ぎっしりと詰まったようでもあった。

「城下から二人目のお役人が来たとねぇ」

すみの言葉に、みつは、昨日、会った侍を思い出して、顔がほころびそうになった。普段なら侍に対して緊張しか感じないのだが、あの侍はどこか違っていた。

「うん、まだ若いお侍さんじゃ。えらいこと腰の低い人よ」

「腰の低い侍かえ。ほんとに侍かえ」

「刀はちゃんと差しちょったで」

すみはまだ疑わしそうだったが、母親たちが七屋敷の庄屋の家に行く登り坂ではなく、南の堂山に向かう道を取ったので、みつの手の甲を叩いた。

「今日は阿弥陀堂に行くみたいで」

山というより、村の田畑のある斜面に盛りあがった小さな尾根のような堂山には、四方から阿弥陀堂に向かう小径ができている。どの道にも、他の部落からやってきた狗神に憑かれた者たちの姿があった。まるで川の溜まりで水草が集まり、くっついては離れつつ同じ方向に流れていくように、阿弥陀堂へと吸い寄せられていく。

りく叔母や為右衛門たちに従って境内に入ると、すでに集まっていた狗神に憑かれた者たちが怒鳴ったり、叫んだりしていた。阿弥陀堂の戸は開かれていて、微かに線香の匂いが流れ、定福寺の和尚の読経の声が切れ切れに聞こえてくる。

境内の隅では焚き火が燃えていて、そこに付き添いの家族の者たちが集まって、騒ぐ身内を眺めながら、雑談をしていた。愚痴のこぼしあいらしく、どの顔も焦燥に包まれている。十右衛門の息子は、見物に来ていた子供たちの中に入って、鬱憤を晴らすように、押しくらまんじゅうを始めている。

すみは「あっちに行こう」と囁いて、付き添いの者たちのいる焚き火から離れたところに、みつを誘った。父なし子を孕んだことなぞ気にもしていない言動をとってはいても、目立ちはじめた腹で村人の環《わ》に入るのは躊躇《ためら》いがあるようだった。

境内の隅の柿の木の下に座って、みつとすみは、舞ったり、飛んだり、吠えたり、堂内の和尚に毒づいたりしている人々を眺めた。後から加わった者たちも含めて、二十人近くになっている。

「きらきらぼけぼけ天照大神ぃい見ぃ畏《かしこ》みてええっ、しゃんしらやりりりぃ天《あま》のぉお石屋戸《いわやど》をぉを開きてええぇっさし籠《こも》りましきいいいっといっといっと。ここにぃ高天《たかま》の原ぁああっみな暗くううっなりゃあせんぞおお」

怒鳴りながら、裸足でぐるぐる回っている髪を乱した女は、紙漉《かみすき》職人の女房のしげだ。

「うぶすけきらすけたまらんかしぉ、天の羽衣いかにかたなびきまわりて、鶴の羽やら三つ子の魂やらとてきなりせばぁ」

　炭焼きの源爺が、両手を上下に動かして、堂前の階段をぴょんぴょん飛びあがっている。

「与一《よいち》、目をふさいで、南無八幡大菩薩、我国の神明、日光権現、宇都宮、那須《なす》のゆぜん大明神、願わくばあの扇のまん中に射させて給《たま》えええっ」と謡いつつ小枝で地面を叩いているのは、馬喰《ばくろう》の安だ。

　堂に半分身を乗りだした男たちが、中の和尚に向かって、「下手糞な経じゃ、やめやめっ」とか「南無阿弥陀仏、南無唐変木、和尚の頭、焼畑の蕎麦《そば》畑」などと喚いている。境内で跳ねたり、転がったりしている者、堂の周囲の縁をばたばたと走りまわる者もいる。堂守の徳太夫が必死で止めようとするが、意に介するはずもない。和尚も連日の祈禱で疲れ果てているようで、読経の声は掠れ気味で、時々、途絶えている。

　立て膝に両肘を突いて、頬杖をして眺めていたすみが、「ええなぁ」と呟いた。

「あんな風に好き勝手いえて、踊って騒いで、ほんでも狗神に憑かれちゅうき、誰にも文句はいわれん。うちも狗神に憑かれてみたいちや」

「変なこと、いわんとってや。おすみちゃんまで憑かれたら、大変でぇ」

　すみはうっすらと笑った。

「ほいたら、みなして狗神に憑かれたらええじゃいか。毎日毎日、朝から晩まで働いて、かつかつの食べ物だけにありついて、歳がいって働けんようになったら、迷惑顔されて死ぬのを待つような百姓暮しなぞ、さっぱり忘れて、惚《ほう》けてしまえばええ」

「……けんど、おすみちゃん、百姓は百姓じゃろう。そんなもんじゃろう」

「同じ百姓でも、庄屋さまの家を見てみや。ちゃんと畳の座敷もある、冬でも足袋を穿いちゅう。着物じゃち木綿でぇ。うちらぁみたいに、板の間で、冬でも素足で、太布の着物しか着れん百姓とは違う。百姓がみな同じ暮ししゆうわけじゃない」

「そんなこというたち、庄屋さまとうちらじゃ、身分が違うき、仕方ないろう」

「ほんやき、頭にくるがよ」

すみは悔しそうにいった。

「うちも畳の座敷で寝たい。温い足袋も穿きたい。白い米を毎日食べたい、木綿の着物も着たい……」

いわれてみれば、みつだってそんな暮しを味わってみたいと思う。しかし無理な話ではないか。無理なことを欲しいというのは、みつには無駄に思えた。

その時、背後の茂みが、がさっと揺れた。はっとして振り返ると、誰かが草むらに横たわっている。二人のようだ。はあっ、はあっ、という荒い息遣いが聞こえてきた。

すみがちらと振り向いて、みつの耳許で囁いた。

「誰ぞまぐわいゆうで」

みつはぎょっとして茂みを覗きこんだ。暗がりに絡みあう人の足が見えた。

「真っ昼間にこんなところで、かえ」

「村のたがが緩んだんじゃ。お祭りじゃ、お祭り、祭りの晩にゃ、誰彼構わず、まぐわうじゃろうが」

すみはおもしろがるようにいったが、みつはなんだか怖くなった。境内では、父や叔母たちまで狂ったように騒いでいる。このままいくと、ほんとうに村中の者が狗神に憑かれておかしくなるのではないだろうか。

うっすらと鳥肌の立った腕をさすっていると、境内に丑の姿が現われた。背後にいるのは、二人の役人だ。先だってみつの家の様子を見にやってきた畑山堅蔵と、昨夕に出くわした藤崎信八だった。

「へえ、あれが二人目のお役人かえ。ほんま、まだ若いちや」といいながら、すみが腰を上げた。刀を差した侍の登場に、焚き火に当たっていた百姓たちも、子供たちまで慌てて居住まいを正して、お辞儀している。みつも立ちあがって、腰をかがめた。役人が来ても平気なのは、狗神に憑かれた者たちくらいのものだ。

堅蔵の横で、境内を眺めていた信八が、みつに気がついた。みつは慌ててまたお辞儀した。頭を上げると、信八は堅蔵と一緒に、阿弥陀堂に上がっていくところだった。

焚き火のまわりにいた者たちは、興味深げに、侍の後ろ姿を見送っている。すみが笑いを堪えた声で囁いた。

「あの若いお侍さん、どうしたと思うかえ。あんたがお辞儀したら、やっぱりお辞儀しょうとしたで。慌てて頷いただけじゃったけど、変なお侍さんじゃ、百姓にお辞儀を返そうとするらぁて」

「ええ人なんじゃと思う」

すみは意外そうな顔をした。みつがこれほどはっきりした言い方をするのは珍しかったからだ。

阿弥陀堂の中から流れていた読経の声がやんだ。手持ち無沙汰な顔つきで堂から出てきた丑に、すみが手招きした。

「あのお役人さんらぁ、阿弥陀堂でなにしゆうがで」

「和尚さんに話を聞きに来たがじゃ。昨日着いたあの若いお役人は、話を聞くんが好きでの。今朝から、大奥さまや奥さま、おらのお父ぅにまで根掘り葉掘り、岩原の話を聞いちゃあ書きつけゆうきに。昨日も、ここに来るまでの道々、岩原に怖い話でもないかと聞かれて往生したがじゃき」

丑は誰かに話したくてたまらなかったように一気に喋ってから、目を輝かせて、威張ったようにいった。

「ところで、おまえら、近々、城下から偉い太夫さんが来るのは知らんろう」

「知らん」

「ほんまかえ」

「ほんまよ。旦那さまが、土居村の大庄屋さまと話しおうて、城下におる偉い太夫さんを呼ぶように願い出たんじゃ。昨日、お父ぅがその文を持って城下に行った。偉い太夫さんが来たら、狗神らぁ、とっとと退散するろう」

「ありゃ」

すみはがっかりした顔をしたが、みつは、騒ぎの鎮まる希望が芽生えて、「よかったぁ」と息を洩らした。

8

城下の西の外れ、松ヶ鼻にある稲荷神社の神主、久武山城《ひさたけやましろ》は、眼光鋭い、いかにも験力の漲《みなぎ》る風情の男だった。五十歳ほどだろうか。神職を示す白い水干をまとった山城は、馬三郎の前に座ると、両手を突いて、血色のいい禿頭を深々と下げた。

「考察役のお役人さまから、ご用の向きがあると仰せつかったので、早速に参りました」

郡奉行所の控えの間の冷たい空気を震わす、びんびんとした声の響きに、馬三郎は急き立てられるような気分を覚えた。

豊永郷の大庄屋と惣老からの二十八日付の文を受け取ったのは、今朝のことだった。

『豊永郷岩原村地下人共数十人狂乱の躰《てい》に御座候て、度々御達仕候通次第に人数ましにも相成、如何共《いかんとも》当惑仕候間、何卒《なにとぞ》神職御指立《おさしたて》の上御祈禱被仰付度《おおせつけられたく》候』とあって、祈禱については、稲荷の神職久武山城に頼みたいという作配役畑山堅蔵の文も添えられていた。

馬三郎の頭の隅には今も、今回の騒ぎは百姓たちの狂言であるかもしれないという疑念がこびりついている。しかし、事態は進行していて、他に手だてもないのは確かだ。郡奉行に相談すると、願い通りにしてやれという返事だったので、使いの者に、大庄屋や惣老に神主を呼ぶ準備に入れとの旨を伝えるように告げてから、仕置所に出向いていった。

土佐藩内の神官を管轄しているのは寺社奉行ではなく、仕置役となっている。仕置役から久武山城を岩原村に遣る許可を得たうえ、本人を呼びだしたところ、夕刻、早速、現われたという次第だった。

馬三郎が岩原村の狗神憑きの事件を説明するのを、山城はいちいち頷きながらじっと聞き入っていたが、やがて重々しくいった。

「狗神憑きとは、まことに厄介なものでございます。先年も、さる御家老さまのお屋敷で、そんなことがありましてな。もちろんどなたであるかは申しあげるわけにいきませんが」

土佐藩の家老といえば、深尾さまであろうか、五藤さまであろうか。思案する馬三郎に、山城は続けた。

「事の発端は、そのお屋敷で度重なる不幸が続いたことにあったのでございます。そこで、惣太夫《そうだゆう》という、豊永郷の角茂谷《かくもだに》村に住む占師《うらし》が呼ばれたのです。この者、祈禱に長じておって、ことに弓祈禱が上手だといわれておりましたのでな。惣太夫がお屋敷で祈禱をしていましたところ、神懸《かみがか》りになって、この家の不幸は狗神がおるせいじゃ、といいだしたそうな。御家老さまは、とんでもないいいがかりと思われたのですろう。どこに証拠があるのだと怒って問い詰めると、惣太夫は米糠《こめぬか》三合を前に置いて、弓を叩いたのでございます。すると、御家老ご自身、四つん這いになって米糠に喰らいついて、わんわん、と吠えたといいます。惣太夫は、その狗神を退治して、御家老家の不幸はおさまったとか」

惣太夫という占師の話は初耳だったが、それほどの験力を持っているならば、岩原村の狗神憑きを鎮めることができるかもしれないと考えていると、山城はまるでそれを読んだかのようにいった。

「惣太夫はなるほど祈禱に長じてはおりますが、今回のような大がかりな狗神憑きとなると、ちと手に余ることでございましょう。二十五年前、甫喜山《ほきやま》の浪人の家で起きた殺しの一件、ご存知でしょうかな」

二十五年前といえば、馬三郎はまだ十五歳だ。知らないと答えると、山城は微かに満足げな顔をした。

「城下でも話題になった事件でございます。その殺しのあった時、浪人の家には、親戚の江の口村の裕福な茶屋の兄弟が泊まっておったのです。兄は四十そこそこ、弟は三十何歳かの立派な大人でして、浪人者も似た年頃であったらしい。それがどういう弾みか、浪人の父が息子を殺し、泊まっていた兄弟が切腹して果てたのでございます。生き残った浪人の父は、それこそ狗神に憑かれたような狂乱の有様で、真相はわからないのですが、どうやら惣太夫が弓祈禱して、その茶屋が狗神持ちの家じゃというたのが発端らしいということです。浪人の家でそんな話が出たのが邪気の誘い水となって、父が狂乱し、兄弟はお家の恥とばかりに切腹したのやもしれません。狗神の障りは、みだりに吹聴《ふいちょう》したりするものではございません。それだけ侮りがたい獣霊なのでございます」

さすがに餅は餅屋。実際にあった狗神譚については、文吉よりも詳しい。山城の話を聞いているうちに、馬三郎は、やはり岩原村の騒ぎは百姓の狂言などではなく、ほんとに狗神の障りではないかと考えはじめていた。

「だろうな。それだけに作配役も下手に手だしもできんで困っているようじゃ。とにかく尋常ではない事態じゃきに、差し支えなければ、岩原村に行って祈禱してみてくれんか」

「もちろん、ありがたく申し受けさせていただきます」

山城は両手を突いて頭を下げてから、ちろりと顔を上げた。

「とはいえ、大層な難事態、拙者一人では不安でございます。悪霊退散の正式な祈禱には、神職の者、少なくとも五人はいませんと……」

「五人か。しかし、すぐにそれだけの者が集まるかどうか……」

「拙者に心当たりがございます。植田村の神主、武田豊後、大井出雲です。あとの者は、現地で雇い入れればいいでしょう。それから、祭礼用の道具も色々揃えて行かねばなりませんので、それを運びます送夫《おくりふ》、それに、植田村に立ち寄って二人の神職の者を連れていくとすれば、一日では着くのは難しいでしょうから、途中の宿賄《やどまかない》も要り用でございますが……」

山城がねっとりとした言い方で、伏せた顔の下から睨《ね》めつけるように馬三郎を見た。無言の内に、馬三郎に何かを期待しているのが感じられた。

「送夫、宿賄とも、こちらで手配するし、出費は藩のほうで出す」

それでも山城はじっと馬三郎を見つめている。まだ何かいわなくてはいけない気分になって、馬三郎は付け加えた。

「もちろん祈禱料も藩のほうから、応分の礼はする」

「それでは、早速、明日出立いたしまする」

山城はまたも大仰に平伏した。

9

「これだけ加持《かじ》祈禱を続けても無益とは、実に強力な悪霊が災いしているといえましょう」

定福寺の心海和尚は、眠気を払うように、落ちくぼんだ目をぱちぱちと瞬かせた。両頰に餅でも含んでいるかのようにぷっくりした丸顔だが、連日の祈禱の疲れで顔色は悪く、目の下に隈《くま》が出来ている。夜もよく眠れないのだろう。

開け放した堂の外からは、相変わらず百姓たちの騒ぐ声が聞こえてきていた。信八は帳面と筆を手にしたまま、和尚に尋ねた。

「なぜ、ことに岩原村にそのような強力な悪霊が留まっているとお考えですか」

和尚は苔《こけ》のようにうっすらと毛の生えた坊主頭に手を遣って、「さて、そういわれても……」と返答に窮した。

「岩原村に、どこか他とは違ったところがあるのではございませんか」

「他と違ったところですか……。なんともはや、わかりませんなぁ。なにしろ拙僧はこの地の生まれではないものでして」

そういわれれば、心海和尚の言葉に土佐訛《なまり》はない。

「どちらからいらしたのですか」

「信濃です。定福寺は真言宗智山派に属しておって、本山は京都にありましてな、住持はそこから派遣されてくるのです。拙僧は四年前に当地に参ったのです」

定福寺は豊永郷の中でも一、二を争う古刹《こさつ》だ。本山との繋がりは深いようだが、地元のことにはさして詳しくないらしい。信八が落胆していると、和尚が続けた。

「岩原村のことならば、村の氏神神社の宮司がよく知っておられるのではないでしょうか」

「氏神神社はどこにあるのですか」

「この後ろの山の上にありますが、宮司の家は、阿弥陀堂のすぐ前ですよ」

そんなに近いならば立ち寄ってみようと、信八は筆を矢立《やたて》にしまった。和尚はまた加持祈禱を続けるために、内陣に向き直った。

一緒に来ていた堅蔵の姿が、いつか堂内から消えていた。和尚の話を聞いているうちに、何事か呟いて外に出ていったのだった。小用にでも行ったかと思っていたが、そのまま戻ってはこなかった。

信八は阿弥陀堂の縁に出ていくと、境内を見回した。焚き火に当たりながら、狂乱者の見物や見張りをしている者の中にも、堅蔵の姿はない。丑は境内の隅で二人の娘と話していた。一人は昨日、出会ったみつだ。

みつの姿を認めて、信八は胸が高鳴るのを覚えたが、すぐさまそれを押し殺し、「丑、丑」と呼んだ。丑がこちらに走ってきた。

「畑山殿を見かけなかったか」

丑はきょとんとした顔で、あたりをきょろきょろ見回した。しかし、境内にいないのは信八が確認済みだ。

「まあ、いい。順平の家に戻ったがかもしれん」

信八は堂の入口に置いていた草鞋を履いた。

堅蔵がこの役目を厭がっているのは、信八にも察せられた。郡奉行所への報告は律儀にこなしてはいるが、このような禍々しい村から一刻も早く逃げだしたいという気持ちがありありだった。信八にとっては興味をそそる事件は、堅蔵にとっては関わりたくもないものなのだ。

丑に、氏神神社の神主の家に連れていってくれというと、「岡崎さまの家なら、すぐそこですきに」と、阿弥陀堂の境内から続く石段を降りはじめた。

「神主は岡崎というのか」

「はい。岡崎長門さまです。岩原では一番古い家のひとつで、代々、氏神神社の神主をやりよって、田圃の開墾やら、水を引いたりする工事にあたってきたといわれちょります」

開墾や灌漑工事に寄与したとは、岡崎家は、風水に通じる陰陽師の家柄だったということだ。和尚のいう通り、村のことに詳しいに違いない。

岡崎家は、阿弥陀堂の斜め下にあった。母屋、隠居家、納屋の横に並ぶ普通の造りだ。丑は、信八を離れの隠居屋に案内した。

隠居屋の閉ざされた障子の向こうから、男の声が流れていた。

「ええか、讃岐国《さぬきのくに》の讃という字は、言うの言に、賛成の賛じゃ。賛成するようなええことを言うちゃる。それが讃《たた》える、ということじゃ。言は左に、賛を右に、こうして並べて書くんじゃぞ」

子供たちの「はぁい」という声が響く。

岡崎長門は、神主の傍ら、寺子屋をやっているらしい。諸国の名を唱えやすいように並べた『国づくし』でも手本に使っているのだろう。

信八は縁側から、「御免っ」と声をかけた。

部屋の中の声がやみ、障子が開いて、木綿の着物姿の男が現われた。鼻筋の通ったごつごつした顔に、がっちりとした体軀をしているが、目や口の線にはどこか上品さが漂っている。

長門は、信八の腰の刀を見ると、慌てて下駄を突っかけて庭に降り、頭を下げた。

「郡奉行所、作配役、藤崎信八と申す。ちくと聞きたいことがあって参った」

「外は寒うございますから、どうぞお上がりください」

長門が母屋を示した時、開いた障子戸の間から突きだしている、四、五人の少年たちの顔が見えた。順平の二人の孫も混じっていて、興味津々で信八を眺めている。

この年齢の子供たちときたら、幕府の間諜《かんちょう》よりもたちが悪い。二人の会話の逐一を、村中にいいふらしてまわるだろう。

「いや、外で話すほうがええです」と、信八は答えた。

長門は少年たちに手習いをしていろと命じると、信八と一緒に庭の陽溜まりに行った。

「実は、御神職は、村の故事来歴に詳しいと聞いたもんですきに訪ねて参りました。今回の狗神憑きの騒ぎについてですけんど、この岩原村が、昔から特に狗神の障りの多いところとか、そんなことはないのですか」

長門は、信八の問いに面食らったようだが、苦笑しつつかぶりを振った。

「そりゃあ、豊永郷の村ならどこにでもあるように、誰それが狗神に喰われたという話はさいさいありまして、そのたびに、在郷の弓叩きやら占師やら陰陽師やらが祈禱で鎮めて参ったものです。しかし、ことに狗神の障りが多いような感じはしませんなぁ」

「じゃが、五十年ほど前にも、十数人ばかり狗神憑きになって大騒ぎとなった事件があって、今回も張本人といわれちょる長丞という者の祖父が小宮を建てて、お祀りして鎮めたということですけんど」

「確かに、養父の勘太夫が以前、そのようなことを申していたのは覚えちょりますが……」

「養父といいますと、御神職は……」

「ああ、わたしは養子でしてな。ここの岡崎家には遠縁にあたる者です」

遠縁で、養子というからには、前の狗神憑き騒ぎのことはよく知らないだろう。それに、長門は四十代そこそこ。生まれる前の話に違いない。

「ところで、前回、長丞の祖父が小宮を建てたという話ですが、氏神神社の境内にそのようなものはあるのでしょうか」

「わたしも気になって神社の境内を探したのですが、そんなものは見つかりませんでした。うちの境内の小社といえば、出雲神社があるくらいで」

小宮が存在しないとすれば、五十年ほど前の狗神憑き騒ぎの話も怪しくなってくる。順平の継母の宇乃は、確かにそんなことがあったといっていたが、もう老齢の女だ。記憶違いということもある。それでも信八は食い下がった。

「しかし、この地には、色々と禍々しいことが起きているようですが。例えば、板屋屋敷のお花婆という者の蛇を殺した祟りの話とか……」

長門はきょとんとした顔をしたが、ややあって、相好を崩した。

「それは藤崎さま、岩原とは違います。板屋屋敷の蛇の祟りといえば、黒石村の話で。杖立峠から降りてきたところに庵谷村《いおのたに》というところがあったでしょう。その近くの村のことでございます」

えっ、と思って、信八は丑を捜した。丑は縁側に座って、隠居屋の中を覗きこんでいる。手習いをしている少年たちを熱心に眺めている丑の様子を見ると、場所違いの話を吹聴したことを咎める気持ちも失せてしまった。

「そうですか……。てっきり、わたしは岩原が藩内でも特別な土地だから、このようなことが起きたのではないかと思ったんですが……」

長門はしばし躊躇っていたが、やがていった。

「これは岡崎家代々、伝わっている話で、ほんとうかどうかはわかりませんが……。陰陽道では、丑寅《うしとら》、つまり北東の方角が鬼門だといわれているのはご存知でしょう」

「はい、もちろん……」

「岩原の地は、高知城からいえば、まさに丑寅の方角、鬼門にあたるといわれています。そのため代々の岡崎家の神主たちにとって、この宮をお守りするのは、藩の安泰のための鬼門封じにもなる意味合いもあったとか」

　高知城の鬼門にあたるところには、土佐神社がある。京都の比叡山、江戸の寛永寺と同様、高知城鎮護、藩安泰を祈願する寺社だ。しかし、視野を藩全体に広げてみれば、国境の丑寅に位置する岩原は、城下からいって、確かに鬼門。その鬼門にあたる地で、大勢の狗神憑きが起きた。鬼とは、人に災いを為す死霊や妖怪たちだともいう。

「それでは、今回の騒ぎは、鬼門封じが失敗したということではないですか」

「ただの言い伝えです」

　長門は慌てたようにいった。

「わたしども岡崎家の神主は、代々の祀り方を続けてきただけです。ことさら鬼門封じをしてきたわけじゃありません。それに厳密にいえば、鬼門封じの場所は、今の三宝御前宮のある場所ではなく、もとの宮地にあたります。前の宮地が洪水に脅かされたんで、享徳二年にここに移ってきたがです。鬼門封じのお役目があったにしろ、四百年前からお役御免になっちょったといえます」

「四百年前といえば、山内家が藩主として土佐にやってくる前ではないですか」

「そうです。長宗我部家《ちょうそかべ》が土佐を支配しておりました頃のことです。しかし、長宗我部さまの居城も、城下のそばの岡豊城《おこう》でしたろう。やはり、この地が鬼門にあたっていたことは同じでした」

長宗我部の時代から、岩原村は、土佐の鬼門であったのだ。

「もとの宮地とは、どこじゃったがですか」

「ここから少し南にいったところの百川の畔、奥荒という場所です。ほら、あそこのあたりですが」

庭先からは、左手に田圃の間に刻まれた渓谷が見晴らせた。長門が示したのは、霧石の岩塊の下の付近だった。

丑も、氏神神社はもともと百川の畔にあったといっていた。確か奇怪なことの起きる場所だった。しかし、丑の話を鵜《う》呑《の》みにして先の黒石村の話のような轍を踏まないように、今度は信八は用心深く聞いた。

「そのあたりの淵の底から、太鼓が鳴る音が聞こえるとか……」

「よくご存知で。そこですよ。今でも、そこは古宮といわれちょりまして、祠《ほこら》があって、隠れてお参りする者もおるようで……」

「隠れてとは」

「大きな声ではいえませんが、呪詛《じゅそ》のようなことです。うちではまったく関わりませんけんど、在郷の陰陽師やら占師などには、そんなことをする者もおるみたいでして……」

長門はふと頭上をふり仰いで、ああ、といった。

「そろそろ九つ刻ですな」

昼飯時となったので、少年たちが待ちかねるように、縁側に顔を出しはじめた。腹も減って、家に戻りたがっているのだ。信八はそろそろ切り上げ時だと思った。

「色々と参考になった。かたじけない」

長門は照れたようにかぶりを振った。

「こんな田舎の神主の話でも、お役に立てたのならば光栄でございます。よろしければ、中でお茶でも飲んでいかれませんか」

「いや、せっかくですが、同輩が待っていましょうきに、宿に戻ることにします」

堅蔵が順平の家に戻ったかどうかも気になっていた。

「ああ、小笠原さんのお宅におられるのですね。早くお帰りになるに越したことはありませんん」

その言い方に、信八はひっかかった。

「早く帰るほうがええとは……」

長門は、微かに騒ぎ声の流れてくる阿弥陀堂のほうを振り向いていった。

「邪気の漂う昨今、真っ昼間、ことに今から八つ刻にかけては、あまり外にはおらぬほうがよろしゅうございます」

「なぜ、八つ刻が」

「長年、祈禱をしていると、魔の刻というものがわかってくるものです。一日のうちに、魔の刻というのは昼、夜、二回ありましてな。太陽や月の力と関わりあるのでしょう。夜と昼の八つ刻です。夜中の八つ刻は、昔から丑三つ刻といわれて、よく知られていますが、実は昼の八つ刻もまた魔の刻なのでございますよ」

「しかし、狂乱者どもがおかしくなるのは四つ刻からだというが」

「四つ刻というのは、太陽が天頂に昇りかける刻。昼の魔の刻である八つ刻への入口なのです。昔から、野良仕事でも、八つ刻となると、お八つといって、木陰に入って一休みしたりするのは、庶民の知恵なのでしょうな」

長門の言葉を聞きながら、信八はつい頭上を見上げた。太陽の光がまっすぐに目を貫き、瞼の裏に灰色の円形の残像を灼《や》きつけた。

10

ぶぅうんという蜂の羽音に、堅蔵は目を細く開いた。ぽかぽかした陽溜まりに座っているうちに、いつか居眠りをしていたらしかった。

青い天空の真上では、太陽がぎらぎらと輝いている。堅蔵はもたれかかっていた柱から身を起こした。

八幡宮の社の前だった。阿弥陀堂から北に続く小径を辿ったところに見つけたものだ。一間四方のほんとに小さな宮だが、ちゃんと鳥居も建っている。宮の石段の上に座り、堅蔵は背筋を伸ばした。眠気はまだ全身にまとわりついていた。

八幡宮の先は、神社の参道になっているらしく、鳥居があって、山に登っていく石段へと続いている。山頂には、村の氏神神社があるのだろうと察せられた。

それにしても、藤崎の奴、あんな坊主の話なぞ聞いて、いったい何の役に立つというんだ。堅蔵は、到着早々、熱心に周囲に話を聞いてまわっている信八の態度が癪《しゃく》に障っていた。この事件に関する肝心な話は、すでに堅蔵が順平から聞き取っている。それ以上の何を知る必要があるのか。

しかし、いかにもお役目を果たしている態度の信八を尻目に、堅蔵が順平宅でごろごろしているわけにもいかない。渋々、信八と一緒に阿弥陀堂に赴きはしたが、すぐに退屈して座を抜けだし、人目を憚って、こんなところで居眠りをしていたという次第だった。

堅蔵はあくびを嚙み殺して、あたりを見回した。

正面には、銀杏《いちょう》の古木が立っている。葉を落として、焦茶色の幹だけが目立っている。その表面のでこぼこは、まるで無数の土瘤《つちこぶ》のようで気味が悪い。

まったく、この村の何もかもが気味が悪い。

一昨日、順平宅で取り調べた百姓どもの豹変ぶりに、堅蔵は薄気味悪いものを感じている。東から順にばたばたと狂乱していった有様は、まるで芝居でも見ているように現実味はなかった。しかし、それは実際に、堅蔵の目の前で起きたことだった。さらに、あの奇妙な動きときたら。人ではなく、虫や獣の蠢いているかのような感じで、背筋がぞわぞわとした。

早く城下に帰りたいものだ。妻はちゃんと家を守っているだろうか。この騒ぎが鎮静化する兆しもないことに、堅蔵は焦燥感に駆られていた。

そろそろ昼時だ。いい加減、信八も阿弥陀堂から引き揚げたことだろう。順平宅に戻ろうかと、腰を浮かせかけた時だ。

向かいの銀杏の幹から、白いものがするすると出てきたのが目に入った。

まるで幹の瘤のひとつから、白蛇が出てきたようだ。しかし、蛇ではなかった。女の腕だった。蛇のような滑らかな動きで波打つと、その腕の下に、ひょいと顔が現われた。髪の毛を乱した女の目がふたつ、堅蔵をじっと見つめている。

あの女だ。女の乱れた寝姿が、堅蔵の脳裏に閃《ひらめ》いた。踊りながら、ねっとり堅蔵を見た女の顔も。

その目の瞳の黒は薄くなり、堅蔵の体を通り抜けて、彼方を見つめているようだ。

女の唇が僅かに開かれ、お歯黒の間から赤い舌の先が覗き、右から左に滑っていった。

堅蔵の意識がふわりと遠ざかった。足が銀杏のほうに動きだすのがわかった。自分の姿を遠いところから眺めている感じだ。

女は銀杏の木から離れて、背後の茂みにもぐりこむ。四つん這いというのではない、手足を使わずに滑りこんでいくようだ。堅蔵は女に手繰られるように後に続く。

茂みの奥に頭を突っこんだとたん、白い腕が首のまわりに絡みついてきた。二本の脚が堅蔵の腰のまわりに回された。目の前に女の顔があった。

「在原《ありわら》の業平《なりひら》さまにぃい心は天に飛びあがるううう」

女は奇妙な抑揚をつけて囁くと、全身を堅蔵に押しつけてきた。女の乳房も、下腹も、股間も、べたりと堅蔵にくっついてきた。堅蔵の股間が強ばった。

堅蔵の手は袴《はかま》の紐を解き、褌《ふんどし》を緩めている。頭は空っぽとなり、堅蔵は、とろとろした女の肉の中に融けて消えていく自分を遠くで感じているだけだった。

第三章　祈禱

1

松ヶ鼻、稲荷神社の神主、久武山城の一行が岩原村に到着したのは、二月一日の午後遅くだった。報せを受け、堅治と忠助を連れて、七屋敷の入口まで出向いていった順平は、一行を見るや、思わず手を合わせて拝みたくなった。

烏帽子に水干、杖を手にして、眼光鋭く前を睨みつけつつ、列の先頭に立つ山城は、祭礼の行幸の先陣を切る天狗にも似て、実に堂々としている。後ろに従うのは、やはり神職らしい三人の男。中の一人は、同じ豊永郷川戸村の宇佐八幡宮の神主、西山若狭。顎の尖った、痩せた男だ。あとの二人は知らないが、いずれも験力がありそうな厳めしい顔つきをしている。神主たちに続いて、長櫃《ながびつ》を担いだ送夫が四人もいた。いかにも頼もしい助っ人が現われたという気持ちがした。

　順平は山城に近づいていって、深々と頭を下げた。

「遠路遥々《はるばる》、ようこそ、おいでなさいました。手前は、豊永郷惣老、小笠原順平でござります。お宿は、もう用意してございますきに、どうぞ、こちらから……」

　前もって話をつけていた、村の肝煎《きもいり》、常次の家に案内しようとした順平を、山城は遮った。

「いや、祭事用の荷もある。まずは祈禱を執り行う村の氏神神社に伺いたい」

　三宝御前宮の神主岡崎長門にも、松ヶ鼻の稲荷神社の神主一行が到着して祈禱すると伝えてある。長門は、今日は朝から神社のお清めに出向いているはずだった。

「それでしたら、こちらでございます」と、順平は案内に立った。

　三人の神主と長櫃を担いだ送夫たちの列が、寒々とした畑の中の坂道を登っていく光景は、人目を惹いた。野良仕事をしていた者は手を止め、家の中にいた者は外に出てきて、興味深げに眺めている。城下から偉い神主が祈禱に呼ばれたという噂は、すでに村中に広まっていた。身内に狂乱者がいる百姓などは、ありがたそうにしきりにお辞儀をしている。

　阿弥陀堂のある堂山の横を通っていると、微かに叫声怒声が聞こえてきた。山城は、阿弥陀堂を見遣った。

「邪気が漂っておるな」

「狂乱者どもが、あそこのお堂で騒いでおるんでございます。ご祈禱をお願いしているお坊さまを悪し様《あざま》に罵ったりして、不埒《ふらち》千万でございます。おまけに連日、その数は増える一方で、ほとほと困り果てておるがです」

つい愚痴が口から溢れでてきた。山城はそれには一顧だにせずにいった。

「ところで、祈禱のために、神職の手をもう一人お借りしたい。氏神神社のご神職は、手伝ってくださるろうかな」

「もちろんでございます」

長門の意向も聞かず、順平は即答した。神官、総勢五人での大祈禱。狗神も退散するに決まっている。この半月ばかりの心労も、もうすぐ消えるに違いない。祈禱はまだ始まってもいないのに、順平はすでにすべては解決した気分になっていた。そんなわけだから、家にいる作配役の役人たちに、山城一行の到着を知らせることを思い出したのは、三宝御前宮の登り口に来た時だった。

「すみません。わしはここでちょっと失礼して家に戻り、お役人さま方に、ご一行の到着をお知らせしてきます。後の案内は、弟の堅治が致しますので」

順平は、堅治を示していった。

山城が、「わたしも神社に荷を降ろし、手筈を整えてから、お役人さまにご挨拶に行くとしよう」というので、順平は忠助もそこに置いて、いそいそと家に戻りはじめた。

三宝御前宮の登り口からちょっと下ったところに八幡宮があって、その先は四つ辻となっている。まっすぐに行くと阿弥陀堂、左に行くと七屋敷、右に行くと阿波の西祖谷の村に着く。辻には庚申塚《こうしんづか》があって、いつも榊が供えられているのだが、見ると、しばらく替えられていないらしく萎《しお》れていた。

狗神憑き騒ぎで、村の暮しは徐々に崩れつつあった。村人の顔には疲労が影を落とし、この季節には盛んに聞こえる太布を織る音も、紙漉の音もなく、楮の皮を蒸す白い煙も途絶えてしまった。騒ぎが続けば、百姓たちの税の支払いも滞ってしまうと、不安に駆られていたところだ。しかし、もう大丈夫だ、稲荷神社の神主一行が到着したのだから。

七屋敷に続く道を曲がって少し行くと、岩原口番所にさしかかる。阿波に続く往還を見下ろす形で聳える立派な構えの建物だ。

土佐藩から阿波藩に抜ける主流の往還は、岩原から北に行ったところの立川《たじかわ》にある。立川番所には、参勤交代のための本陣も設けられている。岩原口を通る旅人は少ないが、それでも藩としては無視できない出入り口だ。番人は代々吉川家の者で、道番庄屋として、藩から一町五反の給田を与えられている。先祖は鎌倉武士ということで、主従七十名ほど従えて豊永郷にやってきて住みついたという。小笠原家、岡崎家と並ぶ、村の名家のひとつだ。

ちょうど番所前の石段を、旅人が二人、降りてきたところだった。行李《こうり》を背負った行商人だ。順平とぶつかりそうになって謝りつつ、阿波のほうに遠ざかっていった。

石段の上に吉川家に仕える家僕が立ち、二人がちゃんと藩から出ていくか確かめている。その家僕の挨拶を受けつつ通り過ぎようとしたところに、「おい、順平さんよぉ」と声をかけられた。

吉川家当主、長十郎が石段を降りてくるところだった。順平と同年代の背の高い男だ。

「松ヶ鼻稲荷の神主一行が着いたみたいじゃの」

村を見下ろすこの高みから人の出入りを監視している番所だけあって、山城たちの到着はもう耳に入っているようだった。

「ああ、今、三宝御前宮に登っていったところよ。神主さま五人で悪霊退散の大祈禱をするようじゃ。いくらなんでも、これで狗神も逃げていくじゃろうち」

「ありがたいことじゃ。ここんとこずっと、誰ぞ、阿波に逃げだす者がおらんかと心配で、夜もおちおち眠れやせんがやき」

作配役、畑山堅蔵が村に到着した時、長十郎を呼んで、口を酸っぱくして命じたのが、他藩に狗神憑き騒ぎの噂が流れないようにすること、狂乱者を逃がさないことだった。長十郎は、「あのお役人、人の口に戸は立てられん、っちゅうことを知らんろうか」と順平にこぼしたものだった。もっとも噂は広まっても、誰が洩らしたかはわかりはしないが、番所破りで村の誰かが他藩に抜けでたら、すぐさま長十郎の咎《とが》となる。しかも山道を熟知している村人のことだ。番所の前を通らないでも、山越えして逃げられることもある。長十郎の心労は、順平にも察せられた。

「まあ、もうちょっとの辛抱やろうき」と慰めていると、長十郎が近くに来て、背の低い順平にかがみこむようにして、こそこそと囁いた。

「ところで、畑山さまに、別に変わったところはないかえ」

「えっ」と順平は聞き返した。

長十郎は憚るようにあたりを見て続けた。

「一昨日の昼過ぎじゃったかの。畑山さまがお一人で番所の前を過ぎていったがじゃが……その様子が、ちょっとおかしかったもんでのぉ」

一昨日の堅蔵の様子は、確かに変だった。昼過ぎ、信八が丑と戻ってきて、堅蔵はいないかといいだしたので、あたりを捜していたところにふらりと戻ってきた。元結は緩み、髪にも羽織にも枯れ葉があちこちについていた。まるで狐に化かされたようにぼんやりして、そのまま部屋に入ってしまったのだ。夕食も部屋に運ばせ、昨日は一日中、家にいた。

「連日の騒ぎに気が張り詰めて、ちくとお疲れになったんじゃろう」

順平は、信八の告げた理由をそのまま長十郎に伝えた。

「疲れたんじゃったらええけど、お役人まで狗神に喰われたりしたら大事じゃぞ」

そうだ、狗神憑きは伝染るのだ。堅蔵まで狗神に憑かれてしまったら、地下役として顔が立たない。

順平は、長十郎と別れると、家に急いだ。

門をくぐって庭に入ると、四、五人の狂乱者たちが、いつもの如く騒ぎまわっている。付き添いの家族の者たちが庭の隅にいて、申し訳なさそうに頭を下げたが、会釈し返す余裕もなく、順平は母屋の奥座敷の前に行った。役人の居室となっている奥座敷の障子は閉ざされ、物音はしない。少なくとも堅蔵は、狂乱者のように騒いではいないようだ。

とりあえず安堵して、順平は引き返した。母屋の外の流しのところでは、妻の於まきが、嫁の朝と二人の下女を叱咤して、大根を洗ったり、米を研いだりしている。すでに夕食の仕度に入っているのだ。役人が二人も泊まっているので、毎回の食事の仕度も気を抜けなくなっている。

土間に入ると、奥の居間の障子を開けて、孫与門が出てきた。

「どうしたんじゃ」と聞くと、孫与門は手にした火桶《ひおけ》を振って、奥座敷のほうを顎でしゃくって見せた。

「お役人が寒いいうきに、火鉢に炭を足してきたところじゃ」

順平は孫与門を台所の囲炉裏端に誘った。

「畑山さまの御加減はどんな具合じゃった」

孫与門は火桶を台所の隅に置いて、順平の隣にあぐらをかいた。

「蒲団にもぐりこんで、目をがっちり閉じて、口を喰い縛っちゅう。熱でもあるみたいじゃが、大丈夫かと聞いても、平気じゃ、の一点張りじゃ」

堅蔵の具合は、まだ尋常ではないのは確かなようだ。

「それで、藤崎さまはなんといいゆうか」

孫与門は口を歪めてかぶりを振った。

「藤崎さまもどうしてええかわからんみたいじゃ。畑山さまの横で、なにやら帳面にせっせと書きつけゆうだけでの。呑気《のんき》なもんじゃ。こっちは庭で騒ぎゆう百姓どもの扱いで、朝からてんてこ舞いじゃというに」

「しっ、聞こえたら、どうする」

「聞こえるもんかえ、お父やん。奥座敷まで部屋は二つもある」

順平は息子の尊大な言い方が気に掛かった。

「聞こえんでも、そんな態度が表に現われるんじゃぞ」

孫与門は父親を軽蔑したように眉を上げた。

「うちは庄屋じゃろうが。どうして藩の小役人どもにびくびくする必要がある。庄屋とは、朝廷から大事な百姓の身をお預かりしちゅう大事な職分。侍の前で縮こまることたぁない」

順平の息が止まった。

「孫与門、おまえ、もしかして庄屋同盟に関わっちゅうがじゃないか」

孫与門が否定しないので、順平は青ざめてしまった。

庄屋同盟は、三年前の天保十二年に、土佐郡、吾川郡、長岡郡の三郡の庄屋たちを中心に結成された、あまりおおっぴらにはできない集まりだ。豊永郷の大庄屋、山本實蔵から、『同盟談話条条』という盟約を見せてもらった順平は魂消てしまった。将軍も大名も、朝廷の臣下ということでは、庄屋と同じ。庄屋の役目とは、朝廷の民である百姓を守ることにある。もし武家が非道にも百姓を圧迫するなら、庄屋は武力を持ってしても、守ってやるべきである、などと物騒なことが書かれてあったのだ。

實蔵は親戚が庄屋同盟に加わっている関係で興味を抱いたようだが、順平はそんなことに関わるのは断っていた。實蔵と孫与門は年齢も同じくらいだ。いつの間にか跡継ぎである孫与門に話が持ちこまれていたようだった。

「ええか、あんな考えは、藩主さまに盾突くものだ。関わるもんじゃない。庄屋は庄屋らしゅう自分の職分をわきまえておるがええ。その職分とは、きちんきちんと百姓から年貢を取って、藩主さまに上納することじゃ」

順平は、奥座敷の役人を憚って、声を押し殺して諭した。

「お父やん、いっつもいいゆうじゃないか。うちの小笠原家の先祖は、れっきとした武士じゃったと。それが自慢じゃき、あの先祖の持ってきたという二本の矢をお祀りしゆうがじゃろう。先祖が武士じゃったら、なんで、おれらが同じ武士の出の藩主さまにぺこぺこせにゃいかんがぞ」

我が子ながら、なんという恐ろしいことを口にするのか。順平が返す言葉を探していると、於まきの声がした。

「誰ぞ来ておりますで、旦那さま。稲荷神社の神主さまらしいですけんど」

山城たちが役人に挨拶に来たのだ。順平は、孫与門に、「ええか、庄屋同盟のことは誰にもいうんじゃないぞ」と念を押して、あたふたと家の外に出ていった。

2

三宝御前宮は、村の北にこんもりと聳える三宝山の中腹にある。みつの家から往還に出て、七屋敷の方向に向かうと、八幡宮の角の四つ辻に出る。そこを山手に少し入れば、氏神神社の登り口だ。薄暗い山道が途切れると、欅《けやき》で作った一の鳥居があり、その先に、急勾配の石段がまっすぐに続いている。それも石段というより、平たい長石を斜面に並べて、足がかりにしたというものだ。木の葉や苔に覆われた石にうっかり躓《つまず》くと、そのまま山の下まで転げ落ちそうだ。

いつもはひっそりしている参道の石段を、今日は大勢の村人が登り降りしていた。

今朝から悪霊退散の大祈禱を行うので、狂乱者は氏神神社に連れてくるように、という、惣老、小笠原順平のお達しがあったのは、昨日のことだった。みつも今朝、父を連れてやってきた。十右衛門や寅蔵、りく叔母といった近所の者たちは来ていたが、集まったのは十四人。むしろ見物人のほうが多いくらいだった。残りの者たちは厭がって来なかったか、家の者に軟禁されているかだろう。

見物人たちは、最初こそ、物珍しげに祈禱を眺めていたが、長々と続く儀式にやがて退屈して、野良仕事に戻っていった。みつは残って見守っていたが、四つ刻を過ぎても父たちが狗神に憑かれて騒ぎだすこともなく、昼時になって祈禱が一休みとなり、小笠原家の家僕たちが仕度した昼飯を、神官や、狂乱者たちが食べるのを見届けると安心して、一旦、家に帰った。しかし、昼食の後でまた気になって戻ってきたところだ。参道を行き来している村人たちは、みつ同様、様子をまた見に来たり、家に戻ったりしているのだった。

すでに陽は天頂を越して、西のほうへと傾きつつある。二月に入っても寒さは相変わらずとはいえ、急な石段を登っていると、体はぽかぽかしてきた。途中で足を止めて休んでいる、杖をついた老人を尻目に、みつは最後の段を一気に登りきった。

杉林に囲まれて、小さな拝殿と本殿がある。その前に、見物人の人垣が出来ていた。人混みの中にもぐりこむと、「ああして手分けして、色んな神さまへの祭文《さいもん》を読みあげゆうがぞ」という弓叩きの吉太夫の声が聞こえた。病で臥《ふせ》っていたという噂が嘘のように、朝から祈禱の始まりとともにやってきて、式次第をまことしやかに説明している。といっても、どこか不機嫌なのは、祈禱の手伝いに自分が呼ばれなかったせいらしい。

みつは人垣の間から、ぶつぶつと祭文を唱える声の流れるほうを眺めた。

境内の中央には、大祈禱の三段棚が設けられていた。錦の垂れ幕に注連縄、流れ落ちるような細工の御幣の数々、赤、黄、紫、緑、白の五色の切り紙、白地の扇子や提灯などが賑々《にぎにぎ》しく飾られ、御殿のようにきらびやかだ。餅や干し魚、柚《ゆず》や蜜柑、昆布や酒なども供えられている。

赤い敷物の上に鎮座しているのは、小さな狐の石像だった。遥々、城下の稲荷神社からやってきた御神体だ。その赤い口許や切れ上がった目は、いかにも神通力がありそうに見える。

　三段棚の正面には、城下、松ヶ鼻の稲荷神社の神官、久武山城。その背後に四人の手伝いの神官たちが座っている。それぞれ身をかがめるようにして、帳面を見ながら、ぶつぶつと祈っている。見知った三宝御前宮の岡崎長門も混じっている。

　みつは、神官たちの背後に座っている狗神に憑かれた村人たちの様子を窺った。中には、父もいる。幸い一同神妙にじっとしている。きっと祈禱が効いているのだ。

　みつはほっとして、見物人の人垣から離れると、すみの姿を捜して境内を見回した。朝には、りく叔母を連れて一緒にやってきたのに、昼時になって、みつが家に戻る時には消えていた。母親が正気に戻ることを疎んじていたから、早々に雲隠れしたのかもしれなかった。

　拝殿内に設けられた席には、順平と信八が座っている。あと一人の年上の役人の姿はなかった。信八は順平と話したり、懐から帳面を出して、何事か書きつけたりしている。だが、心ここにあらずという様子で、何かの弾みでみつのほうに目を遣っても、気がついた気配もない。

　なんだか、つまらないな。目が合って、挨拶されても困るのに、みつはそう思った。

　長々とした諸方の神々への祭文もやがて終わり、山城が三段棚の前に、注連縄で作った円座を出し、そこに御幣を立てて、次の儀式の仕度を始めた。

吉太夫が「障りをしゆう神々の名を全部唱えて、縁切りをするがぞ」とまたぞろ説明に努めている。障りをしているのは、狗神と決まっているのではないのかと、みつは不思議に思った。

「神たち、御本尊、祝い神、溺れ神、溺れ仏、金神、年徳神、大将軍さまなどの方位の神、作場の山の神、奥山の山の神、さまざまな水神、山境の荒神、道六神、山伏聖《やまぶしひじり》、五方のあるじ地天の荒神さま……」

山城が円座の前で唱えつづけている。

「山の神、水神の眷属《けんぞく》、回り御崎《みさき》に回り外道、山の魔群魔性、川の魔群化生《けしよう》、山御先《みさき》川御先道御先野神猪《しし》熊狗神猿神式王長縄四つ足のもの狐狸《こり》……」という山城の声が続いていた時、それまでおとなしく座っていた狂乱者たちの背中がざわりと動いた。

「うううううっ」

獣の唸り声のような音を洩らして、十右衛門が頭を後ろに反らせた。同時に蛙のようにしゃがんで、背を弓形に反り返らせた。他の者たちも奇声を発しつつ、一斉に動きだした。飛んだり、跳ねたり、四つん這いになって走りまわったり。激しい動きに、すぐに元結は外れ、髪は乱れて背中に落ち、着物の裾ははだけて、手足が露わになる。目をらんらんと光らせ、歯を剝きだし、まるで半人半獣のようだ。

「やめろっ、落ち着けっ、落ち着けっ」

順平が、拝殿から境内に走りでていって怒鳴ったが、効き目はない。暴れだした者の家族や小笠原家の家僕たちが捕まえても、すぐに振り切って逃げてしまう。神官たちは驚いた顔で騒ぎを見つめている。山城だけが儀式をやめないで、まだ祭文を唱えつづけている。

みつも、拝殿の縁に飛び乗って、しゃがみこんだまま犬のような吠え声を上げている父のほうに走っていった。

「お父やんっ、やめてや。そんなところに上がったら、罰が当たるで」

みつは父の足をつかんで、引きずり降ろそうとした。

「罰が当たるのは誰か。我らが安らぎを荒らす輩こそ罰が当たるであろう」

父とは思えない声が聞こえて、みつは思わず手をひっこめた。

「うおおおっ」

父が獣のような声を上げて大きく跳ねた。みつの頭上を飛び越して、境内の地面に四つ足で着地すると、さらに奇声を上げながら、仲間の中に走りこんでいった。まるで境内に小さな竜巻が起きているようだった。「あぶらおんけんそわかっかっかあぁっ、祭文に詰まったじゃろう。へぼ太夫の口上手の祭文下手」とか「緑なす黒髪もどこへやら烏帽子も傾き日も傾く」などと、神官をからかう者もいる。しかし、五人の神官の座る筵の中にまで足を踏みこむ者はいない。狗神に取り憑かれた者の家族も、小笠原家の家僕も、もう止めるのはあきらめて遠巻きに眺めはじめた。順平もため息をついて拝殿に戻り、信八は何かせっせと帳面に書き止めている。

みつも境内の隅の木の根の上に座りこんで、うんざりとした気分で騒ぎを見守っていた。悪霊退散の大祈禱も効き目はないとすれば、もう誰も何もできないのではないか。いったい、どうなるのだろう。村の全員が狗神憑きなぞになってしまったら……。

それもいいのではないか。

ふと、そんな想いがどこからかこぼれ落ちてきて、みつはどきりとした。

山城が、ひとわたり障りを起こしているらしい神々や魔性のものたちの名を唱え終わったのは、もう日も暮れかかった頃だった。さすがにその頃には、狂乱者たちも騒ぎ疲れたのか、やや静かになり、境内のあちこちに腰を下ろして、惚けたようになっている。

山城は、しばし三段棚の前で手を合わせて祈っていたが、やがて立ちあがると、棚に置かれた狐の石像を恭しく下ろした。それから、あぐらをかいて地面に座り、口をぽかんと開いて天を仰いでいる十右衛門に近づいていった。

「おまんが、この者どもの大将のようだな」

長丞の家に押しかけた時、十右衛門が、大狗神に憑かれたといっていたことを思い出して、みつは、山城の慧眼《けいがん》に感嘆した。

十右衛門はうすら笑いを浮かべつつ、山城を見返している。

「おまえたちはまことに狗神の眷属なのか」

十右衛門は答えない。山城は、手にしていた狐の石像を十右衛門に突きだした。

「正体を顕《あらわ》せ。まことに狗神の眷属ならば、我が稲荷の御神体、小狐丸《こぎつねまる》を知らぬはずはないっ」

十右衛門は、蚊を追い遣るように頭を左右に振ると、にたりとした。

「ならば、いってやろうか」

狗神に憑かれた時に出てくる、ふたつに割れた声だった。

「長丞は狗神持ちではない。われらは狗神に名を借りてやってきたに過ぎぬ」

「正体を顕せ」

山城は、十右衛門の気味の悪い声に対抗するように、腹の底から怒鳴った。境内中にびんびんと響くような声だった。

「われらは、阿州、祖谷山にある国政村《くにまき》の梅の宮に千余年棲み慣れし古狸である」

古狸、という言葉に、境内にいた者たちはあっけに取られた。さすがの山城も、すぐには返す言葉もない。

「なぜ、阿波の古狸が、土佐にまでやってきたんじゃ」

やっと山城が問い返した。

十右衛門は、げっげっ、というようなひしゃげた声で嗤《わら》った。

「人の世を騒がすのは、おもしろいからに決まっている。五十年ほど前にもこの地に来て、人を悩ましてやったが、その後、国主の鎮祭に入り、諸人に化障を成すことは慎んでおったのだ。しかし、今年から喪も明けた。そこで、いの一番に、馴染みの深いこの地にやってきたわけだ」

神官たちも、順平も信八も、境内にいた家族たちも、呆然と十右衛門を見つめている。そのうちに狂乱者の一人が立ちあがり、ふらふらと境内から出ていきはじめた。それがきっかけであったかのように、他の者たちも帰りはじめた。

もう夕暮れ時となっていた。いつものように、この時刻となると、憑き物が落ちる。十右衛門も、ああ、とひとつ大きく伸びをすると、背を向けて、石段に続く鳥居へと向かいはじめた。

「待て。なぜ、阿波で人を悩ませぬ。なぜ、土佐に来たのだ」

山城が、十右衛門に追いすがって聞いた。

十右衛門は怪訝な顔で山城を振り向いた。

「なんのことでございましょう」

それは、いつもの十右衛門の声だった。

3

「阿波の古狸じゃと。狗神ではなかったというがか」

蒲団から顔を出して、堅蔵は問い返した。

すでに顔も洗って、顔も月代も剃りあげ、こざっぱりした信八は「そうながです」といって、堅蔵の枕許に膝を寄せてきた。

「昨日は、畑山殿はもう寝ついてしまわれちょったんで、お耳には入れませんでしたけんど、終日の祈禱の後で、大将格の十右衛門と申す者が、そんなことをいいだしたがでございます」

「狗神ではのうて、古狸じゃったか……」

堅蔵は、その言葉を愛《め》でるように繰り返した。

「そうです。祖谷山にある国政村の梅の宮に千余年棲み慣れし古狸、といっておりました」

「なるほどのう」

堅蔵は箱枕に頭を預けて、安堵の息を吐いた。

八幡宮で狂乱者の女と交わってしまって以来、自分もまた狗神に憑かれたのではないかという不安に苛まれていた。事実、あの夕方から熱に浮かされ、骨の節々が痛くて、体がだるかった。もっともそれは二日もすると治まったが、次には外に出ていくのが怖くなった。また、あの女に出くわして、ふらふらと交わってしまったらどうしようと気が気ではなく、部屋に籠りっきりだったのだ。

しかし、あの女が狗神ではなくて、古狸に憑かれていたとすると、話が違ってくる。狗神は正体もよくわからない悪霊だが、古狸の正体は狸と決まっている。狸に化かされた話なら、そこいらに転がっている。狸に化かされて女と交わったことなぞ、よくありそうな話ではないか。古来、人はずっと狸に化かされてきた。堅蔵の身にもそれが起きたに過ぎない。

「そうか、狸か、狸じゃったか」

気力が漲ってきて、堅蔵はむくりと起きあがった。

「藤崎、朝飯はすませたか」

「いや、まだですが……」

「では、早速、朝飯を」といいかけて、堅蔵は、信八の訝《いぶか》るような視線に気がついた。

いけない。いかに狸に化かされた程度とはいえ、若輩の同僚にそれを気取られるのは、沽券に関わる。堅蔵は表情を引き締めた。

「体調勝れぬからといって、いつまでもお勤めを放りだして、寝ているのは申し訳ない。朝飯でも食べて力をつけ、今日は少し出歩いてみるとしよう」

「ご容態が回復しはじめたとは、朗報です。それでは家の者に朝食の仕度を申しつけてきます」

信八は台所のほうに消えた。

堅蔵は蒲団から抜けだし、小袖を着て帯を締めると、手洗いに立った。数日、寝たきりだったので、月代も髭もぼうぼうとしている。冷たい水で顔を洗い、肌に剃刀を当てると、あの女とのことも夢だったような気がしてきた。

古狸に化かされて見た夢だ。実は、交わってなぞいないのではないか。そう考えると、ますます腹が減ってきた。

茶の間の囲炉裏端には、すでに朝食の膳が用意されていた。信八は膳の前で、帳面を開いて読みいっている。岩原村に来て以来、暇さえあれば書き留めている帳面だ。郡奉行所への報告だけで文字を書くのはうんざりしている堅蔵にとって、信八の熱意は理解し難いものがあった。

「阿波の国政村とは、吉野川の上流にある村じゃないか」

朝食を食べはじめると、堅蔵は信八に話しかけた。

「順平もそんなことを申しておりました。昔、筏《いかだ》で木材を阿波のほうに流しておりました頃、そのあたりからの筏師がちょくちょくこちらに来ていたと」

「なるほど。それで古狸どもも、この岩原村に目をつけたのであるな」

「その古狸どもは、五十年ほど前にもこちらで騒ぎを起こしたといっておりました。すると、長丞の祖父の時の狗神憑き騒ぎも、やはり阿波の古狸の仕業ということになりますが」

信八は首を傾げている。

「なんぞ不審なことがあるのか」

「あまりに軽々しく、狗神から古狸へと変わったことが、ちと合点がいきません」

「そこが古狸が古狸たる所以《ゆえん》じゃろう」

堅蔵は、漬け物と小魚の焼き物を菜にして、白飯をもりもりと掻きこんだ。信八はまだ考えるように眉根を寄せている。

「古狸どもがこの五十年ほどの間じっとしておったのは、国主の鎮祭のためだったと申しておりましたが、いったい、どなたのことですろう。土佐藩の藩主なら、その間に、豊策《とよかず》さま、豊興《とよおき》さま、豊資さまと三代、亡くなり続けておりますので、ことさら今年に喪が明けたというのも変ですし……」

「阿波、徳島藩の藩主のことじゃろう」

「蜂須賀《はちすか》氏ですか。しかし、なぜ阿波の古狸が蜂須賀氏の喪に服すのか……」

「そりゃあ、阿波の古狸じゃからだろう。いずれにしろ、狸の心の内なぞ探っても仕方あるまい。狸は狸、人心では測り難い」

満腹した堅蔵は煙管《キセル》を出すと、煙草を詰めはじめた。

「ところで、順平はどうした」

「祈禱に立ち会うために、氏神神社に行っております」

「祈禱は、まだ続きゆうがか」

「明日までの三日間、続けるということです」

「おまえは今日も行くのか」

信八はかぶりを振った。

「祈禱に出てこない狂乱者も多いので、今日は村を回ろうと思っています。できれば畑山殿が立ち会ってくだされば……」

「よかろう」

堅蔵は、煙管を囲炉裏の端にかんかんと叩きつけて、懐にしまった。

「古狸ならば、かちかち山。背中に柴を括りつけ、火をつけてやったら、尻尾を出すのではないか」

陽気にそんなことをいって、堅蔵は羽織を取りに、奥座敷に戻っていった。

4

畑山殿、古狸の仕業だったとわかって、ずいぶんと喜んでいるみたいだが、いったい、どういう理屈なのか。

信八は帳面を懐にしまいながら、首をひねっていた。

狗神であろうと、古狸であろうと、村の騒動は同じことだ。堅蔵の気分の変化は、信八にはさっぱり理解できなかった。

信八は草鞋を履いて庭に出ると、丑の姿を捜した。丑は、薪を割っているところだった。

「百川の古宮というところに案内してくれないか」

丑は、一瞬、きょとんとした。

「古宮ですかえ」

なぜ、あんなところに、といわんばかりだ。

「そうじゃ。奇怪なことの起きる場所と聞いちゅうんで、見てみたい」

古宮の場所が高知城の鬼門にあたると聞いて以来、ずっと気になっていたのだった。

丑は頷いて、先に立って歩きはじめた。

順平の屋敷の前の石段を降りて、斜面に刻まれた小径を下っていく。氏神神社に向かう村人たちとすれ違う。しかし昨日ほど多くはない。田畑を耕したり、焼畑で草を刈る人々の姿がちらほらと見える。大祈禱に賭けていた期待が薄れたのだろう。

岩原村に着いた時に渡ったのと同じ粗末な橋を過ぎると、丑は筏木村に抜ける道から外れて、川沿いの山の斜面に続く小径を登りはじめた。すぐ横には疎水が流れている。平石を壁にして水路にしたもので、いかにも山分の手作業らしい。疎水は、信八たちの向かう山のほうから流れてきている。百川の上流の水を引いてきているようだった。

「こんな急な山に、よくこの水路を通したもんだな」

信八は感心していった。

「長門さまの曾祖父《ひいじい》さまが造ったがです」

信八の前を行く丑は、急な坂道に背中を丸めて登りつつ答えた。その先には、寒々とした薄ら青い空を切り裂こうとするように、尖った岩先が突きだしている。霧石だ。

「工事の時、この下流にある大向《おおむかい》のお婆ぁんくでお昼を食べよった長門さまの曾祖父さんが、やんがて、ここに奥荒から水を取るきに、用水は便利になるぜよ、いうたところ、お婆ぁは笑いくさって、奥荒の水がここまで来るようになったら、わしもまたもとの十八に若返る、いうたそうです」

「で、用水は出来たが、婆さんは若返りはせんかったというんじゃろう」

丑は信八を振り向いて、へへへ、と笑った。

道が竹や杉の林の中に入ると、あたりは薄暗くなった。

「古宮はあそこです」

丑が立ち止まって下方を指さしたが、竹の間に見えるのは、大きな岩だけだ。水路から外れて、細い道を下っていく丑についていくと、その岩の前に出た。

苔むして緑色がかった岩の出っ張りの下の暗がりに、小さな社があった。祠の前には御幣のついた注連縄が張られ、榊が立ててある。ひとつだけではなかった。あちこちの岩の下に、ふたつみっつの小社が置かれている。

呪詛のために、今も人目を忍んで訪れる者がいるという長門の言葉を思い出しただけに、ひっそりとした林の中、黒々とした岩の暗がりに佇む小社は、なんとなく気味が悪い。

「とっと昔は六尺に九尺のお宮があったいうけんど、神社が今のところに移ってから、小宮が置かれたみたいです」

三畳間ほどの宮だったか。このような急斜面の不便な地に宮を建てたのは、鬼門封じのため。それだけ霊気漂う場所だったということだろう。

「この下が底なしの宮淵で、大蛇が棲んじゅういうたがは、ほんとかや」

信八は急斜面の木立の間にちらちらする流れの輝きに目を遣って聞いた。

「ほんともなんも、おらのいうたことはほんとに決まっちゅう」

「ほお、黒石村の板屋屋敷の婆の話を、岩原の話に変えて話したんじゃなかったか」

からかい半分に言い返すと、丑はちょっと眉間に皺を寄せてから、額を叩いた。

「ああ、そうじゃった。とんと思い違いしちょりました」

まったく、ああいえば、こういう奴だ。信八はそれ以上、問い詰める気にもならずに苦笑した。

作配役として藩の山分の村々を訪ねてまわるうちに、信八は田舎の貧しい百姓についての考えを改めるようになった。それまで百姓というのは、半分、獣みたいなもので、ただ黙々と働くだけの生き物だと思っていた。ところが奴らは頭も働くし、かなり小賢《こざか》しい者すらいることがわかってきた。丑なぞはその口だ。信八は、むしろ丑の機転の利き方に小気味よさを感じていた。

岩のまわりを回っていると、後ろのほうにも、ひっそりとひとつ小社が置かれていた。こちらは注連縄も榊もなく、板はあちこち破れて、打ち棄てられたように見える。

ずいぶんと昔の社だろうと思いつつ、信八はかがみこんだ。社の扉も半分は落ちて傾いている。その奥に、木の札があった。

それを出して、明るいところで眺めた信八は、「おっ」と声を上げた。何事かと近づいてきた丑に、信八は、木札を見せた。

「この社は狗神を鎮めるためのもんじゃぞ。見ろ、ここに狗神之霊と書かれちゅう」

筆書きの文字はかすんでいたが、読めないほどではなかった。丑はそれを覗きこんで、悔しげに答えた。

「おらには、模様みたいにしか見えませんき」

寺子屋に通って字を習うのは、裕福な百姓の倅だけだ。丑のような家僕の息子が行けるはずはない。

信八は、「そうだったな」と呟いて、木札をひっくり返した。『寛政元年』と書かれている。

信八は、天保十四年間、文政十二年間、文化十四年間、享和三年間……と年号を遡って数えてから頷いた。

「五十五年前じゃ。これは前の狗神憑き騒ぎの時、長丞の祖父が奉納したという小宮みたいじゃな」

丑は社を怖そうに眺めて呟いた。

「けんど、もう誰っちゃあお参りしてないみたいです。ほんやき、狗神が怒ったのかもしれません」

「しかし、これまでの騒ぎが古狸のせいじゃったなら、関係もない狗神が怒るわけはないろうが」

もう一度、木札をひっくり返した時、狗神之霊の横に、さらに何か文字があるのに気がついた。信八は木漏れ陽の当たる明るいところに木札を持っていって調べてみた。

うっすらとした文字がなんとか読めた。

そこには、『岩御殿御中』と書かれていた。

「岩御殿……。なんだ、これは……」

「岩御殿いうたら、山の名前ですで、藤崎さま」と丑が答えた。

「どこにあるんじゃ」

丑は、あっち、と霧石のほうを指さした。

「霧石のことか」

「違いますち。あの石のずっと向こう、ちょうど氏神神社のある三宝山の裏の山です」

信八は霧石の向こうを眺めたが、木々と岩塊に阻まれて、その先の山容はわからない。

「岩御殿山には、この霧石みたいな奇妙な形の岩がありまして、長丞が狗神を祀っちゅう洞窟がそこにあるということです」

『岩御殿御中　狗神之霊』と書かれた木札を安置した小宮は、長丞の祖父が狗神の霊を鎮めるために建立したものだったのだろう。城下にとっては鬼門にあたるこの地で……。

鬼門……丑寅の方角……。

信八は、天頂に昇りつつある太陽に目を遣った。昼前なので、太陽は南東の空にある。そして、霧石の方角は、古宮の北東に位置している。ということは、岩御殿山も古宮の北東、丑寅の鬼門にあたる。

「あっ……」

思わず声が洩れた。

狗神の祠のあるという岩御殿山もまた、城下の鬼門ということではないか。

信八は木札を握りしめたまま、霧石の灰色の岩塊を見つめていた。

5

「そうでした、そうでした、先代の長丞が小宮を建てたがは、寛政元年のことでしたぞね」

宇乃は、こっくりこっくりとお辞儀をするように答えた。

「亡くなった旦那さまが、年号も改まって、寛政元年になったというに、ろくなことはないとぼやいておりましたきに」

継母の話を聞いていた順平は、父のぼやきは、今回、自分がこの騒ぎに見舞われた時に思ったのと同じだったことに気がついた。弘化と寛政、時代こそ違うが、新しい年号になって気分一新と思った矢先に見舞われた騒動だ。父子二代、似たような心労を味わったということかと、苦々しく思った。

囲炉裏の上では、鉄瓶がしゅんしゅんと湯気を立てていた。赤々と燃える火に照らされて、二人の役人と、宇乃の姿が浮かんでいる。夕食も終わってから信八が、宇乃の話を聞きたいといいだしたので、順平は継母を隠居屋から母屋の茶の間に連れてきたのだった。

障子戸を隔てたところにある台所の囲炉裏端には、於まきや孫与門、その妻の朝、さらに宇乃についてきた堅治も集まっていて、そちらはそちらで、何事かぼそぼそと話している。両親のまわりで遊んでいるらしい順助と恭平の声がそこに混じりこんでいた。

「実は、今日、百川の畔にある古宮に行ってきたのじゃ」

宇乃の話を吟味するように頷きつつ、筆で帳面に書きつけていた信八がいった。

「そこには打ち棄てられた小さい社があって、中に狗神之霊という木札が置かれていた。その木札の裏に、寛政元年という書き付けがあった次第なんじゃ」

「あれ、まぁ。小宮は、古宮にあったがですかえ」

宇乃が驚いた声を上げた。

「古宮じゃと、それはなんじゃ」と、堅蔵が煙管を口から離して、信八に聞いた。

「氏神神社が、以前あったところです」

「氏神神社があったんじゃったら、小宮が置かれちょって当然ではないか」

堅蔵は、どこがおかしいといわんばかりだ。昨日まで臥っていたとは信じられないほど、今日は元気になって、氏神神社の祈禱まで見に来ていた。ほんとに病だったのだろうかと順平は疑ったが、もちろん口に出していえることではなかった。

「しかし、畑山殿、神主の岡崎長門は、氏神神社が今のところに移ったのは四百年前のことだといっております。五十五年前の騒動の時、小宮を建立するなら、今の氏神神社であったのが自然だったはずでしょうが」

堅蔵はむっつりと煙管をまた口に戻した。

「今も本気でなんぞお祈りしようとしたら、村人は古宮まで行きますぞね。やっぱり古宮のほうが霊験あらたかみたいな気持ちがするがです」

宇乃が口を挟んだ。

「だから五十五年前も、氏神神社ではのうて、古宮にわざわざ小宮を建立したのですか」

「はいはい。前の時も、そりゃあえらい騒ぎでしたきに。やっぱり太夫さんや坊さまを呼んで祈禱してもらいましたが、効き目はありませんでしたぞね。亡くなった旦那さまも弱りきって、長丞に小宮を建ててやってくれと頼みこんで、建てることになったがです」

「古宮に小宮を建てるようにといいだしたのは、誰だったか覚えておりませんか」

宇乃は昔を思い出すように、目をしばたかせて、鉄瓶の底を舐める火を見ていたが、やがて老齢になって痛みだした膝をさすりさすり話しだした。

「確か、氏神神社の前の神主さん、勘太夫さんでしたぞね。三宝山の今の神社の境内ではいかん、ここに建てるべきじゃと、えらい言い張ったみたいです。亡くなった旦那さまは、どこでもよかったみたいですけんど。とにかく早いところ小宮を建てて、騒ぎが落着してもらわんと困る、天明の大飢饉も過ぎてようやく一息ついて、これから頑張って農作をせにゃならんというに、こんな騒ぎになって、たまったもんじゃないいうて……」

宇乃の言葉に、順平は、おや、と思った。

「そりゃ、今回とよう似いちゅうのおし」

今回の騒ぎも、天保の大飢饉が過ぎて、ようやく村の暮しに一息ついた時だ。

「まっこと。天明の時も、この前の飢饉と同じばぁの困りようじゃったぞね。村の衆は、草の根や木の葉、食べられるもんはなんでも食べて、生きながらえたもんじゃった」

「天明といえば、池川《いけがわ》や名野川の百姓が伊予に逃散した事件があったな」と堅蔵が呟いた。

「そんなことがありましたか」

信八が興味を抱いたように聞き返した。

「うむ。郡役場の記録を整理した時に見た覚えがある。確か天明七年じゃった。百姓ども七百人ほどが年貢の取りたてに不平を申して、一揆を起こして逃散した事件じゃった。飢饉で苦しい事情もあり、百姓どもの言い分が通る形でおさまったということじゃった」

「この前の阿波の百姓の逃散と同じですのおし。やっぱり百姓の言い分が通って、帰ってきましたです。なんともはや、似たような事態が繰り返されたということですろうか。寛政元年に弘化元年、年号が改まったばっかりの年というのも同じじゃし……」

同じ状況下で、同じ騒動が起きた。この符合に、順平は気味の悪いものを感じていた。

筆を動かす手を止めて、信八がいった。

「飢え死にの脅威が過ぎて、ほっと一息ついた百姓の気の緩みにつけこんで、狗神が動きはじめたんではないですろうか」

「狗神ではない、古狸じゃろうが」

堅蔵が苛ついた様子で、かん、と囲炉裏端で煙管を叩いて灰を出した。

「しかし、畑山殿。木札には、狗神之霊、と書かれちょりました。少なくとも五十五年前の騒動は狗神のせいでは……」

「阿波の古狸じゃ」

　堅蔵は声を張りあげた。

「前回も、古狸が、狗神のせいにして騒いだだけじゃ。この騒動の張本人は古狸に決まっちゅう」

　堅蔵は煙管を懐に押しこんで、腰を上げた。

「わしはもう寝るぞ。今日はまっこと疲れた、疲れた」

　まるで子持ちの雌犬みたいに、ぴりぴりしているお方じゃ。今日は疲れたといっても、氏神神社の拝殿の火鉢の前に、一日、座っていただけではないか。それも、よく居眠りしておったというにと思いつつ、奥座敷に消えていく堅蔵を、順平はあきれて見送った。

　信八も、同僚の後ろ姿を気がかりそうに眺めていたが、やがて奥座敷の襖の閉まる音が聞こえると、順平と宇乃に苦笑いした。

「狂乱者どもが、憑いたのは古狸じゃといいだしたおかげで、ますます訳がわからんようになりました」

「お役人さま、憑かれた者のいうことを信じちゃあいけませんぞね」

宇乃が小声でいった。

「昔、うちで奉公しておった娘が、気が狂うたみたいに騒ぎだしたことがありましての。太夫さんを呼んで、祈禱してもろうたんですが、自分はここで殺された旅人の霊じゃとか、北《きた》流《ながれ》山の狸じゃとか、七人御先《しちにんみさき》で殺された武者じゃとか、まあ、いうことがころころと変わりますんじゃ」

「そんなことがありましたかえ」

順平は驚いて継母に聞いた。

「そうよ、おきたのことぞね」

おきたなら覚えている。順平が七つか八つの時に、奉公に来ていた若い娘だった。目がぱっちりして、なかなかの美人で、順平は気に入って、よくまとわりついていたものだ。

「おきたがそんなになったなぞ、聞いちゃあせんが」

「そら、そうぞね。あんなところ、子供に見せたらいかんき、佐竹叔父さんくに預けましたきに」

「子供に見せたらいかんち、なんぞ悪いことでもありましたかや」

「もう着物の胸をはだけて、裾もまくりついて、目も当てられん醜態で……」といいかけて、宇乃は信八に気がついた。

「ありゃ、すんませんねぇ。お役人さま。つい、内輪の話をしてしもうて」

「いえ、おもしろい話です。それで、どんな風におさまったがですか」

信八は機嫌良く先を促した。元来、お喋り好きの宇乃は調子に乗って続けた。

「とうとう納屋に閉じこめて、唐辛子を焚いて燻《いぶ》ったがですぞね。ほいたら鼬《いたち》に追われた鶏みたいな、たまあ大きい悲鳴を上げて、気絶してしまいよった。気を取り直したら、けろりともとの通りですわ。けんど、またいつああなるかわからんもんで、実家に帰しましたけんど」

そういえば、おきたはある日、突然いなくなったと順平は思い出した。

「結局、なんに憑かれたかは、わからずじまいですぞね。つくづく憑かれた者のいうことは、あてにゃならんと思うたことです」

宇乃はしたり顔で話を結んだ。

6

かったん、かったん。土間に組み立てた地機《じばた》の前に座り、みつは太布を織っていた。蒸した楮の皮を剝ぎ、乾かしてから細かに裂いて、縒《よ》りをかけて作った糸で布を織るのは、村の女たちの冬場の主要な仕事だ。とはいえ、このところ父の狗神憑き騒ぎで、はかどっていない。手許の見える明るいうちに、その暇を見つけることができるのは珍しいことだった。

ぴんと張った経糸《たていと》の間に、緯糸《よこいと》をつけた杼《ひ》を通し、とんとんと筬《おさ》で押さえる。日に三反も仕上げる熟練した母には負けるが、それでも、もう一反ほど織りあがっている。しかも、今、作っているのは幅の狭いものだから、はかどりもする。

これで紐帯を作るつもりだった。経糸には、茜草《あかねぐさ》で染めたものを使っている。今年の田植えに駆りだされる時に、この紐帯で袖をきりりと縛るのだ。早乙女の役は、村の娘たちの晴れ舞台でもあった。

藤崎さまにも見てもらいたい。

そう思って、みつは自分で自分にあきれてしまった。

五月の田植えまで役人がこの村にいるはずはないし、またいるとしたら、狗神騒ぎが鎮まらないということで、そしたら田植えどころではない。

まったく変なことを考えて……。

今朝は母が父を氏神神社に連れていって、見張り番にあたっている。大祈禱も最後の三日目。あまり効き目がなさそうだと、みな思いはじめてはいるが、それでも望みは棄てきれず、父も母と一緒に出向いていった。

庭先では亀が昭三から竹馬を習っていた。昭三は、西屋の権六の末息子で、亀より一歳年上だ。竹馬は、権六が最近、作ってやったもので、二人は交替に使っては遊んでいる。末弟の市が、それを見てきゃっきゃっと騒いでいた。狗神憑き騒ぎが起きる前と変わりのない光景だ。

最初は、自分が毎日、決まって狗神に憑かれて騒ぎだすことに半信半疑でいた父だが、今ではそれも日常となり、「四つ刻より先、わしは知らんぞ」などと居直っている。父の狗神憑きもまた、日常に組みこまれるようになっているのだ。

人はどんなことにでも慣れることができる。飢饉で食べ物に事欠く日々が続けば、やがてそれが普通だと思いはじめる。少し暮しが楽になると、最初こそありがたくてたまらないが、それもまた、いつか普通に思えてくる。村が狗神憑き騒ぎに巻きこまれても、次第に日常となる。すべては日常という大きな流れに呑みこまれていく。みつはそんな緩やかに姿を変えてゆく流れの中で生きていた。

「みっちゃん……」

小さな声がして顔を上げると、開け放した土間の入口に、すみが顔を覗かせていた。ここ数日見ていなかっただけに、みつは驚いて、「おすみちゃん」と声を上げた。

すみは唇に人差し指を当てて「しっ」と息を吐くと、あたりを見回しつつ、家に入ってきた。

「どうしよったがで」と、みつも小声で聞いた。

すみは蛙のように口を横にひん曲げた。

「お母やん、お腹も大きゅうなったき、みっともない、家に隠れちょけ、いうがよ」

「りく叔母ちゃんも昼間は、村のあちこちで狗神に憑かれて騒ぎゆうろう。その間やったら、外に出てもええろうに」

「昼間は昼間で、お父やんが見張りゆう」

「郷助叔父《おん》ちゃんは、おすみちゃんの腹ぼてには、別に文句らぁいいやあせんかったがやないかえ」

すみはかぶりを振った。

「それが、お母やんが狗神に憑かれるようになって、態度がころりと変わってねぇ。お母やんが狗神に憑かれたうえに、娘まで腹ぼてになったら恥の上塗りじゃといいだした」

二人がこそこそ話しはじめたので、亀と昭三が竹馬をやめて、家のほうに近づいてきた。すみは二人に、あっちに行け、というように手で追い払ってから続けた。

「そんなわけで、おおっぴらに家から出られやせんき、みっちゃんに頼みがあるがよ」

「うん、なんで」

「これを持っていって欲しいが」

すみは懐から小さなものを出した。椎の実に糸を通したものだ。何のことか、すぐにわかった。

糸、椎。いと、しい。愛しい。

山文《やまぶみ》だ。文字を知らない百姓たちが、恋しい相手に送る文。これを送る相手は、きっと、すみの身籠《みご》った子の父親だろうと、ぴんときた。

みつは頷いて、それを受け取った。

「どこに持っていったらええ」

「沓脱《くつぬ》ぎ石の後ろに置いてきとうぜ」

沓脱ぎ石は、長丞の家からさらに山道を登ったところ、岩御殿山の登り口にある、うずくまった牛ほどの大きさの平らな石だ。すみは誰かと沓脱ぎ石のところで密かに会っていたのだろうか。

「相手は誰ながで」

みつは山文を懐に入れると聞いた。

すみは細い目をさらに細めて、ふふふ、と笑った。

「岩御殿山の向こうに住んじゅう男じゃ」

岩御殿山の向こうには、山しかない。あんなところに誰が住んでいるというのか。少なくとも百姓ではない。

「木地師か山師かえ」と聞いた時、「すみっ、すみっ」という、郷助の声がした。

すみは慌てて、「ほいたら、頼んだで」と囁いて消えた。入れ違いに、りく叔母が中屋から出てくるのが見えた。鼻を釣り糸で引っ張られたように、つつっ、と進んでいく。それでは、そろそろ四つ刻なのだろうか。

往還に下っていくりく叔母の後に、小さな影が続いた。昭三だ。竹馬に乗ったまま、かんかんかん、と器用に石段を降りていく。

みつは慌てて地機から離れると、外に走りでていった。

「こら、ついていったらいかんでぇ」

亀も驚いて、「昭ちゃん」と呼ぶと、みつに続いた。

石段を二段跳びで駆け降りた時には、すでに七屋敷のほうに向かう往還を、昭三は竹馬に乗ったまま、りく叔母を追っていくところだった。

「昭ちゃん」と追いすがって、その顔を見た時、みつはぎくっとした。

瞳の色が薄くなっている。昭三は前を向いたまま、ぶつぶつと呟いていた。

「あはくにつかみ、なははるたのひこかみぞ、いでいるゆえは、あまつかみのみこあまおりますときつるゆえに……」

呪文のような言葉だった。

こんな子供まで狗神に憑かれたのだ。

みつは唖然として、立ち止まった。昭三は、竹馬をかつかつ鳴らしつつ、遠ざかっていった。

7

古狸めらが。どうして稲荷神の神通力が効かんのじゃ。

三宝御前宮の拝殿に座り、境内を眺めながら、堅蔵はぎりぎりと奥歯を嚙みしめた。

悪霊退散の大祈禱の最終日。三段棚の前で祈禱を行っている久武山城以下、四人の神官を横目に、三十人ばかりの狂乱者たちが騒ぎまわっているのだ。

今朝、祈禱が始まったばかりの時は、昨日に増しての参加者の数に、いよいよ、みな殊勝な気分になりおったかと喜んでいたが、とんだ見当違いだった。昼過ぎから、またぞろ、ぞわぞわと騒ぎが始まり、陽も傾きはじめた今では、最高潮に達してしまった。

飛んだり、跳ねたり、奇声を発したり、地べたを這いずりまわったり、木に登ったりする者に混じって、「八千矛《やちほこ》の神の命《みこと》は八島国《やしまくに》ぃ。妻《つま》枕きかねて遠遠しぃいいっ」と叫んでいる女や、「我が身は女なりとも、仇の手にはかかるまじ。君の御供《おとも》に参るなり」などと大声で謡っている老人もいる。性懲りもなく神代の話や源平合戦の件を謡っている。

古狸というからには、何百年も何千年も生きているのだろう。しかし、藩を騒がすとはもってのほかだ。

膝に置いた拳を震えるほどに握りしめ、「鎮まれっ」と怒鳴りたいのを堪えていると、「在原の業平さまに心は空に飛びあがるっ」という甲高い声が耳に飛びこんできて、堅蔵の心臓が止まりそうになった。

数日前、八幡宮で自分を誑《たぶら》かした女が、狂乱者に混じって、髪を乱して、舞い狂っていた。くるりと回るたびに着物の裾が割れて、太腿がちらちらと覗く。頭がくらりとなり、激しく交わっている自分と女の姿が蘇った。

とろとろと融けるような肉の感覚が、男根を硬くさせ、堅蔵は何度も何度もその中に身を沈め……。

「いかんっ」

堅蔵はいきなり拳固で自分の頭を叩いた。

傍らにいた信八と順平が、驚いたように堅蔵を見た。堅蔵は我に返った。

落ち着け、堅蔵。あれは古狸に化かされただけなのだ。交わったのも夢。現《うつ》つに起きたことではない。

堅蔵は女から視線をひっ剝がすと、信八にいった。

「いかん、このままではいかん。この古狸どもは国政村の梅の宮から来たといっておったな。そこの神官に頼んで、古狸を呼び戻してもらったらどうじゃ」

「それは一案ですが、阿波藩にこの騒ぎが知られてしまいますよ」

そうだった。他藩にこのことを悟られてはならぬ、というのが、城下を出る時の郡奉行のきついお達しだった。

「ひぁおおおぅっ」

狂乱者の群から、あの女が奇声を発して飛びだしてきた。はっと思う間もなく、拝殿のほうに走り寄ってくると、「忘れては夢かと思う思いきや、雪踏みわけて君を見んとはぁああっ」と叫びながら、地上三尺ものところにある拝殿の縁側に、ぴょんと飛びあがった。

「うわっ、来るなっ、来るなっ」

堅蔵は腰を浮かせた。

女は縁に四つん這いになって蹲《つくば》うと、切れ上がった目を光らせて、にたあっと笑った。

「行けっ、古狸め、あっちに行けいっ」

絶叫する堅蔵を、信八と順平があっけにとられて見つめているのに気づく余裕もない。

「在原の業平さぁまん」と甘ったるい声でいいつつ、腰を振り振り、女は四つん這いで拝殿のほうに近づいてくる。

「おい、その女をここから下ろせっ」

順平の声に、小笠原家の家僕が女の足をつかんで引きずり下ろした。女はずるずると縁から消えていき、地面にどさっと落ちる音がした。

堅蔵は身を硬くして、また飛びあがってこないかと戦《おのの》いていたが、女はすっくりと立ちあがると、能面のような無表情となって、祈禱の行われている三段棚のほうを振り向いた。見ると、他の狂乱者たちもどことなく静まって、境内の中央を眺めている。

すでに祈禱は終わっていた。四人の手伝いの神官たちは儀式用具の片付けに入っている。山城だけが正座して、じっと狂乱者たちを見つめている。

見物や家族の見張りにやってきていた村人たちも黙って、何が起きるのかと様子を窺っている。風ひとつなく、境内は静まりかえり、木々も空に張りついたように止まっている。夕刻のひんやりとした冷気がひしひしと感じられた。静寂の中にも拘わらず、山城と狂乱者たちの間には目に見えない火花が散っているようだった。

信八が拝殿から境内に降りていった。順平も慌ててそれに続く。堅蔵だけそこに留まっているわけにもいかず、腰を上げた。

先の女が放心したように境内の端に座りこみ、息子らしい青年に見張られているのを確かめると、堅蔵も三段棚のほうに歩み寄っていった。

山城が「そこの者、それに、そこの者」と指さして、狂乱者たちの中から四人の男と一人の女を選びだして、自分の前に座るように命じている。その中には、図体の大きな大将格の男や、神代のことを謡っていた女も混じっていた。

山城の威圧的な言い方のせいか、祈禱も終わり夕刻に近づいたせいか、狂乱者たちは不思議とおとなしくいいつけに従った。

五人の男女を前に座らせると、山城は聞いた。

「八千矛の神やら、那須与一やら、在原業平やら口走るとは、奇怪千万。いったい、どうして、そんなことを知っておるんじゃ。まことに千年生きてきた古狸だと申すかっ」

「いかにも、われらは古狸。この目でちゃんと見てきたことを申しておる」

大将格の男が薄ら笑いを浮かべて答えた。

「その目で見たというのなら、讃州屋島《やしま》の源平雌雄の決戦を詳しゅう話してみろ。ほんの近くの国のことじゃ、逐一、見聞しておることじゃろう」

五人の者は一瞬、黙ったが、一番端にいた色黒の老人がからかうように言い返した。

「おまえこそ、稲荷宮に仕える神官というなら、猿田彦《さるたひこ》が大神天孫を導きたもう次第、逐一、知っておるか」

山分の百姓の口から出たとは思えない、厳めしい言い方だった。

「我は天《あま》の鈿女《うずめ》の命《みこと》の化身なり」と涼やかにいったのは、三日月のような顎をした顔色の悪い女だ。

「汝ら、平常、神楽舞といい、我が古《いにしえ》の姿の真似をして、白粉《おしろい》を塗った女面を被り、髪を垂らして、緋袴《ひばかま》を着て、歌い舞い、踊り舞うこと、はなはだ奇怪なることなり」

女はそう続けると、拍手を打って、お辞儀した。

「なかなかもって、理に適《かな》った答弁ですなぁ」

信八が堅蔵に囁いた。感心している場合ではない、と言い返す前に、山城の声がした。

「それでは、やはり阿波国から来た古狸と申すのか」

「けっけけっ」「こんこん」「うおおっ」などと獣の鳴き声が一斉に上がり、狂乱者たちが、また騒ぎだした。

「鎮まれ、鎮まれっ」

山城が怒鳴った。

「なにが望みだっ。どうすれば本国に戻る気になるんだ」

大将格の男が答えた。

「小宮を建てることだ」

それに唱和して、狂乱者たちは口々にいいたてた。

「他に望みはない」

「小宮だ、小宮を建てて潔斎してくれ」

「そしたら、われらは鎮まるであろう」

山城は、堅蔵たちに近づいていった。

「どうも小宮を建てるのがいいようですの」

「しかし、長丞は厭だと申しておるのです」と順平が答えた。

「奴らは古狸だ。長丞の狗神とは関わりないといっておるだろうが」

まだ狗神がどうのこうのといっている惣老に腹を立てて、堅蔵はがなり立てた。

「それでは小宮は誰が建てるがですか」

堅蔵は順平を睨みつけた。

「おまえが建てるんじゃ」

順平は狼狽えた顔をした。

「わたしが、ですか」

「決まっておる。おまえは豊永郷の惣老、この村の庄屋でもあるじゃろうが」

「小宮といっても、二尺四方ほどの大きさでええですろう」と、山城も口添えした。

「中に御神体として、一尺程度の鏡を安置すればええ。もちろん、その鏡には祈念をこめねばなりませんき、それなりの祈禱料は要り用ですがの」

いったい幾らかかるのかと、順平の小さな目の奥で、算盤《そろばん》勘定が働いているのがわかった。

それまで黙って聞いていた信八が付け加えた。

「安置するなら、前と同じ古宮ですね」

山城が頷いた。

「前回、うもういったなら、今回も同じ場所がええですろう」

堅蔵は、まだ順平が逡巡しているのを見て取って、厳しい声で告げた。

「わかったか。早々に小宮を建立するんじゃぞ」

順平は落胆した顔で、「わかりました」と答えた。

8

「そこで、わたしどもは祈禱が終わっても、小宮建立のために、一両日、岩原村に滞在して、昨日、戻ってまいりました次第でございます」

　山城は岩原村での経過を話し終えると、烏帽子を被ったまま、馬三郎に頭を下げた。

「それで少しは鎮まったのか」

「出立した時は、小宮を安置したばかりでしたから、まだその験《ききめ》は見えないのでありますが、乱心者どももさんざんな悪態はついておっても、心の底では空恐ろしくなる時もあるようなので、奴らの望み通り、毎日、潔斎すれば、おいおい鎮まるかと思います」

　おいおい鎮まるだと。つまるところ、失敗したということではないか。郡奉行所、先遣役部屋の控えの間に座って、馬三郎が苦々しく思っていると、山城は弁解のように続けた。

「いやはや狗神ならばまだしも、古狸の仕業とあっては、稲荷神のお力もなかなか及ばず、我々五人の力をもってしても、邪気退治は困難でございまして……」

「狗神と古狸とでは、どう違うというのか」

「狗神はしょせん獣の悪霊ですが、歳月を経た古狸となると人智に勝る悪賢さを持っております。稲荷神と比肩するほどのものですからに、一筋縄ではいきません。しかも、奴は金玉八千畳といわれるほど、古来より有名な阿波の古狸。日本一の悪霊でございます」

　馬三郎は胡散《うさん》臭い気分で山城を眺めた。阿波の古狸がそれほど恐ろしいものならば、阿波藩で、もっと騒ぎが起きていてもいいはずではないか。

馬三郎の疑心を感じとったか、山城は、「このお話はすでに郡奉行さまにも直々にお伝え申し上げておりますので、わたしはこのあたりで……」と、そそくさと辞去していった。

先遣役部屋に戻ると、火鉢を囲んで、同輩の門田左助、藤井清治、植田十蔵の三人が何やら深刻そうな顔で話しあっていた。左助が馬三郎に気がつくなり、手招きした。

「どうしたんじゃ」

火鉢の間に割りこむと、清治が「徳弘殿がお役御免になったと」と小声で告げた。

徳弘三右衛門は長く先遣役を務めてきた温厚な人物だった。そういえば、今日は朝から姿を見ていない。

「なんでまた……」

「お人減らしよ。ほら、いうた通りになっつろうが」

こんな話題であるに拘わらず、自分の言が当たったとばかりに、左助はちょっと自慢気に答えた。三右衛門は、五人の先遣役の中では最も高齢だったために、真っ先に人減らしの対象になったようだ。

「お達しがあったのは、昨日の夕刻で、また改めて、こちらに挨拶に来るといっておったが、がっくり気落ちして傍目《はため》にも可哀そうじゃった」

「気の毒にの。突然、俸禄が取りあげられて、これからどう暮らしていくつもりか」

「田畑はあるきに、郷士となって百姓でもするかといいよったが……」

三右衛門の今後を心配している同輩たちの横で、馬三郎はため息をついた。

「この大変な時に、また人手がのうなるというがか……」

「岩原村の狗神憑き騒ぎはまだ収拾つかないのですか」

十蔵が馬三郎に身を乗りだしてきた。生真面目に人の話を聞こうとするあまり、やたら身を乗りだして、相手をたじたじとさせる癖がある男だ。

「ああ、松ヶ鼻の稲荷神社の神主も失敗してしもうた」

「それはそれは大変ですのお」

清治が腕組みして頷いた。耳が横に出張っていて、鼠のような顔をしているだけに、心配げな表情をされても、からかわれているようにしか見えない。

「そういえば、徳弘殿のお宅は松ヶ鼻の先ではなかったか」

「ああ、堀川沿いの農人《のうにん》町だ。しかし、その家も引き払うしかないといっておったが」

話題はまた三右衛門のことに戻っていった。最初からこの騒動の窓口が馬三郎となってしまっただけに、同輩たちは我関せずだ。狗神憑き騒動よりも、三右衛門の失職のほうが、明日は我が身かもしれないだけに、むしろ切実なのだ。

廊下のほうで、「野島さま」という下男の声がした。「入れ」と返事すると、控えの間を通って使番がやってきて、文を差しだした。

「ただ今、岩原村からの遣いが来て、これを預けていきました」

ひっくり返すと、作配役の藤崎信八と畑山堅蔵の連名となっている。大祈禱が終わったことの報告だろう。

「遣いの者はまだいるか」

馬三郎は、遣いに村の様子を聞いてみようと、使番に尋ねたが、もう立ち去ったということだった。とんぼ返りに村に戻ったのだろう。

馬三郎は文を開いて読んだ。

山城たち五人は丹誠尽くして祈禱したが、験は一向にないままに岩原村を後にしたこと。定福寺の住職は気長に昼夜を通して祈禱を続けているが、さすがにこの頃は困ってしまい、法力も敵《かな》わない、と洩らしていることなどが書かれていた。

『委細之儀ハ山城より御聞取可被成《おききとりなるべく》、さりとハ私共当惑千萬ニ罷在《まかりあり》候。既に山城罷帰候後ニ、又々同村幼年之者へ伝染いたし候取沙汰《とりざた》も有之、不安儀ニ御座候、先今日の有様申上候』という結びに、馬三郎はますます憂鬱になった。

子供まで狂乱しはじめたというのか。

報告は連名にはなっているが、信八の字だ。このところの文はずっとそうだ。堅蔵は、どうしているのか気に掛かる。

とにかく、山城はすでに大祈禱の結果を郡奉行に伝えたといっていたが、この文のことも報告しておこうと、馬三郎は腰を上げた。

9

霧が出ていた。

岩原村を囲む山々は薄灰色の霧にすっぽりと隠れている。朝食をとってから、順平の家の庭先に出た信八は、見渡す限りの霧の海に魅惑されて、下の道に降りていった。

霧の切れ間にうっすらと浮かびあがる山肌や、忽然と立ちあがる針葉樹の林は、遥か遠くにもすぐ近くにもあるようで、遠近感を惑わせる。夢の中にいる心地もして、信八は歩きだしていた。

古宮に小宮を建立してから四日過ぎたが、狂乱者たちは相変わらず騒ぎつづけている。女子供も含めて、その数は六十人に達するまでとなってしまった。

狂乱者たちのいう通りに小宮を建立したのだから、騒ぎは鎮まってもいいはずなのに、その気配もない。憑かれた者たちの言動はあてにならないと、順平の継母がいっていた通りだ。

だとすれば、古狸に憑かれたという話も怪しいものだ。

確かなのは、古宮も、岩御殿山も、城下の鬼門、丑寅の方角にあるということだ。しかも岩御殿山は、まさに阿波との国境の山。土佐藩の北東の縁に位置する。真の意味での鬼門とは、岩御殿山。岩御殿山は、鬼の出入り口となっているのだ。古宮は、その鬼門封じの神社であった。だから岡崎長門の養父、勘太夫は、古宮に小宮を建てるように言い張ったのだ。

順平の話では、長丞は、岩御殿山に祀っているのは狗神ではなく、家の氏神だといっているという。狗神にしろ何であれ、あそこに祀られている神が、村人の狂乱の元凶ではないか。あの山に座す神について、神主の岡崎長門なら知っているだろう。そのことを問い質したいと思いつつ、大祈禱とそれに続く小宮建立の手続きで、なかなかゆっくりと会う間もなかった。そうだ、長門の家を訪ねてみようと思いたち、信八は阿波に続く往還に出ていった。岡崎家は、そこから脇道に入ったところにある。

霧の中を歩きながら、信八は岩御殿山のある方向を眺めた。右上のほうにあるはずだが、何も見えない。

ちいちっちちゅっちちゅっ、という小鳥の囀《さえず》りが頭上から降ってきた。霧に隠されているが、山手に背の高い木々が立ち並んでいる気配がある。

岡崎家への分かれ道までは、民家や畑の並ぶ開けた山の斜面だ。こんなに木々の立ち並ぶところはなかった。通り過ぎてしまったか。

信八は立ち止まった。

ざっ、ざっ、ざっ。往還の下方から、草の揺れるにも似た音がする。霧を透かして見ると、影のようなものが動いている。丸みを帯びた黒い影が、ゆらゆらと揺れつつ、近づいてくる。

信八ははっとして、しばしその影のようなものを見つめた。

突然、影が大きくなった。人の形をしていた。両手を腰に当てて、背筋を伸ばしている。

信八の緊張が解けた。

「誰かいるのか」

道の下に声をかけると、「ああ、どうした」と男の声が返ってきた。

「ちょっと道を聞きたい」

がさがさと草を踏み分ける音がして、霧の中から人が現われた。手に鎌を握りしめた百姓だ。

「岡崎長門の家はどちらかな」と聞くと、百姓は、信八が来た方向を示した。やはり通り過ぎてしまっていたようだった。

礼をいって引き返そうとした時、百姓の背後に、娘の顔が現われた。みつだった。信八が「おや、おまえは」といったのと、みつが「藤崎さま」といったのは同時だった。

「ここでなにをしているんじゃ」

「草を刈っちょります」

みつは自分も手にしていた鎌を見せた。

「こんな朝から……」

「はい」と答えて、みつは隣の百姓が訝るように二人の会話を聞いているのに気がついて、「お父やん、城下からいらしたお役人さまで」と囁いた。みつの父らしい男は、慌ててお辞儀をした。

「ご迷惑をかけちょります。まっこと申し訳ないことでございます。申し訳ないことでございます」

みつが横から言葉を添えた。

「あの……父は昼間はおかしゅうなってしまいよりますんで。今朝も、四つ刻前に、組頭さまのところに納める草刈りだけはしちょこうと仕事しよったわけながです」

いわれてみれば、みつと最初に会った日、狂乱した父親と一緒だった。氏神神社で騒いでいた者たちの中に、この男の顔があった気もする。しかし、狂乱している時の顔と、今の穏やかな顔とはまったく別人のようでもある。この機を捉えて話をしてみようと、信八はみつの父に聞いた。

「昨日、大将格の者が、狗神ではなく、阿波の古狸に憑かれたのだといっておったが、おまえもそう思うのか」

みつの父は困った顔をした。

「はぁ、家の者からも聞かれましたが……。わしはなんとも……。騒ぎたてておりまする時のことは、なんちゃあ覚えちゃあせんがですきに」

「長丞の狗神に憑かれたといいたてておったことも、覚えてはおらんのか」

「それはなんとのう……。騒ぎはじめた最初の頃は、まるでそんな自分を遠くから見ているみたいな感じじゃったのでございます。ああ、わしがこんなことをしよる、こんなことをいゆう、とぼんやりと眺めておるみたいで」

「しかし、自分が騒いでおるのを止めることはできんかったのか」

「気力というものがまるでないのでございます。魂になって、見ているだけというか……。夢人が死んだら、あんな感じなのでございましょうかの。それから、やたら眠とうなって、夢見てるみたいなもんで……色んなことをいったり、やったりしたとはわかるんですが、正気に戻るや、夢から覚めたみたいに、なにもかも、さあっと消えていって、ちっとも覚えておらんのです」

　信八はしばし考えてから、また尋ねた。

「さっき、騒ぎはじめた最初の頃のことはなんとなく覚えておるといったな。しかし、今では、まったく覚えておらんというのか」

「はぁ。狂乱が続くにつれて、覚えちゅうことも少のうなったようでございます」

　狂乱のたびに、憑かれ方は強くなるということだろうか。だとしたら、狂乱を起こすに至った時点のことは、何か覚えているのではないか。

「この騒動が始まる前に、なにか妙なことはなかったか」

　みつの父は思い当たらないというように首を傾げたが、横から、みつが、おずおずと口を出した。

「粥釣で……」

「粥釣じゃと」

「はい。狗神に憑かれた人が出る前の晩は奥正月で、粥釣があったがです」

　城下の奥正月は、飾り物を焼いたりするだけで粥釣の行事はないが、その風習は知っていた。

「粥釣の時に、妙なことがあったのか」

「その晩、うちに来たのは五人の若い衆じゃったけんど、部落から出ていく時は四人だけじゃって……山人の格好した者が消えちょったがです」

「山人じゃと」

平田篤胤の『仙境異聞』では、山人とは、山に入って自然の中に生き、禽獣を友とするうちに、木や石のように長生きするようになった者だったり、深山の草木のように自然に生じた人の形をした魑魅の類であったりすると書かれていた。要するに山に棲む霊のひとつ。神の使いでもある。

「山人が、狂乱の起きる前の晩に、村に現われたというのじゃな」

信八の真剣な声にたじろいだらしく、みつはか細い声で答えた。

「もしかしたら、見間違いかもしれません。満月やったきに、ようは見えましたけんど……」

満月と聞いて、狗神憑き騒ぎの起きた前日は、十五夜だったことに思い至った。

岡崎長門は、昼夜の八つ刻は月と太陽の力が最も強い時だといっていた。月の力が影響があるならば、満月の日もまた同じはず。いや、普段よりも強いことだろう。そんな満月の晩に、神の使いの山人が、村の家々を巡っていた……。

「その山人じゃなかったか、おまんを貰いに来るというたがは」

みつの父が娘に聞いた。

「違うで、違うっ」

みつが頬を赤らめた。

「そんなことというたがは、お侍さんじゃ」

「侍じゃと」

信八はどきりとして聞き返した。

「いえ、お侍さんいうても、百姓です。そんな格好をしちょっただけで」

「あれは梶じゃったな」と、みつの父が頷いた。

この娘を貰いたがっている村の若者がいるのだ。信八は気持ちが落ち着かなくなるのを感じた。

自分はこの娘に惚れたのだろうか。山分の貧しい百姓娘に……。まさか。

信八自身、貧しい田舎郷士の倅ではあったが、士族の端くれだ。百姓とは、心の中で一線を画している。頭に浮かんだ不穏な想像から逃れるように、信八は「失礼する」と言い置いて、引き返しはじめた。

突然、話をぶち切られたみつが当惑しているのには、まったく気が回らなかった。

信八は、霧の中をずんずんと歩いていた。

たかが道ですれ違っただけの百姓娘ではないか。ろくに話も交わしてはいない。どうして惚れたなどということができるか。

信八の知っている女といえば、友達に連れられていった城下の女郎屋の女たちだけだ。それも、二、三度に過ぎない。心を疼《うず》かせた女に、従姉妹や、同じ村の娘などはいたが、それはほんとに疼いた程度で、恋患いに至るほどでもなかった。そんなわけで、自分のみつに対する気持ちを、信八はどのようなところに納めていいかわからなかった。

混乱した気分で来た道を引き返していると、横手から不意に出てきた人影とぶつかりそうになった。

「おのれ、親の仇、ここで遇《あ》ったが百年めええいいいのち欲しくばここにこい」

女の金切り声が耳をつんざき、小袖の袂がふわりと顔にかかった。ぎょっとして、そこから抜けると、霧の中に十二、三歳の小娘が立っている。

「わらわは葛《くず》の葉《は》、狐のあやかし、こーんこんこんこん」

小娘は裸足で霧の中に走り去っていった。

もう四つ刻になったのか。それにしても、あんな小娘までが狂乱して、今度は狐の化身だといいはじめている。

耳を澄ますと、霧の中のあちこちから、狂乱した者たちの奇声や怒声が湧きあがっている。

それは薄灰色の世界から形もなく噴きでてくる幻の声のようにも思える。

もしかして村人たちが、狂乱の中にいる時はこのようなものではないだろうか。

視界は霧に覆われている。聞こえるのは、仲間たちの発する呪文のような声。

村人を操っているのは、何なのだ。それは、今、この霧の中で跋扈してるのか……。

答えのない疑問が生まれては消える。そうして霧の中を彷徨《さまよ》ううちに、信八はまたもや道に迷ってしまっていた。

10

「稲荷神も仏さまもいかんとなったら、どうすればいいんじゃ」

門田左助は口をへの字に曲げた。そうすると頰にえくぼができて、困っているというより、笑っているように見える。しかし、真剣に思案しているのは、馬三郎にはわかっていた。いよいよ、この事態も他人事ではなくなっているのだ。

久武山城が郡奉行所に報告に来て、岩原村に派遣した作配役からの便りが届いた昨日、馬三郎は郡奉行の青木忠蔵、久徳安左衛門、吉田元吉の三人に会いに行ったところ、「この件については逐一、耳に入ってきておるが、当座においては、考えも浮かばぬ。郡奉行所の中でも熟慮すべきである。みな、知恵を絞ってみることじゃ」といわれたのだ。つまり、先遣役全員で対処法を考えろという命で、馬三郎は早速、今朝、同輩が先遣役部屋に現われるや、論議に入ったのだった。

「どうもこうも八方ふさがりのようじゃな」

藤井清治も懐手をしたまま、体を左右に揺らせた。朝から霙《みぞれ》の降る寒い日だ。先遣役部屋にある火鉢ひとつでは、温もりは足らない。つい貧乏揺すりも出てくる。

「しかし、狗神ではのうて、古狸といいだしたとは。いったいどういう了見ですろう」

植田十蔵が呟いた。

「古狸といえば、中島町の小八木さまのお庭に棲んでおる古狸が有名じゃの」

清治の言葉に、左助が、「おう、畳叩きでござるの」と応じた。

「なんの話ですか」

十蔵が身を乗りだしたので、左助は近づいてきた同僚の顔から逃れるように少し背を立てた。

「その古狸は、人が寝静まった頃になると畳の埃を打ち払うみたいな音を立てるという話じゃよ。家人や近所の者には聞こえはせんけんど、二、三町、遠方におる者の耳には入るといわれちゅう。俺なぞは小さい頃、泣きよったら、母から、そら、畳叩きが聞こえるぞ、といわれて、怖うなって泣きやんだもんじゃ」

清治がにやにやしながら頷いた。

「まっこと、城下の子供は、みんな、あの古狸の畳叩きに怖じたもんぞ」

馬三郎が、ごほっ、と咳払いをした。

「城下の古狸より、今は岩原の古狸のことを考えにゃならんのですぞ」

先遣役三人は、またもや浮かぬ顔つきに戻ってしまった。

しばし無言の時が過ぎた。両隣の横目役や作配役の部屋からは、ぼそぼそと話し声が聞こえてくる。控えの間を隔てた廊下では、人の足音が響いている。しかし、馬三郎たち先遣役は案に窮して、無闇に火鉢に翳した手をさするだけだ。

「その古狸どもは、阿波から来たと申しておったのじゃな」

清治が沈黙の気まずさを取り繕うようにいった。

「ああ。国政村にある梅の宮という神社に棲む古狸という」と馬三郎は答えた。

「国政村いうたら、山城村の隣じゃなかったか。山城村は、一昨年の阿波の百姓逃散の騒動のきっかけとなったところじゃろう。その古狸は、祖谷の百姓どもが土佐まで連れてきたんじゃないやろか」

阿波百姓の逃散の時、やはり先遣役として豊永郷に遣わされていた左助が冗談めかしていうと、他の者たちもそれに乗ってきた。

「なるほど、一昨年の阿波の百姓どもも、古狸に憑かれたせいで騒ぎだしたと……」

「東から風が吹いてくると、狂乱者どもはおかしゅうなるといいよったの。東いうたら、阿波の祖谷の方向じゃ。ぼっちりの話じゃ」

「ううむ、梅の宮の古狸か。恐ろしいものよの」

「古狸の出自は、この際、関係のないことです。それより、その古狸を退散させるにはどうしたらいいかという問題ですきに」

ともすれば脇道に逸《そ》れてしまう論議に苛ついた馬三郎の声が大きくなった。

「そういう野島殿には、なんぞ方策はあるのか」と左助が聞いてきた。それは、昨日以来、馬三郎もつらつらと考えていたことだった。

「岩原村では庄屋や村老など地下役を始め、村人一同、五台山高善院の律師を慕っているという話なので、その坊さまに頼んで祈禱をしてもらったらどうかと思いよるんじゃが」

「しかし、定福寺の住職が騒ぎの最初から祈禱しよるが、駄目だったんじゃろうが」

清治が水を差した。

「仏さまの力でいかんがなら、陰陽師や博士など、奇妙な術を施して、狐狸の類を調伏させる輩《やから》に頼んだらどうですろう」と十蔵が提案した。

「いかんいかん。加持祈禱くらいで鎮まるがやったら、山城の大祈禱で、とうに鎮まっちゅうろう。それより地下役に申しつけて、狂乱者どもを自宅に縛りつけておくようにしたらどうじゃ。狂乱者どもも集まって騒ぐこともできんようになって、自然と鎮まるんじゃないか」

左助もようやく案が浮かんできたようで、がなり立てた。

「何十人もの百姓を家に何日も縛りつけておいたら、他国にどう聞こえていくかわからんぞ。なにしろ岩原はお境目じゃきにの。他国に洩れたら、わしら先遣役の失態とされる」

清治が苦々しげにいった。徳弘がお役御免となったので、次なる年長者である自分がそれに続くのではないかと戦々恐々としているのだ。

「ほいたら、狂乱者はみな城下に連れてきて、江ノ口牢屋に閉じこめたらどうか」と左助がいうと、清治は頷いた。

「それはええ考えじゃ。ただ、一時に大勢の百姓を江ノ口牢屋に入れるとやはり目立つ。まずは山田町牢屋に移し置いちょいて、郷廻役に指図して、狂乱者のうちで年寄り、幼い子供、女たちは村人お預かりとして、残りを江ノ口牢屋に入れるとしたらどうじゃろう。ほいたら、憑き物も自然に退散するろう」

「しかし岩原からの便りでは、狂乱者たちは毎日、暴れまわっているというぞ。そう簡単に捕まるろうかの」

　馬三郎は腕組みした。

「そこは藩の御威光をもって取り扱うのでございます」

　突然、十蔵が元気な声で身を乗りだしてきた。目のぐりっとした十蔵の顔がにゅっと近づいてきたので、馬三郎はつい肩を引いた。

「鉄砲を持たせた足軽二十人ほどを岩原に連れていって、手を焼きそうな狂乱者どもは郷廻役に残らず召し捕ってもらうがです」

「鉄砲で撃つのは、行きすぎではないか」

「なに弾は入れんと、空砲で震えあがらしたらええだけです。その上、十手や棒や杖などで脅せば、おとなしゅう捕まるのではないですろうか」

「ああ、そりゃあええかもしれん。ほんで手枷《てかせ》、足枷でもつけて牢屋に放りこんじょいたら、そのうちおとなしゅうなるろう」

　左助が賛同し、清治も「それがよかろう」といいだした。

　豊永郷の百姓たちとは長年のつきあいのある馬三郎は、郷廻役を差し向けての荒療治には躊躇いがあった。郷廻役は、村々の様子を探索して、不審者がいれば引っ捕らえてくる役目を負っている。郷廻役に捕まれば、罪人も同然だ。ただ、文吉のいっていたように、もしかして百姓たちの狂言だとしたら、そんな手だても効果があるかもしれないと思い直した。いずれにしろ事態は、実力行使に出るしかないほど行き詰まっている。

「それでは、郷廻役と足軽隊を派遣して、狂乱者たちを捕まえるということにしますか」

馬三郎が同輩を見回すと、これで厄介事に決着をつけた、といわんばかりの晴れ晴れした顔で一斉に頷いた。

11

信八の奴、どこに行ったんじゃ。

順平の家の庭先に立って、堅蔵は同輩の姿を捜していた。霧が山々全体をうっすらと包みこんでいる。谷間からは煙のように立ち昇り、頭上では雲と相まって、白と灰色の斑《まだら》模様を作っていた。山も空も形を崩して、霧の薄衣《うすぎぬ》の中に隠れている。妙に不安になるような光景だ。

「藤崎殿、藤崎殿っ」

呼んでみたが、返事はない。

代わりに、近くの納屋から、順平の息子の孫与門が顔を出した。堅蔵を見て、またすぐにひっこもうとしたので、声をかけた。

「おい、藤崎殿を見なかったか」

孫与門は、「外に出ていかれました」と無表情に答えた。

「どこに行ったんじゃ」

「存じません。供の者も呼ばんで行かれたきに、散歩に出ただけですろう」

孫与門は仏頂面を崩さずにいうと、一礼して納屋に消えた。

あの順平の息子はどこか不遜なところがある。こんな家なぞ、早く出ていってしまいたい。

堅蔵は顔をしかめて、小笠原家の門のところまで歩いていった。

岩原村に来て、すでに十七日が過ぎたが、事態は一向に鎮まる気配はない。山城たちの大祈禱の結果の報告は信八が書き送ったといっていたが、そろそろ次の報告を出さなくてはならない。どのような形で書くかを信八に相談したかった。できれば、これ以上、自分が現地に滞在しても無駄であり、他の者と代わってもらうことを匂わせる文面にしたいものだ。孫与門の話では、信八は散歩に出ただけらしいから、そう遠くまで行っているはずもない。堅蔵は門の外に出てみた。

霧の中で、山腹を蛇腹のように続く石段の道が黒っぽく浮きあがっている。その道を、三々五々と百姓たちがこちらにやってきている。糸に手繰られるような歩き方で、狂乱者どもだとわかった。

もう四つ刻なのか。またぞろ順平の家の庭や阿弥陀堂にやってきて、気の狂れたような騒ぎを巻き起こすのだ。

突然、大声で叫びたくなった。

やめてくれ、もうたくさんだ。こんな気の狂った村になんぞ、もういたくない。

堅蔵は両拳を握りしめて、内から爆発しそうなものを堪えた。こめかみがずきんずきんと脈打った。頭痛がした。

その時、どこからか声が聞こえた。

──ありわら……の……なりひぃらぁ……。

頭痛が激しくなった。息が詰まってきた。

──ありわらの……なりひら……。

在原業平だと。

堅蔵はぎくりとした。

──在原業平……在原業平……。

声は、古《いにしえ》の放蕩《ほうとう》歌人の名を唱えつづける。それは確かに、堅蔵自身の声ではなかった。

──在原業平さまぁ。

心のどこかで声が流れてくる。その声が糸のように、堅蔵を引っ張っていく。足が自然に動きだす。堅蔵は、順平の家の前の道を、阿弥陀堂のある堂山のほうに進んでいく。

おれは阿弥陀堂に向かっているのだ。

山肌を流れゆく霧のように、そんな考えが堅蔵の頭を過《よ》ぎっていく。しかし、歩みを止める力も、それ以上の考えを進める力もない。

順平の家に向かう百姓たちとすれ違う。

堅蔵の眼差しと、百姓たちの眼差しが出会う。玉藻《たまも》が触れあって、また分かれていくように、交わりが生まれ、絡みあい、そして離れていく。

交わりだ……交わり……しかし、この交わりではない。

堅蔵には、その声がもはや自分の中の声なのか、外の何かの声なのかはわからない。

阿弥陀堂もまた霧に見え隠れしている。堅蔵の足は、道から脇に延びる狭くて急な石段に置かれている。自分ではどこに向かっているのかわからない。しかし、体はわかっている。

石段はやがて灌木の茂みの中に入っていく。堅蔵の足は石段を踏みつづける。

やがて茂みの中から、女の白い手がぬるりと蛇のように現われる。その手が地面に置かれ、黒髪がずずっと茂みの奥から出てくる。頭がくるりと回り、女の顔が堅蔵を見る。

「ありわら……の……なりひぃらぁさまぁにぃ……みもこころもぉ……まぁいあがるうぅ

う」

女の声が、手が、腕が、肉体が、霧の薄衣のように、堅蔵の体を思考を、すっぽりと包みこんで覆い隠していく。

第四章　山人

1

居酒屋の引き戸を開いて店間に入ると、思いがけず、「野島じゃないか」と、声がかかった。

行灯《あんどん》の光に照らされた薄暗い土間の上がり框《かまち》に、五十嵐文吉の姿を見つけて、馬三郎は「こんなところで会うとは珍しいな」といいながら近づいていった。

造り酒屋の片手間で、升酒を売っているこの居酒屋は、郡奉行所から馬三郎の家のある北奉公人町の途中に店を開いている。文吉の家の近所なので、ばったり顔を合わせることがないこともないが、半年に一度程度だ。

店は土間の上がり框を座席にしていて、客は文吉の他は一人しかいなかった。手拭いを頭に被った馬喰風情の男で、隅のほうで静かに酒を呑んでいる。囲炉裏の火を熾していた居酒屋の主に升酒を頼み、馬三郎は文吉の隣に腰を下ろした。

「久々に道場で汗を流してきたところでのおし。流した汗の分、これを補給しゅうわけよ」

体を動かした後のせいで、てかてかと血色よく光る頰を緩ませて、文吉は自分の升酒を掲げてみせた。文吉は、教授館の中にある文武館で、時たま生徒相手に剣術の稽古をつけている。今日はその帰りのようだった。

「一汗流して、気分よう酒が呑めるとは羨ましい。俺のほうは、今時分まであちこち走りまわって、疲れ果ててしもうた。一杯やらねば家にも辿り着けない有様での。気付け薬代わりじゃよ」

主の持ってきた升酒を受け取り、馬三郎は愚痴をこぼした。

「こんなに遅くまでお勤めとは、なんぞ火急のことでも起きたがかや」

「例の狗神憑きの一件よ」と、馬三郎は酒を啜って答えた。

「ついに岩原村に、郷廻役と足軽隊を派遣して、狂乱者どもを鎮圧することになったんじゃ。今日はその手配で、御仕置役にお届けを出したり、惣代役に足軽の人選を頼んだり、郷廻役場に説明に行ったりで、てんてこ舞いよ」

「ほお、それは大袈裟な事態になったもんじゃ」

「大袈裟もなにも、百姓どもの狂乱は傍観できんところにまで来てしもうたがじゃ。神主に問い詰められて、自分らに憑いちゅうんは、狗神じゃない、古狸じゃといいだすわ、女子供まで狂乱しはじめるわで、郡奉行所も万策尽きたというのが実情でな。こうなったら、藩の御威光をもって鎮めるしかないということになった」

「藩の御威光が、足軽隊派遣か。それで騒ぎは鎮まると思うか」

文吉は皮肉な響きをこめて聞き返した。

「厭なことをいうなや」

文吉の質問は、馬三郎自身の抱いている懸念でもあった。

馬三郎はぐいと升酒を呑み、口許を拭った。胃の底で熱い塊がかっと燃えた。

「ほんとに古狸じゃったら、足軽隊の放つ鉄砲で尻尾を巻いて逃げだすじゃろうし、この騒ぎが百姓の狂言から来たものであれば、畏れ入って鎮まるんじゃないかえ」

「狗神から、ころっと古狸に変わったというのは、あんまり調子が良すぎるな」

「やっぱり百姓どもの狂言かの……」

「狂言いうても、色々な取りようがある」

文吉は空になった升を、かたんと上がり框に置いた。

「神社の祭礼で、奉納神楽を舞いゆう者らを考えてみろや。舞い手らは、狂言とまでは思うてはおらんろうが、その舞いは、神さまが降りてきたことの真似事とはわかっちゅうはずじゃ。ところが舞いに夢中になるうちに、ほんとうに神さまが乗り移ったかのような心地になる。じゃからこそ、神楽は見物人の心を打つ。岩原村の百姓どもも似たようなもんではないかの。最初は狗神に憑かれた真似事じゃったかもしれんが、真似事をしゆううちに、ほんとうに狗神に憑かれたように思えてきた。そんでも、真似事の気持ちはちょっとは残っちゅうもんやき、神主に詰め寄られたら、泡喰って古狸に憑かれたといいだしたという案配じゃ」

「ほいたら、足軽隊の鉄砲に遭《お》うたら、真似事をやめるんじゃないか」

「ところが、ところが」

文吉は肩を持ちあげて、首を回した。

「問題は、真似事じゃという気持ちがどこまで残っちゅうかということよ。酒に酔うて前後不覚となり、翌日、煮売り酒屋の飯盛女《めしもりおんな》に言い寄っておったという自分の醜態を聞く、いうことはないかえ」

「そんなこと、あった例《ためし》はない」と、馬三郎は憤然として答えた。文吉はくすりと笑った。

「誰も御者にいわんかったせいかもしれん。そんなことはなかったのかもしれん。ほんとのところは、ようはわからんろう」

そんなことは絶対にない、といおうとした馬三郎を手で留めて、文吉は続けた。

「まぁ、わしのいいたいのは、人が覚えちゅうことなぞ、あてにならんということじゃ。百姓どもの真似事という気持ちも、酒に酔うた時のように、後になったら、ちっとも思い出せん類のもんではないろうか」

馬三郎は、文吉の言葉を考えつつ升酒を呷《あお》った。文吉はまだ笑いを含んだ顔で、馬三郎に話しかけた。

「ところで、御者、酒に酔うて、なんで煮売り酒屋の飯盛女に言い寄ったりしたのじゃろう」

「俺はそんなことしちょらん」

「例えば、の話じゃ。それはつまり、御者が、本心やってみたかったことじゃきよ。ほんやき酒に酔わんとできんかったし、酔いから醒めると忘れてしもうた。妻子ある身でそんなことできるもんではない。まっこと忘れたいことじゃきのお」

文吉め、勝手な話をでっちあげおって、と不機嫌に鈍い行灯の光を眺めていた馬三郎の頭に、何かが閃いた。

「ほいたら御者は……百姓たちが憑かれたと騒いでおるがは……実は、そうしたかったことじゃといいたいがか……けんど、それはできんことじゃき、後で忘れるしかないのじゃと

「……」

「百姓どもがしたかったのは、狂乱だけとは思えん。もっと他になんぞしたいことはあるはずじゃ。飯盛女に言い寄るみたいな、もっと訳のわかる理屈がの」

「逃散じゃ」

突然、馬三郎は両手を叩いた。

「一昨年の阿波の百姓たちの逃散に煽られて、岩原の百姓たちもやってみたいと思いよったはずじゃ。けんど名野川の百姓の逃散の失敗を見て、怖じてしもうた。ほんやき、狗神やら古狸やらに憑かれた狂言をして、逃散をしたいがじゃないか」

「そうかもしれんし、そうでないかもしれん。じゃが、侍よりずっと、百姓たちの暮しは御禁制によってがんじがらめとなっちゅう。百姓どものしたいことというたら、単に、絹の着物を着てみたいとか、白飯をたらふく喰ってみたいとかいうことかもしれんし、もっと大それた、殿様になりたい、みたいなことかもしれん。それは百姓どもの心の底の底を覗きこんで初めて、ようやくわかることじゃろうな。……ただ、ひとついえるのは、どこぞに酒があったということよ」

えっ、と馬三郎は聞き返した。

「酒なら……もう一合、頼むか」

居酒屋の主を呼びかけた馬三郎を、文吉が止めた。

「違う、その酒じゃない。岩原の百姓たちにとっての酒よ。いったい奴らを狂乱するまでに酔わせた酒とはなんであったか、考えてみにゃならんぞ」

もちろん、ほんとうの酒ではない。百姓たちが酒を買うことは禁じられている。いずれにしろ、毎日、酔うほどの量の酒を買う銭もあるはずはない。酒に代わるようなものが、岩原村のどこにあるのか……。

「それが、狗神とか古狸とかいわれているものか」

「そうじゃ。岩原の百姓たちを酔わせた酒を見つけて、酒の源を断たん限り、足軽隊の鉄砲で脅しても無駄ということじゃ」

足軽隊出立は明後日だというに、ろくでもないことをいうてくれるものよ。馬三郎は居酒屋の主に、「もう一杯くれ」と自棄《やけ》気味に怒鳴って、空になった升を振った。

2

昨日の霧が嘘のように、からりと晴れ渡った青空が広がっていた。岩原口番所を目印に、順平の家の前の道を登ってきた信八は、つい先の四つ辻を、岡崎長門が横切っていくのに目を止めた。

「長門さん」

立ち止まった長門は、神官の白い着物姿で、青々とした榊の束を入れた手桶を持っている。

「氏神神社に行くのですか」

「はい。朝のお清めに行くところですが」

「ちょうどいい。お宅にお邪魔しようと思いよったところです。一緒に参ってもいいですか」

立ち話でもよかったが、大祈禱の終わった後の氏神神社を見ておきたくなったのだ。

長門は、もちろん、というように頷いた。

一の鳥居をくぐって、急な石段を登っていく。早朝だけに、石の縁も濡れて滑りやすくなっている。長門の後から、信八は慎重に足を運んでいった。

「実は昨日、お宅に行こうとしたんですが、霧に迷ってしまいました」

「この時期、あんな深い霧は珍しいです。いつもじゃったら、秋か春ですが。しかし、昼過ぎには霧も晴れてきたですろう」

「ああ、そうでしたね」

確かに午後になって霧は晴れたが、その時には、長門のところを訪ねる件はすっかり忘れてしまっていた。なにしろ霧に迷って、さんざんうろうろした挙げ句、昼頃、順平宅に戻り着くと、堅蔵の姿がない。昼飯にも戻らないので、午後は丑と一緒に行方を捜していた。堅蔵を見つけたのは、阿弥陀堂の縁側だった。着物も元結もさんざんに汚れ、草履《ぞうり》も片方を無くしたまま、茫然自失で座りこみ、境内で騒ぐ狂乱者たちをぼんやりと眺めていた。

訳を聞いても、古狸に化かされたと譫言《うわごと》のようにいうばかりだ。子供の手を引くように、堅蔵を順平の家に連れ帰り、部屋に寝かせると、ごおごおと鼾をかいて眠りだした。夕方になると起きだしたが、まだぼんやりしていて、夕飯を食べて、早々に寝てしまった。今朝は朝飯もとらないで、蒲団にもぐりこんだままだ。

この件を郡奉行所に報告すべきかどうかで信八は迷っている。今日一日、様子を見てみようと、朝食をすませて、順平宅を出てきたのだった。

石段を半ばまで登ると、さすがに信八の息も切れてきた。長門は毎日登り慣れているのだろう、すたすたと身軽に足を進めていく。長門よりずっと若い自分が音《ね》を上げることもできないと、信八も後に続く。

山分の者たちを見るにつけ、なんと強靭な肉体だろうと思わないではいられない。のけぞるほどの急斜面の焼畑で木を伐り倒し、焼き入れをして、土を掘り返し、稗や粟《あわ》の種を蒔き、草取りをする。その山ときたら、村から何里も離れているのだ。掘っ立て小屋のような家で寝起きして、口にするのは、大根や芋、稗や粟だ。米を作っても、ほとんどは年貢に変わってしまう。そんな貧しい食べ物で、山の急斜面を薪や楮の束を背負って登り降りする肉体を保持している。

比較的裕福な家で育った長門ですら、この石段を平気で登っていくのだから、村人たちにとっては朝飯前だろう。信八は、武士の子弟として、子供の頃から、朝夕の肉体の鍛錬を行ってきた。食べ物だって、山分の百姓よりはずっといいものを食べてきている。それでも、体力では、この地の百姓たちに敵わないだろう。まるで肉体は、まったく別のもので出来ているようだ。何百年とこの山の頂近くの土地で暮らしてきた者たちの体は、平地で暮らした者たちとは違っているかもしれない。それならば、精神のありようもまた違っているのではないか。

ここの百姓たちは、いったい何を考え、何を感じているのか。

これまで、そんなことを考えたことはなかった。百姓は、土を這う虫けらと同様に受け取っていた。しかし、百姓たちも考えもするし、感じもするのだ……。

毎日毎日、このような急な石段を登り降りする者たちの考えること、感じること。働いても働いても、かつかつの食べ物で生きていくことしかできない暮し。その中から、どんな考えや想いが生まれてくるのか。

脹ら脛が痺《しび》れたようになった頃、やっと氏神神社に着いた。大祈禱のために設けられていた三段棚も取り払われ、地面には枯れ葉が散っているばかりだ。朝まだきの弱々しい光の射しこむ境内は、人気《ひとけ》もなく閑散としている。長門は手桶を拝殿の入口の柱の下に置いてから中に入り、板の間を帚《ほうき》で掃き清めはじめた。

信八は拝殿の階段の上に立って、長門に話しかけた。

「岩御殿山が、古宮の丑寅の方角にあることはご存知でしたか」

「ほう」といって、長門は帚を動かす手を止めた。

「先日、古宮に行って、気がついたがです。あそこに山城たちが小宮を建立した時にも、もう一度、確かめましたが、まことに丑寅の方角でした」

「そうでしたか」

長門はまた帚で掃きはじめた。埃が狭い拝殿に舞い、入口近くにいた信八に振りかかってくるのにも頓着しない。

先だって岡崎家を訪ねた時には、丁寧に応対した長門だったのに、どうしたことだろうと訝りつつ、信八は拝殿の階段を降りた。

たんたん、と帚で埃を掃きだすと、長門は外に出てきた。今度は竹箒《たけぼうき》を持って、境内を掃きはじめる。信八はまた近づいていった。

「ところで岩御殿山は、この氏神神社の裏にあるという話ですが……」

「あの山ですよ」と、長門は拝殿の後ろを指さした。北の頭上に山が見える。山嶺《さんれい》はなだらかだが、頂だけがぽんと上に立ちあがっているような形だ。

「あれは三宝山では……」

氏神神社の正式名が三宝御前宮だったことを思い出して、信八は聞いた。

「三宝山は社地のあるこの場所です」

つまり三宝山は、岩御殿山の裾山ということだ。信八は拝殿の位置をじっくりと見た。

「この拝殿は、まるで岩御殿山を拝むみたいに造られていますね」

「当社は岩御殿山の遥拝場ではありませんぞ」

長門の声に力が入った。

「三宝御前宮の御神体は、伊勢大明神。岡崎家は、藤原鎌足公に遡る貴族の家柄でして、代々、岡崎庄二万四千貫の領土を治めておったのが、故あって所領を失い、譜代の家臣、郎党従えて土佐国安芸《あき》に来住し、天慶年間、家来を従えて岩原に来て、居を構えました。その時、邸内に伊勢大明神を勧請したのが、当神社の由来ながです。岩御殿山とはなんら関わりはありません」

信八は、長門の剣幕に内心、驚いていた。話が岩御殿山に及んでから、やけに不機嫌だ。

それでも信八は追及をやめるわけにはいかなかった。

「岩御殿山には、長丞の家の狗神か氏神かが祀られていると聞きましたが、ご存知でしたか」

「ああ、そういわれているようですね」

長門は気ぜわしく竹箒を動かし続けている。

信八は境内の南端まで歩いていって、もう一度、拝殿と、その背後の岩御殿山の位置を確かめた。

やはり拝殿は岩御殿山に向いている。長門の意向がどうであれ、氏神神社での祈禱は、岩御殿山に捧げられることとなるのではないか。

しかし、長門のがっしりした背中は、そんな質問を投げかけられるのを、強く拒絶していた。

信八は自分の想像は胸に留めて、長門に挨拶すると、三宝山から降りていった。

3

俺はいったい、どうしてしまったのだろう。

順平宅の庭から響いてくる狂乱者の騒ぐ声から逃れるように蒲団を頭からひっかぶり、堅蔵は自問していた。

　またぞろ古狸に化かされるとは。あの霧のせいだ。こんな山の中だから、あんな深い霧が出て、狸如きに化かされてしまったのだ。ああ、早く城下に戻りたい。古狸なぞ、屋敷の軒下で縮こまっているところに。もう、何もかも厭だ。この座敷から、一歩も出たくない。蒲団から顔を出したら、そこは、城下にある自分の家の寝間、などということになればいいのに。いや、そうであって欲しい。

「畑山さま……畑山さま」

狂乱者の騒ぎの中に、自分を呼ぶ声を聞き取って、堅蔵は蒲団の中で耳に手を押しあてた。

あの女だ。あの古狸が、また俺を呼んでいるのだ。

「畑山さま、畑山さま、畑山さま」

声はますます大きくなる。

放っておいてくれ。俺は城下の家にいるのだ。岩原なぞにはいないのだ。

「畑山さまっ」

　頭のすぐ上で声が聞こえた。

堅蔵は蒲団を撥ねとばして怒鳴った。

「煩い、黙れっ、黙らんか、古狸めっ」

堅蔵の前に、順平の驚いた顔があった。順平は慌てて、蒲団の横から飛びのいて、畳に両手を突いて頭を下げた。

「すみません、畑山さまっ。眠っておられるかと思うたもんですき」

堅蔵は乱れた着物の襟許を正すと、少しでも威厳を取り繕うために、蒲団の中で正座した。

「なんの用じゃ」

順平は、おずおずと懐から文を取りだした。

「郡奉行所から、畑山さまと藤崎さま宛に早文《はやぶみ》が着いたがです。藤崎さまはいらっしゃらないので、こちらにお届けに上がった次第でして」

郡奉行所からと聞いて、堅蔵はひったくるように文を受け取った。

先遣役の野島馬三郎からだ。

『明十一日、郷廻役及び足軽弐拾人、岩原村へ被差立申《さしたてられもうすに》付、当地に於《おい》て《》も用意相申出仕候』

という一文を目にするや、堅蔵は「なんと」と声を放った。

「どうかしたのですか」

順平も郡奉行所からの文とあって、気になっていたらしく、身を乗りだして聞いてきた。

堅蔵はもう一度、じっくりと文を読んでから、何度も頷いた。

「なんなのでございますか」

順平が焦《じ》れたように再び尋ねた。

「城下から郷廻役と、鉄砲を持った足軽二十名が、事態鎮圧のために遣わされるということじゃ。喜べ、これで古狸どもも一網打尽じゃぞ」

順平は嬉しいような困ったような表情になった。

「鉄砲で鎮圧というと……まさか古狸……村の衆を撃ち殺すということじゃあ……」

「あまりに逆らうと、そのようなことになるかもしれんのう」

あの忌々しい女古狸が撃ち殺されれば、後の災いもすっきりと絶てる。堅蔵は浮かれ気分で懐手になった。

「郷廻役に足軽二十名ときた。これほど心強い助っ人はおらん。十一日に出立とあるが、十一日いうたら、明日ではないか」

「いえ、今日が十一日でございます」

昨日、朦朧《もうろう》とした気分で過ごしたので、一日、読み間違えていた。堅蔵はもう一度、文を読んで、ああ、と朗らかな声を上げた。

「十一日に出立して、到着は十二日と書いちゅう。人数も多きに、途中、どこぞに一泊してくるがじゃろう。明日の晩の郷廻役や足軽どもの宿や食事の手配、しっかと頼むぞ」

畳に両手を突いて拝聴していた順平は、ぴょこんと頭を上げた。

「全部で何人になりますろうか」

「郷廻役と足軽二十名、加えて雑役を果たす使番もついてくるろうし、この文面からじゃと、先遣役の野島殿もおいでになるみたいじゃの。三十名にはなるんじゃないか」

「これは大変でございます」

順平は急に慌てたように、目を左右に走らせた。

「そうじゃ、早いところ、迎え入れの仕度に入るがええぞ。なにしろ明日じゃきな、明日じゃ、明日になったら、なにもかも鎮まるんじゃ」

明日、明日と繰り返しているうちに、全身に力が漲ってきた。堅蔵は両手を突きあげて伸びをして、蒲団から立ちあがった。

「ああ、腹が減った。なんぞ喰うものはないか」

「うちの者に申しつけちょきますんで、わたしはこれで失礼します」

そそくさと奥座敷から退出しようとした順平の背中に、堅蔵ははしゃいで声をかけた。

「足軽隊のことは、村の者には秘密じゃぞ。なんもいわんでおって、どっと現われて、驚かせてやるんじゃ。古狸ども鉄砲でさんざん追いかけまわして、毛皮にでもしてくれればええわ」

振り返った順平の目には、少し脅えた色が混じっていたが、堅蔵は気がつきもしなかった。

4

沓脱ぎ石の後ろに、小さな下駄がひとつ置かれていた。下駄といっても、木ぎれで作った玩具だ。鶏卵ほどの大きさの四角い板に、一本歯を差しているだけ。鼻緒の代わりに茅の葉が結ばれ、その下に松の小枝が挟まれていた。

山文の返事に違いない。

すみから預かった山文をここに置いたのは六日前だ。二、三日して、すみがみつのところに忍んできて、返事はないか見に行ってくれと頼まれた。その時、見に来たが、山文が消えていただけだった。すみにそれを伝えておいたが、今朝またやってきて、もう一度、見に行ってくれないかといわれたのだった。

すみは相変わらず家に閉じこめられているらしい。顔色は悪く、目つきもぎすぎすしたものとなっている。毎日、家にいるのも鬱憤が溜まるのだろう。仲良しのすみの頼みだけに、朝の仕事をすませ、昼を食べてから、ここまでやってきたのだった。

よかった、これで、すみも喜ぶ。

みつは下駄を掌に載せて眺めた。

それにしても、この山文の意味は何だろうか。下駄に松……。

考えていると、がさっ、がさっ、と背後に何か近づいてくる気配がした。

沓脱ぎ石は、二反ほどの広さの茫漠とした野の中にある。岩御殿山の登り口に続く道の途中に、ぽつんと佇んでいる。足許の斜面には岩原の田畑が広がり、吉野川を隔てて向かいの山々が見晴らせるが、近くの人家といえば、すぐ下の長丞の家くらいで、人里離れた地だ。

こんなところに現われる人はまずいない。

鹿か猪か。猪ならば、急に動きだすと、突きかかってくるかもしれない。

恐る恐る振り向くと、信八だった。少し離れたところから、こちらを訝しげに見つめている。

思いがけない人物に、みつは飛びあがりそうになった。信八も振り向いた相手がみつだったことに驚いた様子で、とっさに頭を下げて、「やっ」と挨拶した。

お侍さんが自分に頭を下げている。

みつの緊張が解けた。

「今日は、お供も連れずに歩きゆうがですか」

いつもくっついている丑がいないことに気がついて、話しかけた。

「ああ、順平のところはちょっと立てこんじょって、奉公人はみな忙しげにしちゅうきに」

信八ははっきりとした理由は告げずに、そう説明した。惣老の家で何かあったのだろうか。急な慶弔事や事件があれば、すぐさま村人に招集がかかるのに、そんなこともなかった。変だなと思っていると、信八はあたりを見回して呟いた。

「ずいぶんと寂しいところだな、このあたりは」

野は枯れ薄《すすき》や枯れ草に覆われていた。薄の先に留まった雀が、ちゅんちゅんと鳴いているだけだ。

「昔は、ここも山畑じゃったけんど、作物が実らんようになって、打ち棄てられたといわれちょります」

どの作物を植えてもやがて枯れてしまうのは、長丞の家に近いためだと、村の者が噂していることは黙っていた。

「こんなところで、おまえはなにをしゆうがか」

信八は、みつの掌に載っていた下駄を見つめて聞いた。今更、隠し立てするわけにもいかなかった。

「友達に頼まれて、山文を取りに来たがです」

「山文じゃと」

文字で書いた文の代わりなのだと答えると、信八は興味を持ったようだった。

「で、その文はどういう意味ながじゃ」

「それがわからんがです。松は、待ちゆうということですろうけんど、下駄いうんは……」

「下駄か……下駄……」

信八は考えるように天を仰いだ。正面からだと、まだ幼いところの残る顔だが、横顔は顎の線が引き締まって精悍な印象を与えている。その顔がくるりと動いて、みつの掌を見つめた。みつの掌が熱くなった気がした。

「一本歯の下駄か……高下駄……足駄……」

みつは、あっと叫んだ。

「あしだ……あした、明日、待つ、じゃないですろうか」

「そうかぁ」

信八がにこっと笑ったので、みつもつい笑い返していた。

「山文か。百姓には百姓なりの想いの伝え方があるがじゃの」

山文を着物の袂にしまっているみつに、信八がいった。

「いつもじゃないがです。山文を送るがは、特別な時です。好きおうた者の間くらいで
……」

「おまえの友達は、ここで好きな相手と会うことになっちゅうがじゃな」

「そうみたいです」

「明日か」

「はい、明日ですろう」

この山文がいつ置かれたものかはわからない。昨日か一昨日だったかもしれない。しかし、それはたいして重要ではなかった。すみの相手は、昨日も今日も明日もここにやってきて、山文の消えたのを確かめる。山文が石から持ち去られた次の日が、明日、なのだ。

「この道は岩御殿山に続いちゅうがか」

信八が目の前の道を示して聞いた。

「そうでございます」

「長丞が狗神を祀っちゅうという洞窟は、この道の先にあるんじゃろうか」

「洞窟はわかりませんが、社やったら、山にあります」

「行ったことがあるのか」

「ありますけんど……小《こ》んまい時じゃったもんですきに」

村の子供たちは、沓脱ぎ石の向こうには行ってはいけないといわれていた。大人たちも、猪や鹿を追いかけているうちに迷いこまない限り、岩御殿山には入らない。みつも、すみの兄の鉄太郎にくっついて、悪戯《いたずら》半分で登ったことが一度あるきりだ。

「社は、山の頂近くの大きな岩の下じゃった覚えがあります」

みつは朧気《おぼろげ》な記憶をまさぐって続けた。

信八は岩御殿山を眺めてから、「どこに、その大きな岩があるんじゃ」と聞いた。

「ここからは、ちょっとしか見えません。ほら、あの辺に……」

みつは山の頂の下のほうにある灰色の塊を指さした。木々に囲まれて、岩のほとんどは隠されている。

「丑も、狗神の洞窟は、霧石みたいな大きな岩の下にあるといっておった」

「はい。あれでございます」

「よし、行ってみよう」

信八は野の中の道を歩きだした。

「岩御殿山に登られるのですか」

みつはその背中に声をかけた。

「ああ」と信八は振り向いた。

「一人で入るのはやめちょいたがええです」

「なんぞ、まずいことでもあるのか」

そういわれて、みつも困った。別に岩御殿山に天狗や山爺が出るとかいわれているわけでもない。誰も何もいわないけれど、岩御殿山に入るものではないというのは、村の不文律であった。

「お供しましょう」

みつの口から、そんな言葉が飛びだした。

信八は嬉しそうな顔をした。

「それはありがたい」

みつは自分の申し出に戸惑っていた。男と二人きりで山に入っているところを村の者が見たら、さんざん噂される。

しかし、相手は侍。しかも、役人だ。不案内の役人を村の者が案内するのは、当然のことではないか。第一、役人が山で行方不明になったりしたら、村の咎にもなるだろう。

そんな言い訳を自分につけて、みつは信八の後に続いて歩きだした。

野が切れるところから、林になる。岩御殿山の登り口の小径に、大木の群が覆い被さっている。小径が薄暗い山に消えていた。

信八とみつはその小径に入っていった。

すぐに道は急な登り坂となった。小径はよく均《なら》され、大きな岩の間を抜けていく場合には、ちゃんと足がかりがつけられている。もうずいぶんと長い間、使われてきた道のようだ。下草も生えない椎や椋、杉や檜《ひのき》の大木の下に散らばっているのは枯れ落ちた枝くらいのものだ。しかし頂に続く小径には枝も落ちてはおらず、倒れた木も道脇に寄せられている。

「けっこう人が通っているようだの」

「はい。この径は下に住んじゅう長丞さんが使いよりますし、木地師や山師なぞも通ったりするがでしょう」

みつは、すみの相手のことを考えつつ答えた。村の者ではない木地師や山師は、岩御殿山に対する村人の禁忌も知らずに、山を通っていってもおかしくはない。

木々の間に、ちらちらと覗いていた頂近くの岩塊が、次第に頭上にせり出してくる。まっすぐに屹立《きつりつ》するような岩だった。灰色の岩肌のところどころに白い筋が入っている。岩の裂け目に木々が生え、岩塊ごと山から立ちあがっているようだ。

「あれが、狗神の洞窟のあるという岩か」

信八が歩きながら聞いた。

「そうです」

「霧石のように、なんぞ名はついちゅうがか」

「別に名前はありません」

答えてから、みつは、どうしてだろう、と思った。

霧石は夜泣き石とも呼ばれ、名前がふたつもある。石の奇妙な形や大きさからいえば、名前くらいあってもよさそうなものだったが、みつの知る限り、名はついていない。だいたい村の者は、この岩のことを話しもしない。かといって、忘れているわけではない。頭のどこかに、岩御殿山のこの大岩はいつもこびりついている。そもそも岩御殿山自体、村の者は山の名を滅多に口にすることはない。三宝山や冬至山、梶ヶ森などの山は話題にしても、岩御殿山はまるで存在しないかのように振る舞っている。しかし、大岩と同様、いつだって、村の者の頭にこの山は居座っているのだ。

岩肌が横手に壁のように立ちあがっている大岩の足許に着いた。その横に石垣が現われた。石垣の上には、小さな社がある。

子供の時、ここまで来たのだと、みつは思い出した。薄暗い林の中に石垣があって、その上に小さな社が現われた時、鉄太郎が「狗神の社じゃあ」と叫んだので、子供たちは震えあがって、我先に逃げだしたものだった。

すっかり忘れていた。

信八が、石垣の真ん中にある石段を見つけて、登りだした。石段は、両手を広げた幅ほどもある横長の石で築かれている。あちこちは緑の苔で覆われ、長い年月を経てきていることを示していた。

「こんな山中に、ようこれだけの石段や石垣を築いたものよの。いつ頃に出来たものじゃろうか」

信八が石段を登りながら、感心したように呟いた。

「さあ……」

みつは、さっきから信八の質問に何も答えられない自分に気がついた。岩原村で生まれ育ったというのに、知らないことがいっぱいだ。ここに石垣や石段があることは当然だと思ってきた。

石段を登りきった時、信八がぎょっとしたように立ち止まった。信八の肩ごしに見ると、二尺四方の小さな社の前に、男が一人、うずくまっていた。背中を丸めて、両手を合わせて、何事か祈っている。

社の横手には、あの巨大な岩がそそり立っていた。その岩の陰になっているのと、周囲に立ち並ぶ大木とで、境内にあたる石垣の築かれたところはやけに暗かった。社の前にしゃがみこむ男の姿は、その薄闇に融けこんでいるようにも見える。

やがて男は手を下ろすと、立ちあがり、お辞儀をした。

「誰だ……」といいかけた信八に、みつは囁いた。

「長丞さんです」

信八も、狗神憑き騒ぎの発端となった長丞の名は知っていたらしい。

「おまえが長丞か」と尋ねた。

「はい」と、長丞がまたお辞儀をした。

そのまま信八も長丞も黙っている。

長丞はいつもの陰気な顔で、ぼんやりと信八を見つめている。信八が長丞の拝んでいた社に目を遣ったので、みつも釣られてそちらを向いた。

社の前には榊が飾られ、白い紙の敷かれた上に、柿が一個載っていた。社の扉は閉められているが、どこにでもあるもので、特別、恐ろしい狗神を祀っているようではない。

「ここに祀られているのは、なんの神さまなんだ」

信八が長丞に聞いた。

「うちの氏神さまです。出雲さまとかいわれちょりますが、ようはわかりません」

「狗神ではないのか」

「違います」

信八は近くにそそり立つ岩を示した。

「狗神を祀る洞窟とは、あそこにあるのか」

長丞は力の抜けたような笑いを洩らした。

「そんなんは村の衆の勝手な作り話ですよ」

信八はそれでも不審そうに岩や社を眺めている。

「これだけの敷地に、この社は小さすぎるんじゃないか。もっと大きな宮が建つほどの土地はあるし、そのつもりで石垣を築いたようじゃが」

「昔はここには立派な社殿が建っちょったということです。けんど、誰も拝む者がのうなって、朽ち果ててしもうたらしい。この村にやってきた先代の長丞は、その跡地に氏神さまを祀ることにしたということです。ほんで、わしもこうしてお祀りしているわけで」

「しかし、おまえは養子と聞いているが……」

「養子でも親戚筋ですきに、氏神さまは同じです。ここの氏神さまは、阿波の東祖谷のわしの生まれた村から、先代の長丞が勧請してきたもんですきに、わしにとっても氏神さまにあたるがです」

「先代の長丞は、阿波からなんでまたここに移ってきたんじゃろうか」

「さあ、ようはわかりませんが……新しい土地で暮らしてみとうなったのかもしれません。家財道具一切合切、家族みんなで背負うて、山越えしてきて、この岩原の北の山肌に畑を拓いて住みついたがです。ところが村では新参者じゃったために狗神持ちだのといわれるようになって、養父の代には、嫁を見つけることもできんかったいうことです。そんなわけで、やっぱりわしの実家のある東祖谷から嫁をとったがです。けんど義母にしても、よう知らん土地で、狗神持ちじゃといわれて暮らすがはしんどいことじゃったがですろう。子供には恵まれんかったき、両親を亡くして孤児になったわしが親戚のよしみで貰われてきたがですわ」

「しかし、村の新参者は他にもいるんじゃないか。なぜ、おまえの家だけそんなことをいわれるようになったんじゃろう」

「家族みんなで力を合わせて一生懸命に働いて、田畑も広げて、いっぱしの顔になったきじゃないですかえ。ほんやに、組合にも入れてもらえん」

長丞は恨めしげな口調になった。

「狗神の霊力のおかげでそうなったといわれゆうけんど……」

みつは思わず言葉を挟んだ。長丞の家が豊かなのは、狗神を拝みゆうせいじゃ、とは村のもっぱらの噂だった。

「狗神じゃない。けんど、もしなんぞのご加護があったとするなら、うちの氏神さまのご加護じゃろう。氏神さまを祀るにあたって、不思議な言い伝えが残っちょります」

「ほう、なんじゃ」

「阿波から担いできた氏神さまの祀り場所を探しよった先代の長丞が、この山に登って拝殿ものうなってしもうた境内に着いた時、山人に遇《お》うたがです。顔は笠に隠れて見えんかったけど、背中に蓑をつけちょったそうです」

粥釣の時にやってきた山人と同じ格好だと、みつは思った。

「山人は、ここにあった神社の由来を話して聞かせてくれたといいます。なんでも、とっと昔、村がまだ出来る前に、ここにやってきて住みついた者らがおったそうです。最初に居着いた代の者らが死んだ時に、岩御殿山のこの場所を墓にして、お祀りをするようになった。以来、その子孫らの護《まも》り神さまとなったけんど、いつかそのことは忘れられ、神社も寂れてしもうた。ほんやき、ここに、おまえの家の氏神を祀れば、またご加護があるじゃろうというて、山人は消えたそうな」

「その最初に居着いた者らの護り神いうがが、狗神じゃったんじゃないか」

長丞は、信八に怒った顔を向けた。

「そんなはずはありません。うちの護り神さまは、狗神とはなんも関係ありません」

その時だけ、陰気な長丞の顔に火花が散ったようだった。

「遅くなりますんで、わしはこれで……」

長丞はお辞儀をして、山を降りていった。木立の間に消えていく後ろ姿を見送りつつ、みつは、長丞が狗神を祀っているとは、まったくのでたらめだったというのかと考えていた。村の者はそれを信じて、長年、長丞とその家族を爪弾《つまはじ》きしてきた。もし、自分たちがそんな立場に置かれたら、どんなに腹立たしく、悔しいことだろう。

「あそこの岩を見てくる」

みつの心にじわじわと広がっていた自責の念を、信八の声が断ち切った。

見ると信八は、社の傍らの大岩に近づいていくところだ。ところどころ足がかりはあるが、墜《お》ちたら危ない。しかし、みつが止めるよりも先に、信八は岩に登りはじめていた。

5

大岩のあちこちは鋭く切り立ち、でこぼこしており、手がかりや足がかりは容易に見つかった。信八は岩肌を這うようにして、そそり立つ大岩の前面のほうに、じりじりと回りこんでいった。手足を置く岩が崩れはしないかと慎重に確かめつつも、先の長丞の話が念頭から去ることはなかった。

岩御殿山の神とは、岩原に最初に住みついた者たちの霊だったのだ。岡崎長門が岩御殿山の話に不機嫌だったのは、ここに、それを祀る神社があったからだろう。

この神社こそ、岩原村最初の氏神神社だったからだ。今の村の氏神神社は、岡崎家の氏神を祀った三宝御前宮。しかし正当性でいうならば、氏神神社は、岩御殿山にあった神社のほうだ。長門は、そのことを指摘されたくはなかったのではないか。

手がかりにしたつもりの木の根がぐらっと揺れた。信八は手を離して、岩に飛びついた。根は岩から浮きあがり、小石がぱらぱらと落ちていった。足許は切り立った崖だ。上の空でいたら、足を滑らせかねない。

信八はまたそろそろと進みはじめた。四間ばかり岩に沿って回りこむと、明るいところに出た。ちょうど平らな出っ張りがあり、視界が開けている。

見渡す限り、青灰色の山並みが連なっていた。足許の斜面に畑が広がり、畑の終わったところの谷底で、吉野川が銀色に輝きつつ蛇行していた。夕暮れ近い光が、すべてを鉄錆色がかった色で包んでいる。

足許に広がる村の中で、どのような騒ぎが起きていようとも、今、目に入る景色は穏やかで、平和だった。

太古の昔から、この景色は変わることはなかったのだろう。変わったとすれば、山々に道が通され、山肌が切り拓かれて段々畑が出来たくらいだろう。しかし、それもこの雄大な山々の連なりからすれば、表皮をひっかいただけにも満たない変化だ。

ひゅううううぅぅぅ。

冷たい風が岩に吹きつけ、信八の着物の袂や袴の裾をばたばたと揺らせた。岩をよじ登ってきたために、少し汗ばんでいた顔を撫でていくのが心地よい。

ひゃよよよっ、ひょおおお……うをあああっ……。

風の中に、人の叫び声を聞いた気がして、信八はあたりを見回した。

ひゅううぅぅひょおおおぉぉっ。

風の音が聞こえるばかりだ。

しかし、先のは確かに人の叫びのようだった。恐怖の叫びではない。むしろ、喜びに満ちた歓喜の声。

ひょおおおっぉおああああっあたら……あたらし……。

今度ははっきりと声となった。

——あたらしい……新しい土地だぁ。

——やっと……やっと……着いた。

風の中に切れ切れの声がする。大勢の者の声のようだ。

——平和なところ……おれたちの……土地。

——畑を作ろう。

──そうだ、ここに畑を。

喜びに溢れた、さまざまな声があたりで渦巻く。しかし、あたりを見回しても、誰もいない。もちろんだ。この崖の上に、そんなに大勢の者がどこにいるというのか。

もしかして、この岩の上に。

信八は岩の頂を仰いだ。がらがらっ。鈍い音がして、足許の石が崩れた。信八は必死で、近くの岩の出っ張りにしがみついた。

何だ、今の声は何だ。

信八はもう一度、あたりを見回した。

風に揺られて、岩に生えた松の枝が揺れているばかりだ。誰もいない。いるはずはない。

しかし、確かに聞いたのだ。

「ひゃあああっ」

大岩の反対側から女の叫び声がした。

歓喜の声ではない。恐怖に満ちた叫びだ。

「みつっ」

信八は急いで引き返しはじめた。

「みつ、大丈夫か、みつ」

大声で怒鳴りながら、岩肌を這い戻る。

社のあるところまで戻ると、「藤崎さまっ」と、みつがしがみついてきた。顔色は青ざめ、微かに震えている。その背中を抱いて、信八は、「どうしたがじゃ」と聞いた。

みつは社の背後にある木立を指さした。

「さっき、あそこに……山人みたいな人が……。笠を被って、蓑を着て……」

信八は木立の間を透かし見た。山の中だけに、すでにあたりは薄暗くなりはじめている。その薄暗がりの奥に誰かいるのか。しかし、人が動く姿はどこにもなかった。

「誰もおらんき……」

そう告げて、みつの背中を撫でてから、二人が抱きあっていることに気がついた。みつの体の前面が、信八の体にぴたりとくっつき、温もりが伝わってきた。

みつの体……。

そう思ったとたんに、みつもはっとしたように身を離した。

「すんません、藤崎さま、怖かったもんじゃき、すんません」

みつは真っ赤になって、ぺこぺこ頭を下げている。ほとんど泣きそうな勢いだ。信八もどぎまぎしながら、気にするな、というように手を振った。

「山の中で妙な人影を見たら、誰じゃち脅えあがるもんじゃ」

そう慰めつつ、先代の長丞がここで出会ったのも、やはり山人だったという考えが、信八の頭を掠めていた。

第五章　鎮圧

1

吉野川が緑を映して滔々《とうとう》と流れていた。豊永郷、土居村の大庄屋、山本實蔵の家の庭から、石塀越しに谷底を流れる川を見下ろせば、たなびく朝霧の間から微かに川音が聞こえてきた。

白と碧《あお》の織りなす寒々とした流れに目を遣って、馬三郎はあくびを嚙み殺した。少し離れたところで山々を眺めていた植田十蔵が、「昨夜《ゆうべ》は眠り足りんかったがですろう」と声をかけてきた。

「このところ、ばたばたしちょったもんじゃきのう」

足軽たちへの給金や、送夫や宿の手配などに奔走し、郷廻役と足軽隊、雑役を務める使番など四十名近くの人数で城下を出発したのは、昨日の朝だ。郡奉行から、作配まとめ役として十蔵とともに随行するようにと命じられたために、馬三郎も朝まだ暗いうちに起きだすこととなり、一日、岩原村目指して歩きつづけた。昨夜は杖立峠を降りたところの庵谷村の庄屋の家や寺に分散して一泊し、今朝も暗いうちから宿を出て、朝陽の昇る頃には土居村に着き、山本家で休憩しているところだった。疲れが溜まっていても無理はない。

それでも、まだ名野川郷の逃散の時の行軍よりはましかな、と馬三郎は思った。名野川の百姓三百人余りが伊予に逃散したと聞いて、郡奉行は早速、足軽隊六十人を派遣するように命じた。送夫や宿の手配もそこそこにすぐさま出立しただけに、日暮れて着いた村では、大勢の足軽の宿はなかなか見つからない、雨は降りだす、城下からは一刻も早く現地に着けという催促が早便で送り届けられる。あの時の混乱と疲労に比べれば、今回の足軽隊派遣なぞ小規模なものだ。

馬三郎は十蔵と一緒に石垣から離れた。

山本家は代々の豊永郷の大庄屋だけあって、寺のような大屋根のある立派な屋敷に、白壁の蔵が並んでいる。広い庭の片隅には池があり、周囲には椿や沈丁花《じんちょうげ》、南天などの木が植えられ、しだれ紅梅の赤味を帯びた小さな花が水面に散っていた。

馬三郎たち役人は、池に面した母屋の座敷で休むようにと勧められたが、足軽や使番たちには庭の傍らにある隠居屋が休息所としてあてがわれていた。その隠居屋から、山本實蔵と小笠原順平が出てきた。順平は、今朝、土居村に来て、馬三郎たちの一行を出迎えたのだ。

「野島さま、郷廻役のお役人さまたちが出立すると申しておりますけんど……」

實蔵が少し困った顔で告げた。

隠居屋の南側に渡された縁側に腰かけて、振る舞われた茶を啜りつつ、休んでいた足軽たちが動きだしている。使番や荷役の送夫たちに何か声高に命じているのは、四人の郷廻役の先輩格の佐伯辰之進だ。

「さっき着いたばかりではないか」と十蔵が不機嫌に呟いた。馬三郎と十蔵は、實蔵や順平に挨拶したり、足軽や使番、送夫たちを休みどころに配したりと忙しくしていたので、やっと今、くつろいだところだった。まだ茶も飲んではいない。こんな調子で動くのでは、疲れは溜まる一方だと馬三郎も不満に思いつつ、辰之進に近づいていった。

「佐伯殿、もう出立されるおつもりか」

「おう、わしらは大人数じゃき、先を急がせてもらうぞ」

辰之進は怒鳴るように応じた。

「急ぐといっても、まだ岩原に着いてからの段取りも決めてはおらんでしょうが」

「兵法の基本は第一に現状把握、第二に迅速。目下のはっきりした状況は、現地に行ってみないとわからん。すると迅速こそが肝要」

兵法も何も、相手は狗神か古狸に憑かれた百姓どもではないか。馬三郎は鼻白んだが、足軽たちはすでに鉄砲を背中に負い、出発の仕度をすませている。他の郷廻役も腰に刀を差しこみつつ、母屋から出てきたところだ。

「じゃが、岩原村での休息場所はどうなっているんじゃ」

まだ地下役たちとも、これからの手筈を話しあっていない。馬三郎は、後からついてきた實蔵や順平に聞いた。

「そうじゃ、どうなっちゅうがぞ」

辰之進は、實蔵の咎であるかのように、馬三郎の問いを繰り返した。

「岩原での休憩は……」と實蔵もまた答えに詰まって、順平を見た。順平はぺこぺこお辞儀しながら答えた。

「村境に住んじょります組頭、良平の家で、ひとまずはご休憩の手筈を整えております。向こうでは、お昼食の仕度もできちょるはずでございます」

「そこへ行けばいいんじゃな。案内を頼むぞ」

辰之進はそういうと、足軽たちに「出発じゃ」と合図した。

田舎の怪しい者や罪人を引っ捕らえてまわる役目である郷廻役だけに、村々で我がもの顔に振る舞う癖を身につけている。先遣役のように、地下役たちと相談しあって物事を進めていく連中ではない。

　性急な事の進み具合におろおろしている實蔵と順平に、馬三郎はいった。

「實蔵は案内の者を連れて、足軽どもと一緒に行ってくれんか。順平はここにちょっと残って、われらに村の様子を話してくれ」

　岩原村に着いてしまえば、また郷廻役に振り回されかねない。それまでに村の様子をよく知る順平から事情を聞いておきたかった。十匁《もんめ》の重い鉄砲と火薬を担いだ足軽隊の歩みは、さほど速くはない。少し遅れて山本家を出ても、追いつくのは簡単なはずだと踏んでいた。

「それでは、わたしどもは先に行かせてもらいます」

　實蔵は、家僕らしい者の名を呼びつつ、家の裏手のほうに小走りに消えていった。馬三郎は、十蔵と一緒に母屋の縁側に座った。長屋門からぞろぞろと出ていく足軽や送夫、使番たちの後から、家僕二人を従えた實蔵があたふたと追っていくのが見えた。

　風が通りすぎるように、武具の鳴る音を響かせて足軽隊が立ち去ると、静けさが戻ってきた。奥座敷で、襷《たすき》がけをして空になった湯飲み茶碗を片付けてまわっていた實蔵の妻に茶を頼むと、馬三郎は、前に立ってかしこまっている順平に聞いた。

「ここ数日の岩原村の様子はどうなっちょるんじゃ」

順平は両手を揉みしだいて、詫びるように頭を下げた。

「情けないことに、狂乱者どもは六十四人にまで達しまして。女子供も大勢混じっちょります。相も変わらず四つ刻になると騒ぎだす始末で……」

「山城が祀った小宮の効き目はないということじゃな」

順平は恨めしげに、「はい、なんにも……」と答えた。

茶が来たので、馬三郎はそれを飲んだ。熱い茶が喉を通っていくと、体が温もってきた。十蔵も一息ついた様子で茶を味わっている。

「ところで、村にいる作配役の二人はどうしゅうかな」

畑山堅蔵と藤崎信八からの報告は、山城一行が岩原村に入った時から間遠くなっていた。ことに堅蔵はそれまでは二日を置かずに文を寄越していたのに、ここ十日ほど、送られてくる報告は、信八の手によるものとなり、本人からの音沙汰はない。今日も、せめてどちらか一人でも山本家に迎えに来ているかと思ったら姿はない。少なからず気になっていた。

「畑山さまは良平の家でみなさまをお待ちです。藤崎さまは今朝から阿弥陀堂を見張っておいでです」

「阿弥陀堂を……」

「昨日、村の狂乱者は全員、阿弥陀堂に集まるようにとの触れを出しておきましたので、その命がちゃんと聞き届けられちょるか、確かめておいでございます」

「なるほど。では、二人の作配役は、われらの到着は承知しちゅうがじゃな」

「はい。畑山さまはことに張り切っておいでです。最近、ご様子がおかしかっただけに、わたしどももひと安心した次第で……」

「様子がおかしかったと」

馬三郎が聞き咎めた。うっかり口を滑らせてしまったといわんばかりに、順平の表情が強ばった。

「畑山殿がどうかなされたのか」

十蔵も、順平のほうに顔を突きだした。

「あの……たいしたことじゃないかもしれませんが……」と、順平は馬三郎と十蔵の顔色を窺うように上目遣いに見た。

「畑山さまは先日来、時々、気分が勝れませんらしく、部屋に閉じこもることが多くなりまして。回復なされると、今度はやけにお元気になって……別に狂乱者のようだというわけではないのですが、なんというか……つまり、ご気分にむらが見受けられまして……」

くどくどと持ってまわった言い方をしているが、要は堅蔵にもこの憑き物が伝染したといいたげだ。

事態はますます泥沼化しつつある。今日の足軽隊の働きで鎮静できなければ、どうなるものともわからない。ゆっくり茶を飲んでいる場合ではない。

馬三郎は湯飲み茶碗を縁に置くと、腰を上げた。

「われらも出立するか」

十蔵もそそくさと立ちあがった。

順平が、岩原村から連れてきた家僕を呼びに走り去った。馬三郎は、離れの土間で片付けものをしていた實蔵の妻に礼をいうと、十蔵と一緒に山本家の長屋門を出ていった。

土居村は、吉野川とその支流の合流地点にある。川を見下ろす崖の上に、秋葉神社を中心にして民家が固まり、周囲に畑が広がっている。岩原村に通じる川沿いの往還に向かっていると、あちこちから犬の吠え声が聞こえてきた。

そちらを見ると、民家から、足軽たちが首に縄をつけた犬を牽《ひ》いて出てきている。おとなしい犬もいるが、中には連れていかれるのを厭がって、わんわん、きゃんきゃんと吠えたてる犬もいる。往還の真ん中に立って、「そっちの家も犬を飼いやせんか、聞いてみろ」と指図しているのは、辰之進だ。他の三人の郷廻役と實蔵は、犬の貸し出しを頼む役目となっているらしく、周囲の民家を走りまわっている。

馬三郎は辰之進のほうに足を速めた。

「佐伯殿、これはどうした騒ぎですかや」

まとめ役である自分に相談もなく、民家から犬を連れだしていることに不満を抱きつつ馬三郎が問い質すと、辰之進はにかにかと笑った。

「妙案を思いついたんじゃよ、野島殿。今回の騒ぎの元凶が古狸じゃったら、第一に用意すべきは犬であろう。犬は、狐狸の類を追いかけて嚙み殺すもんと決まっちゅう。けしかけてやったら、狸なんぞ泡喰って逃げだすろうが」

「なるほど、妙案ですな」

馬三郎は冷ややかに答えた。

飼い主でもない足軽たちに引っ張ってこられて、犬たちは騒いでいる。総勢四十人近くの足並みを揃えるだけでも大変なのに、犬の群が加わったら、統制は難しくなるだけだ。足軽隊二十名の鉄砲で、山分の百姓どもを震えあがらせるには充分ではないか。

しかし、辰之進の妙案とやらに水を差して、間柄がぎこちなくなれば、今日の企ての差し障りとなりかねない。

「わかりました。それでは、村境の組頭の家でお待ちしちょります」と馬三郎は言い置いて歩きはじめた。

「野島さま……」

川沿いの道が登り坂となり、山に入ったところで、順平が心配そうに話しかけてきた。

「もし狂乱者が古狸じゃのうて、狗神に憑かれちゅうがやったら、犬をけしかけるんは、やぶ蛇ではないですろうか。狗神には、犬は子分みたいなもん。反対に犬に取り憑いて、こちらに襲いかかってくるのでは……」

「なるほど、その心配もありますな。野島殿」

十蔵も不安になったらしく、馬三郎の顔を見た。

「古狸でも、狗神でも、どっちでもええ。もし犬に、狗神が取り憑いたら、そちらも鉄砲で脅すだけじゃ」

そう応じつつ、馬三郎は我ながら少々、自棄気味になっているなと感じていた。

2

いつもなら、誰かしらの姿のある家のまわりはひっそりとしていた。みつの家の周囲だけでなく、中屋にも西屋にも人影はない。

昨日、惣老からのお触れがあって、狂乱者は今朝四つ刻前に阿弥陀堂に集まるようにと命じられていた。みつの母も父を連れて、出かけていった。すみの家でも郷助叔父が、りく叔母を連れていくのを見た。村の者は惣老のお触れが何事かと興味津々だったので、弟たちも母にくっついていき、親戚三軒とも家の者たちは見物に出かけたようだ。誰か残っているとしたら、西屋のきく婆が囲炉裏端で繕い物でもしている程度だろう。そして、たぶん、すみだ。

みつは懐から昨日、沓脱ぎ石の後ろで見つけた山文を取りだした。昨夕は、岩御殿山で見かけた山人に動転したまま、届けることができなかった。今日こそ早くに手渡さなくてはと、阿弥陀堂に行くのはやめて、家を訪ねてきたのだが、すみはいるのだろうか。

みつは中屋の入口の引き戸をそっと開いて、「おすみちゃん、おるかえ」と声をかけた。薄暗い土間の囲炉裏端から、「みっちゃんか」という返事があった。ずいぶんと弱々しい声だ。薄暗がりを透かして見ると、すみが横になっているのがわかった。

みつは土間に入っていった。

「どうした、具合でも悪いがかえ」

「うん……ちょっと……それより、返事はあったかえ」

みつは、すみの手に山文を握らせた。

すみは体を伸ばして、開いた戸口から射しこむ光の下に持っていった。あんなにみつの頭をひねらせた山文だというのに、すみはすぐ読み解いたようだった。

「明日、待つ……。これ、昨日、見つけたんじゃね」

すみの声に少し力が戻っていた。みつが、そうだと答えると、すみは起きあがり、手で桃割れにした髪を整えた。それから近くの柱を手がかりにして立ちあがったが、熱でもあるのか、足がふらついている。草履に足を突っこむのを見て、みつは心配になって聞いた。

「沓脱ぎ石のところに行くつもりながかえ」

「そうよ」

すみは覚束《おぼつか》ない足取りで、戸口のほうに向かっていく。みつは慌てて手を貸した。

「今日はやめちょいたがええんじゃないかえ。返事の山文やったら、うちが持っていっちゃるき」

「いいや、行くがじゃ」

すみはきっぱりと答えたが、家の外に出ると、顔色が悪いのははっきりとわかった。下腹に手を当て、一歩一歩、足許を確かめるように石段のほうに向かっている。

「うちも一緒に行くきに。ええやろ」

みつがいうと、すみは微かに笑って頷いた。

朝方は冷えこんだが、太陽が昇るとともに、やや暖かくなっていた。往還に出ると、すみは岩御殿山の登り口のある村の北に向かった。阿弥陀堂に行く道とは反対になるために、これから見物に行く村人とすれ違う。そのたびに、すみは下腹から手を離して背筋を立て、元気な様子をしてみせた。具合が悪いのを心配されて、家に戻れと勧められるのを恐れているのだ。

岩御殿山の登り口に続く石段を登りはじめた時、みつはすみに聞いた。

「なぜ、どうしても今日、その人と会わにゃいかんがで」

「あの人に会えるのは、月に一遍しかないきよ」

「どうして」

「ようはわからん。それも満月の頃合いと決まっちゅう。最初に遇《お》うたがも、去年の夏の笹村の普賢さまの盆踊りの時じゃった」

普賢さまの盆踊りは六月十五日。確かに満月の晩だ。

「あの晩に遇うたがは、他の村の人じゃったといいよったけんど」

「うちの村の男じゃなかったき、そういうただけじゃけんど、ようはわからん。そんでも月に一度は、岩御殿山に来てくれるきに、会いよった」

昨夕、見かけた人影が、みつの頭を過ぎった。

「それ……山人みたいな格好をした人かえ」

「そういわれれば、そうかもしれん。笠を被って、蓑を着いちょったきに……」

昨日、見たのが、すみと密かに会っている男だったなら、あそこにいてもおかしくはない。

きっと山文が持ち去られたかどうか確かめに来ていたのだ。

なのに、あんなに怖がって、悲鳴を上げて信八にしがみついてしまった。昨日のことを思い出すだに頬が火照《ほて》った。

石段を登るうちに、すみの足取りはさらにのろくなった。時々、立ち止まって休むので、長丞の家の前に着くにも、ずいぶんと時間がかかった。狗神に憑かれたと騒ぐ男たちを追いかけて、この家にすみとやってきたのは、もう一月近く前だ。以来、空家となっているために、庭にも家の軒先にも、寂しい風情が漂っている。

やっとのことで沓脱ぎ石のところに着くと、すみは下腹を抱えて、石の上にどんと腰を下ろした。そのまま、ぼんやりと岩御殿山の登り口のほうを眺めている。

「ここで待つがかえ」

みつに顔を向けることもなく、すみは頷いた。息切れが止まるまで黙っていたが、やがて思い出したようにいった。

「とっと昔、岩御殿山に登った最初の人らぁが、この石のところで沓を脱いだんじゃと」

「そんな話、初めて聞いた」

「あの人がいいよった」

「沓いうたら、殿さまの履くもんじゃないかえ」

「うちもそういうたもんじゃ。ほいたら、あの人、沓は殿さまだけじゃのうて、山を歩く者も履くんじゃと教えてくれた。獣の皮で作った沓じゃったけんど、そんな人らぁが、ここで沓を脱いで、百姓になると決めて、畑を切り拓いたんやと」

「ほいたら、うちらぁのご先祖さまかえ」

「そうじゃろうねぇ」と答えて、すみは顔をしかめて、下腹に手を遣った。

「けんど、その人、よう沓脱ぎ石のいわれらぁ知っちょったねえ。ほんとに他の村の人かえ。この村の者じゃないがかえ」

　みつが疑問を覚えて聞いた。

「この村の者やったら、うちやちわかる。余所の人じゃ」

「余所ち、どこで」

「さあねぇ。遠いところから来たいうだけで。それに、うちら、あんまり話はせんもん。会《お》うたら、抱きおうて、ええことするだけじゃもん」

　すみはふふふと笑った。男の出自など、考えもしないようだった。

　それからまた小さな呻きを洩らして、下腹を押さえた。痛みは波のように襲ってくるようだった。

　野の枯れ草に風が吹き渡っていた。

太陽は頭上で輝き、すでに四つ刻は過ぎ、昼近くになっていた。

3

村境にある良平の家の庭先は、足軽や役人で溢れていた。縁側や土間の敷居、納屋の軒下など思い思いの場所に腰を下ろして、良平の家の者や手伝いに集まった近所の女たちが配る握り飯を頬ばっている。城下から来た役人たちや、迎えに来た畑山堅蔵には、母屋の奥座敷に設けられた別席で、一汁三菜の昼膳が振る舞われていた。

全員に食事や茶がちゃんと行き渡っていることを確認して、順平は台所に入っていった。今日の昼飯と晩飯。この騒ぎが鎮まらなければ、まだ何日、この大勢の者たちに食事を用意しなくてはならないかわからない。村の財政にとっては大きな痛手だと思うだに、順平の顔つきは渋くなる。

「順平さんも、こちらにおいでなされや。のろのろしゅうと食べはぐれてしまいますぞね」

手拭いを姐《あね》さん被りにして、老齢にも拘わらずてきぱきと働いていた良平の祖母が、順平に声をかけた。小笠原家の血筋の女なので、順平に対しても親しい口を利く。

「すまんのお」といいつつ、順平は囲炉裏端に座った。そこではすでに實蔵がいて、握り飯と漬け物を食べていた。

「みなさま方の宿は、どうなっちょるんですかの」

實蔵が声を低くして聞いてきた。

「お役人さまたちは、うちのほうに泊まっていただくようにして、残りは道番所の吉川さんところやら、組頭の家やらにお願いしてあります」

「ああ、竹三郎の嫁が実家に戻っちゅうと聞いたがは、その手伝いのせいじゃったか」

實蔵の弟の竹三郎は、土居村の村老の養子となって、岩原口番所の番人、吉川長十郎の娘を嫁にしている。

「長十郎さんとこには十人ばかりの世話をお願いしちゅうもんじゃき、人手もいることですろう。うちも大平村に嫁に行った娘や、粟生村の親戚の者に来てもろうて、蒲団を干したり、掃除をしたりで、昨日は大わらわでしたきに」

良平の祖母の運んできた握り飯をぱくつきながら、順平は応じた。

「今回の騒ぎ、岩原村だけですむ話でもないですけにのお」

實蔵は茶を啜って嘆息した。

豊永郷にある吉野川両岸に点在する村々の家々は、婚姻や養子縁組などによって親戚関係で結ばれている。どこかの家で人手が必要になると、村を越えて親類縁者が呼ばれる始末となる。確かにこの事態の影響は、岩原村を越えて、豊永郷全体に広がっていた。

「うちの姉がな、妙なことをいいだして困っちょるんじゃ」

實蔵の姉は寿代という四十路の女だ。實蔵たちの母の実家である土居村の吉田家に嫁いでおり、その吉田家は順平の小笠原家の縁者でもあるので、祭事などで時々顔を合わせる。

「ほう、寿代さんがなんと……」

「うちの家系に死ぬ子が多かったり、当主の最初の妻がみな若いうちに死んでしもうたりするがは、大庄屋に任じられたせいじゃといいよるがです」

「そうながですか」

「ああ。うちが豊永郷の大庄屋になったんは、五代目の時でしたが、その子供十三人のうち十一人までが、十歳にもならんうちに死んでしまいました。六代目以降もだいたい半分は死んでしもうちゅう。そればかりか、当主の最初の妻が早死にするという凶事も代々のもんで、こっちは親父の代までずっと続いてきたがです」

死産、早死にの子が多いのは、どこでも同じだが、裕福な大庄屋の家にしては少し多すぎる。最初の妻の早死にも、そうそう何代も続くのは尋常ではない。

「けんど、お内儀はお元気そうじゃないですか」

順平は今朝方も襷がけで、しゃきしゃきと茶を配って回っていた實蔵の妻を思い出していった。

「ほんやき姉が心配しようがです。家内も、こっとり死んだりするかもしれんと。姉のいうには、今回のことみたいに豊永郷は災いのある郷じゃ、そこの大庄屋なぞ引き受けたが元凶じゃき、お役御免を申し出たがええと」

大庄屋になれば、さまざまな役得もある。名誉でもあるし、家はますます栄える。お役御免を申し出るなぞ、とんでもない話だ。

「考え過ぎですろう」

「わたしもそう思いはしますが……こんな騒ぎが起きると、つい信じとうもなります。うちにもまだ小んまい子供が二人おるきに、あの子らが早死にするかもしれんと思うと、不安になるがです」

大庄屋の山本家といえども、やはり不安の種は抱えているのだ。その種が憑き物騒ぎによって芽吹いてしまう。

山本家の跡取りの妻が早世していくというならば、小笠原家も同じことだ。順平の父の前妻、順平の母も三十代半ばで死んだ。順平の前妻菊も二十歳過ぎで死んでしまった。寿代のように、それが豊永郷の惣老になって呪われたせいだと誰かがいいだせば、継母の宇乃などころりと信じてしまうだろう。

そうなればまた、やれお祓いだの祈禱だのといいだすだろうし、於まきはそれを自分への面当てと思って、またぞろ皮肉の波が自分に覆い被さってくる……。そんなことまで連想して、順平は頭痛がしてきた。

その時、「旦那さま、旦那さま」といいながら、丑が土間に入ってきた。藤崎信八の供をして阿弥陀堂に行っていたはずだがと訝っていると、信八からの伝令だという。

「阿弥陀堂に狂乱した百姓はみんなぁ集まったようじゃということを、お伝えしてこいといわれました」

阿弥陀堂からずっと走ってきたらしく、丑は額の汗を手で拭きつつ告げた。

順平は昼食を中断して、實蔵と一緒に早速役人たちのいる奥座敷に向かった。

座敷では、すでに役人たちは食事を終えていた。馬三郎と十蔵は、堅蔵と何か話していて、郷廻役たちは一服したり、先遣役と作配役の会話に耳を傾けたりしている。

狂乱者が阿弥陀堂に集合したとの報せを受けて、「出立ぞっ」と野太い声でいったのは、郷廻役の辰之進だ。すでにじりじりしていたようで、縁側に出て草鞋の紐を結んでいたところだった。

「お待ちくだされ。足軽や犬を連れて、突然、大勢で乗りこんだら、驚いて逃げられるかもしれません。まずは、わたしどもが偵察に参りましょう」

辰之進は不満げに鼻の穴を膨らませた。しかし馬三郎に、「わざわざ城下から参って、不首尾に終わったら、わたしも、作配役のまとめ役として顔が立ちませんき」といわれて、不承不承、頷いた。

馬三郎と十蔵、それに辰之進が、順平と實蔵の案内で偵察に行くことになった。信八にそのことを伝えておくようにと命じられ、ばたばたと阿弥陀堂のほうに走り戻っていく丑の後に続く形で、偵察隊は良平の家を出た。

斜面の上方にある七屋敷を仰ぎつつ、急な石段や坂道を登っていく。七屋敷の西にある堂山に近づくと、微かに人々の騒ぐ声が聞こえてきた。すでに昼も過ぎて、狂乱者たちが最も元気に暴れまわる頃合いだ。

境内に大勢の役人が姿を見せるのはまずいと考えた順平は、阿弥陀堂を迂回して、境内を見下ろすことのできる墓地に案内することにした。夏場ならば、墓地と境内の間に生えた木立のために見通しは悪いが、幸い冬で木々は葉を落としている。枝越しに、二、三尺ばかりも兎の如く飛びあがったり、朗々と謡いながら舞ったり、地面を這いまわったり、怒鳴り散らしたりしている百姓たちが、墓地から見下ろせた。役人たちはしばし言葉もなく、その狂態を眺めていた。

「まことに……まことに……」

馬三郎がようやく呟いたが、その言葉も意味をなさないほどだ。しかし、それで呪縛が解けたように、辰之進がことさら大きく笑った。

「なに、犬をけしかけ、鉄砲を打ち放し、十手や杖で叩きのめしてやれば、とたんに鎮まるじゃろう」

「そうです。早く、成敗してやりましょう」

十蔵も尻馬に乗って、意気軒昂に応じた。

實蔵が、その二人の役人の顔を交互に見つめつつ、おずおずと申し出た。

「しかし、狂乱者たちは鉄砲とか犬はやたら怖がるということです。鉄砲や犬を放たんでも、ただ見せるだけでおとなしゅうなるのではないですろうか」

「いや、それを見せて狂乱者に逃げられたら元も子もない。鉄砲とか犬は直前まで隠しちょって、こっそり近づくほうがええですろう」と十蔵が勢いこんで提案した。

實蔵は少し落胆した顔をした。

なぜ、土居村に住んでいる實蔵が、狂乱者どもが犬や鉄砲を怖がることを知っているのだ。

順平は疑問に思った。順平自身は、そんなこと聞いたことはない。吉川家から嫁いできた義妹からの伝聞だろうか。吉川長十郎あたりが、実際に狂乱者に鉄砲で脅したり、犬をけしかけたりしたのか。そんな効果的な手だてがあるならば、庄屋であり惣老である自分の耳に入っていて当然であるのに。

村の中では、さまざまな話が噂としておおっぴらに流通している一方で、地下水のように深く潜んで流れている話もある。その深く潜んだ流れを知らないと、とんだところで足をすくわれて、家の没落にも繋がっていく。

吉川家の前には、下村家という村一番の旧家が岩原口番所の番人を務めていた。代々、地下役を務めて栄えていたが、元禄の頃、うち続く不幸によって家が傾いた。当時の下村家の当主は奸計《かんけい》を巡らして、慶長十年の検地帳を偽造して、仲間地や山林を自分のものに書き替えた。年代を経たようにみせるために、偽造した検地帳を囲炉裏の火棚に置いて煙で燻していたのだが、村老に見つかって、お家断絶となってしまった。

下村家の当主の不正を発見した村老は、岡崎家の先祖に家臣として従っていた森下家の者だった。片や下村家は、承平《じょうへい》の乱で岩原に逃れてきた武士の子孫。穿《うが》った見方をすれば、ほぼ同時期にこの地に住みついた村の旧家同士の覇権争いの結果、下村家が没落したといえる。村の名家の運命は、表には現われない深い流れと関わっている。だからこそ、順平は毎日、先祖や神仏への祈りを欠かすことはないのだが……。

「阿弥陀堂に通じる道はあそこかな」

馬三郎の声が耳に入った。

順平は慌てて先遣役の指し示す方向を見た。阿弥陀堂の南から登っていく参道だ。

「そうでございます」

「ずいぶんと狭い道じゃな。鉄砲を持った足軽では一列で進むしかないぞ」

参道といっても、山の斜面を切り崩して造った細い道で、坂の急なところには石段をつけた程度のものだ。

「狂乱者どもに襲いかかられたりしたら、怪我しかねないですな」と十蔵も渋っている。

馬三郎が、「この北側から降りていく道はあるのか」と順平に聞いた。

「はい。あの岩原口番所の前から、狭いですけんど、道はついちょります」

「ほいたら、二組に分かれるか。一組は南から、もう一組は北から阿弥陀堂にこっそりと近づいていくことにしよう」

馬三郎が決定した。

4

信八は阿弥陀堂の境内の隅っこで、目立たないように狂乱者たちを眺めていた。隣では丑が、南北に通じる小径にきょろきょろと目を配っている。偵察に来た先遣役たちの許に丑を送ったところ、二組に分かれて足軽隊が襲ってくると伝えてきた。それから、もう小半刻経つ。そろそろ到着してもいい頃だった。

阿弥陀堂の境内では、狂乱者たちが暴れまわっていた。なにしろ今日は、岩原村の狂乱者全員、六十四名が集まっていた。大祈禱の時にも、これほど集まりはよくなかったが、今回ばかりは、城下から派遣された役人や足軽たちへの手前もあって、順平の威信を賭けて呼びだしたものだろう。

見物に来た村の衆の多さも、かつてないほどだ。境内の縁にひしめきあって、緊張したように話しあっている。城下から足軽隊がやってきたことは、すでに村人には知れ渡ってしまったようだ。ここから、それほど離れていない農家で休息したのだから、隠しておくのは無理な話だ。何事が起きるのかと、狂乱者の家族たちは、不安顔であたりを見回している。

しかし狂乱の最中にいる者たちには、事態はわかっていない。相変わらず大声で怒鳴ったり、飛び跳ねたり、読経を続ける和尚を罵ったり、勝手三昧をしている。

狂乱者の中には、みつの父親もいて、境内に這い蹲って奇声を上げていたが、みつの姿はなかった。

昨日、岩御殿山でしがみついてきたみつの温もりは、まだ信八の肉体に染みついている。それは次第に皮膚の内部に浸透し、信八をじりじりとした落ち着かない気分にさせていた。

いや、みつの体の温もりだけではない。その前に岩の上で聞いた、大勢の人々の声。それもまた、信八の気持ちを騒がせている一因だった。

あれは風の悪戯だったのだろうか。しかし、あの歓喜に溢れた声は、あまりにも生き生きと聞こえてきた。

「藤崎さま、来ましたで」

丑が押し殺した声で顔を向けた。まるで鬼ごっこでもしているように、目は興奮に輝いている。見ると、南から通じる参道の石段を、足軽たちが近づいてきている。北から境内に入ってくる道にも、鉄砲を担いだ足軽の列があった。足軽たちは目立たないように足音を忍ばせて近づいてくるのに、何かを感じ取ったのだろうか、狂乱者たちが一人また一人と動きを止めて、境内に通じる南北の小径を訝しげに見つめはじめた。

やがてそこに鉄砲を持った足軽たちが現われるや、一斉に怒鳴り声が湧き起こった。

「おんしゃらぁ、何者だあっ」

「ここになにしに来たっ」

「あっちに行けえ」

狂乱者たちは目をかっと見開き、乱れた髪を振り立て、両手を振り回して、足軽隊に襲いかからんばかりだ。

南の参道からやってきた馬三郎が手を振りあげるのが見えた。

先頭にいた足軽たちが鉄砲を空に向けたと思うと、ぱん、ぱん、ぱん、と火薬の破裂音が響いた。

「ひゃあああっ」

「鉄砲だ、戦さだあっ」

境内にいた見物人たちが蜘蛛《くも》の子を散らすように逃げだしたのと入れ替わりに、「おおおおうっ」という山津波のような声を上げて、鉄砲隊の背後から杖や十手を握りしめた足軽たちが飛びだしてきて、狂乱者たちに躍りかかった。

女子供も見境なく、歯向かう者たちを杖で殴り飛ばし、十手で搦《から》めとる。腕っぷしの強そうな男の前では、目の前で空砲をぶっ放す。しかし、狂乱者たちは怯《ひる》むことなく、もうもうと立ち昇る黒煙の中で立ちあがり、鉄砲を手にした足軽に飛びかかっていく。それに他の足軽が杖で打ちかかり、髪の毛をつかんで地面に引き倒し、さんざん殴ったり蹴ったりしている。

「手加減無用じゃ、打ちのめして藩の御威光を見せてやれいっ」

郷廻役たちが足軽に命じている。

境内には、鉄砲の音と、狂乱者と足軽たちの怒声や叫び声、悲鳴、罵り声が入り交じる。

そこに、さらに犬の群が加わった。足軽たちにけしかけられて、犬たちが境内を駆けめぐり、吠えてまわる。

阿弥陀堂の横に退いて、信八はその混乱を眺めていた。丑は鉄砲の音に驚いて、どこかに消えてしまっている。

ここに、みつがいなくてよかったと思い、こんな事態の最中に、あの娘のことなぞ考えている自分に腹が立った。

それにしても、なんという抵抗ぶりだろう。普段の百姓たちなら、役人や足軽たちを目にしただけで、地面にひれ伏して震えていることだろう。しかし狂乱者には、そんな通常の脅えなど、影も形もない。ますますいきり立って、足軽たちに飛びかかっている。むしろ、この騒乱を嬉々として受け取っているかのようだ。

百姓たちは楽しんでいるのではないか。

そんな疑問すら頭に浮かんでくる。

「わあああっ」という声がすぐ横を駆けていった。着物の袂も千切れた、小柄な老人が阿弥陀堂の裏手に走っていく。とっさに信八は後を追った。郷廻役も気がついたらしく「一人も逃がすなっ、追え」という声が背後で響く。

老人は阿弥陀堂の裏手の急斜面を、ぴょんぴょんと飛び跳ねるように逃げていく。信八と足軽二人がその後を走る。

老人は上にある墓地に入ると、そこから続く小径を辿り、往還に出て走りだした。行く手には、阿波との国境の峠がある。隣藩に逃げられては大変な失態だ。

信八も二人の足軽も必死で追いかける。しかし年寄りのくせに足は速くて、差は一向に縮まらない。老人が岩御殿山の部落への分かれ道に差しかかった時、細い人影が前に躍りでた。

「助けて、助けてっ」

みつだった。その老人の前に立ちふさがったものだから、二人は正面からぶつかって倒れてしまった。そこに信八と足軽が追いついた。足軽たちが老人を杖で叩きのめしている。

信八は地面に転がって、膝小僧を抱えているみつに駆け寄った。

「どうしたんだ、みつ」

みつは驚いたように、足軽に組み伏せられている老人と、信八を見比べている。

「あの者なら大丈夫だ。阿弥陀堂に連れ戻すだけじゃき」

信八はみつを助け起こした。

老人が足軽二人に引き立てられていく。狂乱状態は抜けたのか、目の焦点の合わない、ぼやっとした顔をしている。みつもそれを見送っていたが、突然、信八の腕をつかんだ。

「藤崎さま、来てください。おすみちゃんが……おすみちゃんが……」

「誰じゃ、おすみとは」

「友達、あの山文を貰った……早《はよ》う来てつかあさい」

逃げた老人は捕まえたし、阿弥陀堂には役人や足軽は沢山いて人手は足りている。自分がすぐには戻らなくても構わないし、第一、気がつく者もいないだろうと考えると、信八は「わかった」と答えた。

みつは身を翻して、岩御殿山の登り口に続く石段をたったと登りはじめた。

「おすみとかいう友達は、岩御殿山に行ったのか」

後に続きながら、信八は尋ねた。

「沓脱ぎ石で……おすみちゃんと一緒に人を待ちよったら……突然、様子が変になって……」

急な石段を走るように登っているせいで、息を切らせつつ、みつは答えた。

「変になったとは、どういうことじゃ」

信八も喘ぎながら問い返す。

「お腹が痛いといいだして、そのお腹が……」

突然、みつは激しくかぶりを振った。思い出したくはないといわんばかりだ。

「とにかく、見てつかあさい」

みつはさらに足を速めた。

長丞の家を過ぎて、野に出た。みつは枯れ草の中に佇む沓脱ぎ石のところに走り寄った。

「おすみちゃん、おすみちゃん」

みつが友達の名を呼びながら、沓脱ぎ石の周囲をぐるぐる回った。

「さっきまで、おすみちゃん、ここに座っちょったに……」

みつが途方に暮れたように信八を見た。

信八は、沓脱ぎ石に近づいていった。石の上で何かがぬめぬめと白く光っていた。

「これはなんじゃ」

指で触れてみたが、別に濡れているわけでもない。光るものは筋となって石から地面に続き、なめくじの這った跡のように左右にぶれつつ岩御殿山の登り口へと続いている。

「行こう」

呆然とその光る筋を見つめているみつの手を取ると、信八は歩きはじめた。

5

「お赦《ゆる》しください、お願いでございます」

「怖いよう、やめてよう、ごめんなさいよう」

境内の隅に座らされた女や子供たちが、泣き声混じりに謝っている。男たちも、おどおどと視線を動かしたり、しょんぼりうなだれたりと先ほどまでの覇気はない。髪の毛は乱れ、着物は土もつれとなり、さんざん打たれて血を流したり、顔が膨れあがっている者もいるが、みな、ぼんやりした顔で、いわれるままに正座している。やっと正気を取り戻しはじめたようだ。

境内の裏のほうでは、まだ十人ばかりの狂乱者が頑強に抵抗しているとはいえ、ひとまず騒ぎは一段落ついたといってよかった。

馬三郎は十蔵や堅蔵を連れて、阿弥陀堂から降りていった。堂前の階段のところで、村の地下役と一緒に事態の推移を見守っていたのだった。

足軽隊が雪崩れこんでくるや逃げていった見物人たちもいつか戻ってきて、茂みや木立の間からこれからどうなるかと覗いている。

馬三郎たちが近づいていくと、狂乱者たちは脅えたように肩を縮こまらせた。十蔵が居丈高に、「どうだ、藩の御威光に畏れ入ったか」と怒鳴ると、地面に頭をこすりつけて、くどくどと赦しを乞いはじめた。

正気に戻ると、臆病この上ない百姓たちだ。

いったい、何がこの者たちをあのように凶暴にさせるのか。

——酒はどこにあるか、じゃ。

文吉の言葉が蘇った。

まことに、この百姓どもにとっての酒とは……と考えていたところに、座っていた男の一人が「うわっ」と悲鳴を上げて、背筋を弓なりに反り返らせた。

馬三郎は、その男の許に駆け寄った。

「どうしたっ」

男は左手を開いて、宙にぶるぶると突きだしている。

「また……また……なんぞが入ってきました」

「なんぞとはなんじゃ」

男は震える手の指をぴんと伸ばした。

「この左の親指の爪の先から……今、手首のほうに来ちょります」

馬三郎は男の左の手首を取った。手の甲を調べたが異常はない。しかし掌をひっくり返して、唾を飲みこんだ。

手の内側には梅の実ほどの大きさの瘤があり、それがじわじわと手首のほうに動いているのだ。

まさか。瘤が勝手に動くはずはない。しかし、それは確かにゆっくりと手首を過ぎて腕に進んできている。

馬三郎はその瘤の行く手を遮るように両手で押さえつけた。

「これか、このことか」

百姓はがたがた震えつつ頷いている。

瘤は行く手を塞ぐと、動きを止めた。馬三郎は、指先の方向に瘤を押しだすように、両手で男の腕を握りしめた。瘤がずるっと掌のほうに戻った。そのまま押していくと、瘤は掌を伝って指先へと動いていく。

男の手の指は突っ張り、腕は木の枝のように硬く伸ばされている。その掌を瘤がゆるゆると動くさまは、木を伝う虫のようでもある。

これは何だ。何が動いているのだ。

馬三郎は心の中で叫びながら、瘤を逃さないように、人差し指の先に押しやっていった。瘤が指先に達し、爪がぼこりと浮きあがった。馬三郎は、思い切り男の指先を押した。

「ぎゃああああっ」

百姓が悲鳴を上げた。

ふっ、と指先の膨らみが消えた。

「い、今、出ていきました」

男が泣きそうな顔でいった。

あれが何であったにしろ、梅の実ほどの大きさのものだ。体内から出ていったなら目に入りそうなのに、何も見えなかった。まるで爪の下から出たとたんに空中に霧散してしまったようだ。地面を眺めまわしても、どこにも落ちていない。男の手を調べたが、瘤はもうない。消えたというのか。体内にあった時には、ちゃんと形を成していたというのに、外に出たとたん、それは消えたと……。

「あああっ」

すぐそばから叫び声が上がった。隣に座っていた男が尻餅を突いて、右の足首をつかんで震えている。

「あ、足の指から入ってきたっ」

男の手をどけて足を見ると、甲のところを梅の実大の瘤がするすると動いている。

「おれの手にも来たあっ」

「助けて、うちの足がぁ……」

それまでおとなしく座っていた百姓たちが七、八人、体を突っ張らせて震えている。足をばたばたさせたり、手を宙に突きだしたりして、身悶《みもだ》えしている。

馬三郎がまわりにいた十蔵や堅蔵、郷廻役たちに怒鳴った。

「また邪気が入ろうとしゆう。押さえつけて、外に出せ、早くっ」

手の空いていた足軽たちも飛んできて、百姓たちの手足に飛びつくと、瘤を体の外に押しだしはじめた。

馬三郎は狂乱者の間を飛びまわって、足や手の爪先から出ていく瘤の正体を確かめようとした。しかし、やはり同じことだ。爪がぽこりと持ちあがり、瘤が消えても、体外に押しだされたものは何も見えない。

瘤が出ていった者の爪を見ると、血を流していたり、死骸を焼いた灰の色のように変色していたりする。何か体に良くないものが、体内に入り、押しだされて出ていったのは確かなのだ。

文吉の見せてくれた書物には、狗神は体内に入ってくる蟲だとも説明されていた。あの瘤は、その蟲だったのだろうか。それならば、百姓たちに憑いているのは狗神ということになる。

では、古狸はどうなったのだ。

痛風にでも罹《かか》ったように、手足を震わせて、痛い痛いと騒いでいる百姓たちの間で、馬三郎の眉間の皺はさらに深くなっていた。

6

すみを見つけたのは、岩御殿山の山頂近くの社のところだった。社に続く石段から、かつての神社の境内を横切り、白いぬめぬめと輝く筋が続いている。昼なお暗い山の中で、その鈍い輝きは一筋の道のように、天にそそり立つ大岩の下に達していた。

その灰色の岩肌に背中をもたせかけ、すみがいた。立て膝となって下腹を押さえ、呻いている。桃割れの髪は解けかかり、はだけた着物からは、太腿が覗いていた。下腹は、餓鬼のように大きく膨らみ、破裂せんばかりとなっていた。

その姿を目にするや、みつは棒立ちになった。信八も驚いて、息を呑んだ。

それほど、すみの下腹は異常に膨らんでいた。まるで蛙の腹のようだ。

「どうしたんだ……あの娘は……」

ようやく信八が呟いた。

「子を孕んじゅうがやけんど、さっき沓脱ぎ石のところにおったら、急にあんなに膨らみはじめて……」

みつは強ばった声で返事した。

それは、突然のことだった。すみが下腹を抱えて、座っていた沓脱ぎ石から腰を落としたと思うと、押さえている両手の間がどんどん離れていった。下腹がどくんどくんと脈打ちながら、膨らみはじめたのだった。

すみは、痛い痛い、と叫びだした。

男女の交わりこそ経験したことはないが、みつは出産なら何度か見てきた。市が産まれる時も、西屋の赤ん坊が産まれる時も、産屋《うぶや》に手伝いに行ったのだ。すみの状態は、それとは違っていた。何か別のことが起きようとしていた。

だからこそ、助けを求めて、沓脱ぎ石を離れたのだ。

みつと信八はゆっくりとすみに近づいていった。枯れ葉の積み重なった地面に腰を落としたまま、すみはとろんとした目つきで、二人を見つめている。その顔には汗が浮き、肩で荒く息をしている。すでに痛みは去っているか、もう感じないところまで来ているかのようだ。

みつは、すみの傍らに跪《ひざまず》いた。

「なんで、こんなところに来たがで、おすみちゃん。早《はよ》う下に降りろう」

すみはかぶりを振った。

「けんど、具合が悪いがじゃろう。藤崎さまも助けに来てくれたき、村に戻んて横になったがええ……」

みつが話しかけている最中に、すみの唇が震えて声が洩れた。

「あの人が……うちを呼んだがよ……ここに来て……産めいうて……」

あの人とは、すみと密かに会っていた山人のことだろう。では、この近くにいるのか。

みつはあたりをきょろきょろ見回したが、人がいるようではない。

「ここには誰っちゃあおらんろうに」

すみは弱々しく微笑んだ。

「おるちや……ほら、聞こえる……産め、いいゆう……あた……あたらしい……」

信八が、すみにかがみこんだ。

「新しい、じゃと。新しい土地、といいゆうんじゃないか」

最後の言葉を、すみは自分でも意味がわからなそうにあやふやに伝えた。

「そうじゃ……新しい土地……産め……新しい……新しい……」

「新しい、なんじゃ、なにを産めといいゆうがぞっ」

信八の詰問の勢いに、みつは驚いた。いったい何をいっているのか、わからない。

ふと、すみが頭をもたげた。

「聞こえる……人の声……あの人と会う時、いっつも聞こえる……大勢の人の声……」

信八はますます勢い込んで、「聞こえるか、大勢の人の声が、おまえにも聞こえるか」と叫んだ。

すみはこくりと頷いた。

「嬉しそうな声じゃ……新しい……新しい……」

不意に、すみの体が反り返った。

「お……おして……おして……」

すみは譫言のように呟いた。

「なんで、おすみちゃん」

みつは、すみの肩をつかんで聞いた。

「な……なんかが……出ていく……押してや……押してや」

すみの下腹の表面が微かに震えているのが、着物越しにもわかった。すみは膨らみを押しだそうとするように、下腹に両手を当てている。母が市を産む時、産婆が下腹を押してやっていたのを思い出して、みつはすみの背後に回って、下腹を両手で撫でた。

膨らみを押しだすように、太腿のほうに下ろしていく。膨らみはずるずると動きはじめた。まるで大きな瘤が場所を移していくようだ。すみの太腿の間から、白い輝くような光が流れでてくる。

信八はここにいていいものかどうか迷っているように立っている。それでも、この場を立ち去り難いらしく、動かないでいる。

みつは信八がそばにいてくれるのが、ありがたかった。一人で、こんな山の中で、すみの異常な状態に向きあっていられるとは思えなかった。

下腹の膨らみが太腿のほうに下っていくに連れて、すみの皮膚が輝きはじめた。薄雲の下に隠れた太陽の光のように、鈍い灰色に光っている。

「ううう、うううううぅぅ」

唇の端から唾の泡を吹きださせて、すみは呻いている。その呻き声の強弱に呼応するかのように、すみの放つ鈍い光も強まったり、弱まったりしている。全身が光となって、呼吸しているみたいだ。

その光の息遣いに合わせて、腹の膨らみは太腿のあわいへと辿り着こうとしていた。

7

陽は西のほうに傾きつつあった。狂乱した百姓たちは、再び平静に戻っていた。手足の爪先を揉んだりしつつも、気の抜けた顔でおとなしく座っている。

「やっと邪気も退散したようですな」

十蔵がほっとしたように、馬三郎に話しかけた。馬三郎は上の空で頷いてから、近くにいた堅蔵に聞いた。

「畑山殿、これまで狂乱者たちから、狗神は手足の先から入ってきたと聞いたことはありますろうか」

「お言葉ですが、野島殿。狂乱者どもは、狗神ではのうて、古狸に憑かれたと申しております」と堅蔵は苛ついたように答えた。

狗神だろうが、古狸だろうが、この際、どうでもいいではないかと思いつつ、馬三郎は「邪気が手足の先から入ってきたといっておったか」と問い直した。

「いいえ、聞いたことはございません」

邪気は最初は目には見えず、体内に入っても、形にはならなかったのだ。それが今や、体内では梅の実ほどの大きさの瘤となって形を持つようになっている。

自分たちは足軽隊派遣で邪気は退散したと信じているが、果たしてそうだろうか。それは形を変え、もしかして、さらに強いものとなっているのではないか。そんな考えに襲われて、馬三郎は不安になった。

阿弥陀堂の裏手から、ううおっ、わんわんわん、という犬の吠え声が上がった。それに混じって、人の悲鳴も聞こえた。頑強に抵抗していた狂乱者たちの集まっている場所からだ。

まもなく五人の百姓たちが足軽と郷廻役に引きずられるようにして現われた。みな着物はぼろぼろ、全身に青痣《あおあざ》があり、あちこちから血を流している。ことに中の二人は犬に嚙まれたらしく、手足の肉が石榴《ざくろ》のように破れていた。相当、乱暴な扱いを受けたようで、最後の狂乱者たちもおとなしく他の者に混じって境内の隅に座った。

数えてみると、総勢六十四人。岩原村の狂乱者たちは、全員、揃ったことになる。

「いやはや大変であったが、これで一件落着」

郷廻役の辰之進は、地面に座っている狂乱者の群を戦利品でもあるかのように自慢げに見渡した。

「まことに、ご苦労さまでした。ただ今、茶の用意でもさせますので」

大庄屋の實蔵も安堵したのだろう。順平と連れだって、茶の仕度に阿弥陀堂の境内から立ち去っていった。役人も足軽たちも、大役を果たしたという晴れ晴れした様子で、あちこちに固まって雑談している。

しかし、まだ安心しきれないものを感じる馬三郎は、最後まで抵抗した五人の百姓のところに近づいていった。

「おまえたちに憑いた邪気の正体とは、なんなのだ」

ほんとうは、酒とは何なのか、と聞きたかったが、これは文吉との間にだけわかる質問だ。

「前にも申しあげました通り、阿州祖谷山の国政村、梅の宮におります狸でございます」

犬をけしかけられた屈強な体つきの男が答えた。大将格らしい。最初、大狗神を憑けられたといわれた十右衛門だろうと、馬三郎は、以前、堅蔵が送って寄越した報告を思い出した。

「まことに狸なら、なぜ当初は狗神に憑かれたなどというたがじゃ」

「それは、この村の百姓どもが、同じ村人である長丞のことを狗神持ちだと話しゅうのを聞いて、これで誑かしてやろうと思うた次第でございます。しかし、このたび藩の御威光を目の当たりにして、畏れ入りました」

十右衛門は深々と頭を下げた。

馬三郎は顔をしかめて耳の下を搔いた。

この殊勝な言い方には、どこか信じきれないものがあった。どこがどうとはいいきれないが、伏せた面の下で、十右衛門がせせら笑っているような気がする。

百姓どもの心の底の底を覗いて、初めてそのほんとうの意図がわかる。文吉がいっていた通り、馬三郎は、その心の底の底はつかみきれていないと感じていた。

「こうなったからには、これまでの罪をお赦しいただければ、すぐさま還りますんで」

十右衛門が言葉を続けていると、座っていた者たちの右端の男が甲高い声を上げた。

「わしらは手下に過ぎんのです」

その男は、最後まで抵抗した十右衛門たち五人のほうをちらっと見遣って続けた。

「自分じゃあやめることもできんまま、剛気の者らに使われて、こんなところに来てしもうただけです。そこらへんのこと、どうぞお察しくだされ、お役人さま」

居並ぶ他の狂乱者たちも、五人を憚るように、横目で様子を窺っている。悪いのは、その五人だけといわんばかりだ。

「剛気の者とは、おまえらのことか」と、馬三郎は尋ねた。

「いや、われらとて手下に過ぎません」

十右衛門が答えた。

「誰の手下なんじゃ」

「わかりません」

「わからんとは、どういうことだ」

「わからんきに、わからんがです」

十右衛門はきっぱりといった。やはり剛気の者といわれた四人も賛同するように頷いている。

「野島殿、そんなことはどうでもいいではないですか。狸らも反省して国に戻るといいゆうがですきに、とっとと帰ってもろうたらええですろう」

堅蔵が焦れたように、馬三郎に囁いた。

そろそろ日も暮れてくる。空の青い輝きは薄れはじめ、あたりに冷気が漂いはじめていた。境内の隅に座らされた狂乱者たちも寒そうに腕をさすっている。冬の着物といっても、夏物を二枚重ねただけの薄着だ。その着物も足軽隊との乱闘で、あちこち破けたり、袖は取れたりしている。草履もどこかに吹っ飛んで、ほとんどの者は裸足だ。ざんばら髪で座っている狂乱者の一団は、乞食集団のように哀れっぽかった。

「それではおまえらが後悔して、残らず国許に帰るというんじゃったら、これまでの罪は赦してやる」

ありがとうございます、と頭を下げる狂乱者たちに馬三郎は念を押した。

「ええか、今すぐ国許に戻るんじゃぞ」

「わかっちょります」

十右衛門がもう一度頭を下げて、ついと面を上げた。

馬三郎はぎょっとした。

その目つきが変わっていた。瞳の色が薄くなり、どこを見ているかわからないようでもある。十右衛門は他の四人のほうに顎をしゃくってみせると、境内の真ん中にぞろぞろと出ていった。

馬三郎たち役人や足軽たち、見物の村人たちの見守る中で、五人は地面にしゃがみこむと、人を背負うように後ろに手を回した。

「われら眷属、一人残らず還りますぞ」

十右衛門は馬三郎に、にたりとした。

決して後悔している表情ではなかった。還るのだが、それでいいのか、と挑発しているようだった。

還りますぞ、とはどういうことか。どこに還るというのか。馬三郎の脳裏にそんな疑念が走ったが、それは境内に座っていた狂乱者たちの動きで消し飛んでしまった。

狂乱者たちが、男も女子供もぞろぞろと立ちあがったのだ。一人ずつ鳥のように両手を広げて走りだすと、しゃがみこんだ五人の背中に飛び乗った。背中を駆けあがるように足で蹴ると、弾かれたように背後の地面に仰向けに倒れた。どたっ、という鈍い音が上がった。

馬三郎たち役人も、足軽たちも、見物していた村人たちも、何が起きたかと腰を浮かした。しかし、倒れた狂乱者はすぐさま立ち上がり、ふらりとその場を離れていく。入れ替わりに次の者が両手を広げて、五人の背中に飛び乗って、転倒する。子供の遊びのようだが、六十人近くの者たちが次々に同じことを繰り返す光景は不気味だ。

五人の背中に飛びかかって倒れた者は、どこかすっきりした様子で、もとの境内の隅に戻っていく。途中、見物人の中に知り合いや家族を見つけて合図している者もいる。正気に戻ったようだ。

五人を除く全員がもとの場所に戻ると、十右衛門は立ちあがって、馬三郎に頭を下げた。

「われらに従っておった者どものは、これですみました」

「すみましたとはどういうことじゃ」

十右衛門はそれには答えず、腰をかがめて、背中に両手を回し、またもや何かを背負う格好をした。他の四人もそれを真似る。

「われらも還りますぞっ」

十右衛門が高らかに笑うと、五人は一斉にばあっと走りだした。土煙を蹴り立てて、駿馬《しゅんめ》の如き勢いだ。

「おい、待てっ」

十蔵や辰之進が慌てて後を追いかけた。馬三郎も走りだした。

十右衛門たち五人は阿弥陀堂の境内から北に延びる小径を辿って、坂道を駆けあがった。阿波に続く往還と合流するところに岩原口番所がある。番人の家僕が二人、仰天して疾走してくる男たちを見つめている。

そうかっ。

走りながら、馬三郎の頭に閃いた。

このまま阿波に逃げる心づもりなのだ。やはり狂乱者の目的は逃散だったのだ。これは百姓どもの狂言だったのだ。

「止めろっ、そいつらを止めろ」

番人の家僕たちが慌てて番所前の石段を降りてきた。

しかし、家僕たちが止めるよりも先に、先頭を走っていた十右衛門が番所の前に辿り着くや、操り人形の糸が切れたように、突然、ばたんと仰向けに転倒した。後に続いてきた四人も次々にばたばたと倒れていった。

馬三郎たちが駆けつけた時には、五人は地面をのたうっていた。四肢を突っ張らせて、全身、瘧《おこり》に罹ったようにぶるぶると震えていたが、やがて悶絶してしまった。

「おい、起きろ」

辰之進が蹴っても、ぐったりと気を失ったままだ。

では、逃散が目的ではなかったのか。なぜ番所の前で次々に倒れてしまったのだ。

ますます訳がわからなくなって、地面に横たわる五人を見下ろしていた馬三郎は、ふと奇妙なことに気がついた。

五人はみな同じ方角に仰向けに倒れていた。まるで、その方角から強烈な風が吹いてきてなぎ倒されたかのように。馬三郎は、五人の足の向いている方向を見た。

そこには山が高々と聳えている。

「あの山は……」

馬三郎の呟きを聞き取って、番人の家僕の一人が答えた。

「岩御殿山でございます」

8

すみの下腹の膨らみが太腿のあわいに達した。とたんに、魚の浮き袋がしぼむように、膨らみがすううぅと消えはじめた。すみの全身から放たれていた鈍い輝きも失せはじめ、その代わりに股の間に燦々たる白い光が現われた。眩しくて、目が痛いほどだ。

普通だったら、女の股の間など正視できはしないのに、信八の視線はそこに釘付けになって離れない。

何だ、何が起きているのだ。

すみは、さっき、大勢の者たちの喜びの声が聞こえるといった。新しい土地、と叫んでいると。信八が、風の吹きすさぶ岩の上で聞いたのと同じ声に違いない。

あの声は何なのだ。その声とともに、今、すみの中から出てきている光とは何なのだ。

ただひとつわかっているのは、すみは子供を産んでいるのではないということだった。産まれようとしているのは、この眩しいまでの輝きだ。

その光は、信八やみつを包みこみ、長丞の社のある境内にまで達している。すみの背後の岩肌の灰色も、地面の茶色も、木々のくすんだ緑も、ことごとく色を失い、白い光の中に融けている。

目に入るものすべての輪郭が曖昧になり、信八の思考までが融けていくようだ。それは水の中にいるようでも、夢の中にいるようでもあった。

――新しい土地だぞ。

信八は喜びに溢れた声を聞いた。

――畑を拓こう。

――家を建てよう。

さまざまな声が重なりあい、ひとつとなり、叫んでいる。

――われらの畑、われらの土地。

その声は、信八の中から聞こえるようでも、信八の外から聞こえるようでもある。

——われらの畑、われらの土地。

不意に信八は悟った。

この声は、岩原の地に最初に着いた者たちの発したものだと。

同時に、信八はありありとその光景を視《み》た。

岩御殿山の大岩によじ登り、風を受けながら、あたりを見回している一団の人々を。男も女も子供も入り交じっているが、着ているものも髪型もわからない。ただ、その人々の全身から疲労感と、それを吹きとばすほどの歓喜とが感じられた。

前に広がっているのは、見渡す限りの山だった。誰の手も入っていない森の木々が、もこもことした綿雲のように続いている。谷間には、きらきらと白い色を反射する川の筋があった。

風に人々の髪がたなびいている。笑いが、喜びの声がちりぢりになって散っていく。同時に、人々の姿が薄れていく。それは白い光の中に融けて、消えた。

信八は、大岩の前に佇んでいた。

すみの産みだした光は消えていた。岩肌は灰色を取り戻し、地面の枯れ葉色は暗く沈んでいる。日暮れ時の山の暗がりがあたりから押し寄せてきていた。

みつも、あの人々を視たのだろうか。

信八はふと疑問に思って、少し先に立つみつに顔を向けた。みつは目覚めたばかりのように、やはりあたりを物珍しげに眺めている。

信八は、みつに声をかけて問う気分にはならなかった。言葉を発すると、さっき視たものが消えていくような気がした。

すみは岩に背中をもたせかけたまま、ぐったりとしていた。気を失っているらしい。下腹の膨らみは消えていた。太腿の間から流れでていた白いぬめぬめしたものも地中に吸いこまれたか、影も形もない。

「おすみちゃん、大丈夫かえ」

みつが友達に近づいていって、抱え起こした。それでも、すみは目を覚まさない。すみの着物の裾の乱れに気がついて、信八は慌てて視線を逸らせた。その目が、長丞の社のところで止まった。

社を安置した地面一帯が、まだ先ほどの光の残滓《ざんし》を残して、鈍く輝いていた。

そこには、あの人々が埋葬されているのだと、信八は強く感じた。岩原の地を切り拓いた者たち。岩原の百姓たちの先祖が。

社に祀られているのは、岩原の先祖たちの霊なのだ。自分はその霊の心を視たのだ。それが、すみの産んだものだった。

岩原の百姓たちは、自分たちの祖霊を、長丞の祀る狗神だと見誤った。狂乱は、その狗神に咎があるとして長丞を糾弾した。

それは、きっと長丞が自分たちの先祖を思い起こさせるからだ。

百姓として岩原の地に入り、汗水垂らして働いて、田畑を増やした新参者。それは、希望を抱き、活力に満ちて、山を拓き、畑を広げていった先祖と同じだからだ。村の者たちは、先祖の姿を忘れるために、長丞を爪弾きしなくてはならなかった。

そして、今、祖霊は村に現われて、人々を狂乱に落としこんだ。祖霊の目的は何なのか。

みつがすみを抱き抱えて、一生懸命、頬や背中を撫でている。すみは、ようやく少し意識を取り戻しはじめたようだった。

岩原の先祖たちの霊は、すみを通して、何をこの世に伝えようとしたのか。

答えはすぐ近くにありそうで、手を伸ばそうとすると、するりと逃げてしまう。

いつか境内に残っていた輝きも消えていた。あたりには夕闇が舞い降りてきつつあった。

9

五人の狂乱者たちが息を吹き返したのは、小半刻も過ぎ、暗くなってきた頃だった。

實蔵と順平に促されて、よろめきつつ境内に入ってきた五人は、他の者たちと一緒に座った。暴れまわっていた時の猛々しさはすっかり消え去り、おどおどと役人たちの顔色を窺ういつもの百姓たちに戻っている。

境内の縁には、狂乱者の家族や見物の村人たちが集まっていた。足軽隊との乱闘も鎮まったと聞いて様子を見に来た者も加わって、かなりの人数となっている。

郷廻役や足軽たちは、阿弥陀堂の軒下に集まって、振る舞われた茶を飲んでいた。堅蔵も湯気の立つ茶を受け取ると、近くにいた十蔵に話しかけた。

「さんざん手こずらされたが、これでやっと狸どもは退散したみたいだな」

今日、城下から到着した役人の中では最も年少の十蔵相手だけに、堅蔵の声には気安さが混じっていた。

「いかに古狸といえども、藩の御威光の前には形無しでございますね」

十蔵も満足そうに、境内の隅に固まって座っている狂乱者の群を眺めた。

「今回の案が上首尾に終わってよかったです。実は、鉄砲で脅すことを考えついたのは、拙者でございましたんで」

顔をことさら近づけて自慢げに囁いた十蔵に、堅蔵はかちんときた。まるで、すべては自分の手柄みたいな言い方ではないか。

「まことに妙案でしたな。欲をいえば、もう少し早めに思いついていただければよかった。なにしろ、こちらは一月近くこの村に足止めを喰らっておったがですきにの」

皮肉をこめたつもりだったが、十蔵は淡々と「ああ、それももう終わりですよ」と流してしまった。

堅蔵は鼻の穴から息を吐きだして、茶を啜った。

だいたい先遣役は、村人のことは自分たちが一番わかっていると自負する傾向がある。村人をよく知っているということならば、年貢高について地下役との交渉にあたる作配役だって同じではないか。だからこそ、今回の騒動では、真っ先に岩原村に派遣されたのだ。先遣役の若造なぞに話しかけるのではなかった。

後悔した堅蔵は、信八の姿を捜した。同じ作配役の信八と、今回の苦労をねぎらいあいたかったのだ。

しかし、境内に信八はいなかった。

足軽隊が乱入した時、信八は確かに阿弥陀堂にいたはずだ。一緒に乱闘を見物していたのを覚えている。しかし、その後、信八を見ていない。いったい、どこに行ったのだろう。

きょろきょろしていると、狂乱者の中にいる一人の女と視線が合った。

あいつだ。古狸に化かされて、二度も交わってしまった女。

慌てて視線を外したが、遅かった。

女は突然、すっくと立ちあがり、狂乱者の群から堅蔵のほうに走りだしてきた。

見張りをしていた足軽が気がついて、女の腕をつかまえた。郷廻役たちが急いで走り寄る。

堅蔵はそそくさと、その人垣の後ろに隠れて、そっと女の様子を窺った。

女は足軽に押さえつけられて、地面に無理矢理座らされたところだった。髪の毛を振り乱して、頭を左右に揺らせているが、激しく逆らうわけではなく、まだ狂気と正気の間でふらふらしているようだ。

「これ、狸め、国許に戻るんじゃなかったか」

辰之進が女に怒鳴りつけた。

俯《うつむ》いて、頭をふらりふらりと揺らせていた女の口から、低い男の声が流れでた。

「戻るに……戻れまぁぁせん」

妙に間延びした、和歌でも謡っているような声だ。

「なぜだ」

そう聞いたのは、後からやってきた馬三郎だ。

「この女とはぁあ古い馴染みでぇえぇござぃますぅうる」

柔らかくて、優しさの漂う声でそう答えると、女は面を上げた。細い目が吊り上がり、頬の肉がびくびくと震えている。

「仔細ありてぇえ、今年まで離別しておりましたがぁああ、今度ぉまたまた馴染みまして、けっここここ離れようにも離れがたくぅうう、この女とはぁあ、同穴の契りをしたがゆえにぃい、別れることはできませぬうう」

同穴の契りという、いかにも狸めいた言葉遣いに、足軽や見物人たちが、げらげら笑いだした。

「おい、狸、同穴とは粋《いき》なもんじゃの」

「その穴は、土中の穴じゃなかろう」

足軽たちがからかったので、見物人たちも尻馬に乗って野次を飛ばした。

「おりくさんは人妻じゃき、あきらめたがええぞ」

「他の女に入り直せや」

女は意味不明の叫び声を上げて、見物人たちに舌を突きだし、唾を吐きかけた。

馬三郎が女に色々と話しかけているが、怒ったように黙りこくって、俯いている。そして時々、きっと顔を上げて、目玉をあちこちに激しく走らせている。隙あらば逃げだそうとするので、足軽たちは女の両腕を縛ることになった。

堅蔵は、はらはらしつつ女を見守っていた。まだ正気に戻っていないとは危険だ。同輩の役人の前で、あのことをばらされたりしたら、身の破滅だ。城下から派遣された役人が、狂乱者の女と交わったなどと知れたら、お役御免ではすまないだろう。そんなことを考えていたものだから、郷廻役の一人が「狸の化けの皮を剝がすには、焼いた唐辛子の臭いを嗅がせるといいといいますで」というのを聞くや、堅蔵は手を叩いた。

「そうじゃ、それがええ」

郷廻役のまとめ役である辰之進も「ええ考えかもしれん」と呟いたのに力を得て、「あの女の狸を早く退散させんと、また他に伝染って大事になりますで」と力説した。

十蔵も賛成したので、馬三郎も納得したようだった。

早速、近所の家に唐辛子を貰いに、使番が遣られた。女を境内を囲む杉の木の幹に縛りつける。見物人たちがわいわいと群がってきた。

一握りの唐辛子が届くと、足軽が女の足許にそれを置いて、火をつけた。ぱちぱちと唐辛子が燃えはじめる。煙が女の鼻の穴に入るように、辰之進が扇子で扇《あお》ぐ。

女がげほげほと咳をして、首を左右に振った。

「狸よ、出ていくんじゃ、ほれっ」

辰之進が怒鳴った。

「ぐわぅううっごおおおっ」

獣の吠え声のような音を喉から洩らして、女は激しく暴れたが、縄でしっかり縛られているので、逃げるわけにはいかない。辰之進は唐辛子の煙を扇ぎつづける。

女は激しく咳き込んで、助けを求めるようにあたりを見回した。目は涙に溢れ、口を喘ぐように開いている。女の目が、十蔵の後ろにいた堅蔵に止まった。

女の唇の両端が反りあがり、にいいっと笑った。

「ありぃいいわらのぉおお……なりぃぃひらぁさまにぃ……」

女の喉から、あの歌が流れでてきた。煙で喉をやられたせいか、少ししゃがれて、男と女の二様の声が混じりあっているように聞こえる。

「みぃいいもこころもぉおてんにぃい」

その声が柔らかな手となって堅蔵の全身を包む。男根が硬くなってくる。

だめだ。ここで屈しては身の破滅。絶対に、だめだっ。

「この古狸めっ」

堅蔵は十蔵を突き飛ばして、女の許に走り寄ると、いきなり平手で頬を張り飛ばした。女はげたたげたと笑いだした。

「在原の業平さまああっ」

女は身を捩《よじ》って、腰をくねらせつつ、蕩《とろ》けるような眼差しを送ってきた。

「お待ちしておりましたぞ、わらわを抱いてぇえ」

堅蔵はまた女を殴りつけた。言葉を発する隙を与えまいと、堅蔵は平手で両頬をばんばんと殴りつづける。

鼻や口から血を流しながらも、女は笑いつづける。その口が堅蔵を呑みこもうとするように開いている。

「笑うな、笑うなあっ」

堅蔵は怒鳴りながら女を殴りつづけた。

「畑山殿、いい加減にやめたらどうですか」

不意に耳許で声がして、背後から羽交い締めにされた。

振り向くと、馬三郎が堅蔵を止めていた。

堅蔵ははたとあたりの様子に気がついた。

郷廻役も足軽たちも、地下役も驚いたように堅蔵を見つめている。見物人たちは、しんと黙りこくっている。

女は首をがくりと項垂《うなだ》れていた。足許には血が滴り落ちている。堅蔵の掌は、女の流した血で赤く染まっていた。

10

「それでは、やはりなにも覚えてはおらんというのだな」

馬三郎の問いに、狂乱者たちは頷いた。

足軽隊の鎮圧の翌日だった。

順平の家の庭に敷いた茣蓙《ござ》の上に、岩原村の狂乱者六十三人が座っていた。最後まで狸に憑かれていた女は、家で臥っているということでこの場にはいないが、残りの狂乱者全員が集まっていた。

一晩明けて、憑き物も落ちたせいか、みな穏やかな表情をしている。足軽たちの乱暴を受けたために、顔が腫れていたり、腕や足に布きれを巻いた怪我人もいるが、髪もちゃんと結い、着物もこざっぱりしたものに着替えて、昨日とは見違えるようだ。

「神代の物語や、源平合戦の話などを大声で唱えておったようじゃが、おまえらのうちで、それを以前に聞いた者はあるか」

狂乱者たちはお互い怪訝な顔を見合わせて、かぶりを振った。

馬三郎は、母屋の縁側に並んで座っている十蔵や信八、堅蔵たちを振り向いた。

四人の郷廻役たちは、せっかくここまで来たのだから、近隣の村の情勢も探ってくると、今朝から手分けして出かけている。取り調べにあたっているのは、先遣役と作配役だけだった。

「これまで届いた報告以上のことは、わかりそうもありませんのお」

十蔵が「まったくです」と応じたが、信八は何か思案しているようで、頷いただけだった。堅蔵は強ばった表情で腕組みしている。

今朝、堅蔵の殴った女の夫だという百姓が来て、妻は正気に戻りはしたが、全身痛むうえ食欲もないので、取り調べから外して欲しいと申し出てきた。馬三郎も、昨日の堅蔵の扱いには行きすぎたものを感じていたので、よく養生するようにとの言葉までかけて許可してやった。

きっと昨日の件で堅蔵もばつが悪いのだろう。今朝から一言も口を利かない。

順平の庭の隅では、狂乱者の家族たちが心配そうに取り調べを見守っている。すでに四つ刻は過ぎていたが、狂乱者の物静かな態度は変わらなかった。

正気に戻ったということか。

これ以上、取り調べをしても、新たなことは何も得られそうもない。百姓たちを変貌させた酒とは何かなぞ、永遠に理解することはできないだろうと、馬三郎は思った。

妖魔に招かれたのだ。そして、その妖魔はすでに去っていった……たぶん。

「それでは、これで取り調べは終わりとしますが、よろしいですろうか」

馬三郎は、同輩の役人たちに聞いた。十蔵と堅蔵は頷いたが、信八が何かいいたそうにした。

「藤崎殿、なんぞありますか」

馬三郎は水を向けてみた。この若い作配役は、昨日、阿弥陀堂からみなが引き揚げてきてから、ふらりと順平宅に戻ってきた。夕食の時も黙ったきり、一人で何か考えつづけているようだったが、やっと口を開く気持ちになったらしかった。

「あの……長丞のことでございますが」

信八にいわれて、それが狗神を憑かせたと最初に嫌疑を受けた百姓だったと気がついた。

「ああ、狗神持ちだといわれた……」

「はい。今回のことのもともとの発端は、長丞を組合から外したり、狗神持ちだと陰口を叩いたところから来ております。しかし、それは根も葉もない噂。野島殿のほうから、一言、その理不尽さをご忠告いただければと」

「なるほどのう」

馬三郎は、庭に向き直った。

「おまえたちは、前から村に暮らす百姓、長丞を忌み嫌い、筋もなく疑念を心中に含み持っておったと聞いておる」

話の行方にぴんときていないらしい狂乱者たちに向かって、馬三郎は声を張りあげた。

「しかし、人の持っておるそんな気持ちが妖魔を呼び寄せる。疑念は障りとなり、色んなところで祟りとなり、妖怪変化に悩まされることになる。今回の奇怪なる騒動は、決して狗神のせいではないことを、よく心に入れておくんじゃぞ。第一、長丞を狗神持ちと呼ばわることは不都合もええところじゃ。これまで長丞に対して為《な》してきたことは、これからはきっぱりとやめること。そのほうどもの組合に加え、仲睦まじく相交わることを申しつける」

狂乱者たちは口々に、わかりました、と答えた。その程度の訓戒ですんだことに安堵しているようだった。

集まった者たちに自宅に戻るように告げて、取り調べは終わった。

馬三郎たちは家の居間に入った。順平の妻たちがそそくさと茶菓子の仕度をしているところだった。炭火がじんわりと赤い光を放っている囲炉裏端に座ると、馬三郎は同輩たちを見回した。

「一応、事態は収拾したようじゃき、足軽隊は今日中に城下に帰すということにしたいが、どうですろう」

真っ先に答えたのは、十蔵だった。

「はい。それがええですろう。わたしも一緒に早々に戻りたいと思うちょります。この件の報告もありますし」

十蔵は、足軽隊派遣が功を奏したことがいかにも嬉しそうだった。早く戻って、左助や清治などに吹聴してまわりたいのだろう。

「郷廻役らも昼には戻ってくるといいよったき、あの四人と、作配役のお二人も……」といいかけて、馬三郎は、堅蔵が囲炉裏端に座ったまま、顔を伏せているのに気がついた。

「畑山殿、どうかなされたのですか」

堅蔵は黙ったままだ。その曲げた背中が小刻みに震えている。

「畑山殿」と声をかけて、信八が堅蔵の肩を揺すった。堅蔵がゆるゆると面を上げた。顔は赤く上気して、目は充血していた。苦しそうに口で息をしている。

「ご加減が悪いのではないがですか」

馬三郎の声に、堅蔵はやっとのことで頷いた。

「面目ない……どうやら熱があるようで……」

そういいながら、体を起こそうとした弾みに、上半身がぐらりと揺らいで、横手にどうと倒れた。抱き起こした信八が、堅蔵の額に手を当てて、馬三郎と十蔵を見た。

「ほんとにすごい熱です」

すぐさま使番が呼ばれて、堅蔵を奥座敷に運んでいった。下女たちが蒲団を敷いたり、熱を冷ますために水桶《みずおけ》を運んだりと手当てにあたっている。

土居村に住む漢方医を呼びに遣らせる手配をすませてから、實蔵と順平も居間にやってきた。

「一月近くこの村の騒ぎを目の当たりにしたので、お疲れも出たのでしょう」

實蔵が同情したようにいった。

「ここ十日ほど、具合も勝れんみたいでしたき……」

順平が付け加えた。

「畑山殿は昨日も様子が変でしたな。あの女をあれだけ叩きのめすのは、尋常ではなかった……」

十蔵が首を傾げつつ呟いた。

堅蔵もまたこの村の邪気にあたったのかもしれないと、馬三郎は思った。作配役までがその影響を受けたとすれば、今回の騒ぎがこれで無事、終わったと見るのは早計である気がしてきた。

「實蔵と順平」と、馬三郎は地下役に話しかけた。

「さっき家に帰した狂乱者どもだがな、快方に向かいゆうかどうか、今日も夕方までの挙動をよく観察するように、家の者らに伝えておいてくれ。少しでも邪気にあたった気配があったら、すぐさま申し出るようにとな」

實蔵と順平が承知したと答えているところに、庭先で人の入ってくる気配がした。辰之進の元気な声が混じっているのを見ると、郷廻役たちが戻ってきたようだった。

「それでは、植田殿と藤崎殿は出立の仕度に入ってくだされ。畑山殿は容態が回復するまで残ったほうがええろうし、わたしは明日一日、村の様子を見てから城下に戻るとしますきに」

十蔵が元気に腰を上げたのに比べて、信八が気乗り薄に頷いたのが、馬三郎の気にかかった。

「藤崎殿、なにか……」

馬三郎は信八に尋ねた。信八は、はっとしたように、「いや」とかぶりを振ったが、どこか上の空のようだった。

11

昼時の緩やかな陽射しの中を、鉄砲を担いだ足軽隊が遠ざかっていく。先触れ役のように先頭に立つのは、縄で繋いだ犬の群だ。家に戻るのがわかるのか、嬉しそうにわんわん吠えて、縄を引く足軽を引きずらんばかりの勢いで前に進んでいる。後に残りの足軽や荷物を担いだ使番が続き、笠を被った役人が六名、しんがりを守っていた。その中に混じる信八らしい姿格好の侍を、段々畑の縁に立ったみつはじっと見つめていた。

みつの周囲の村人たちも、山の斜面につけられた小径を辿る足軽隊をやはり見送っている。

「鉄砲が一遍にぱんぱん鳴った音はすごかったなぁ。雷がいっぱい落ちてきたみたいじゃったで」

みつをここまで引っ張ってきた弟の亀が、はしゃいだ調子で話しかけてきた。遊び仲間の昭三が狂乱して以来、亀は何かというと、みつにまとわりついてくる。しかし昭三も、父やりく叔母同様、今朝には正気に戻ったみたいだ。惣老宅から戻ってきて、おとなしく家にいるが、明日からはまた、弟と一緒に遊びだすことだろう。

すべては終わったのだ。藤崎さまも城下に戻っていく。

みつの胸は、せつないような痛みでじくじくしていた。

信八の姿が次第に小さくなっていく。城下に戻ってしまわれるのだ。それは、みつがまだ行ったことのない遠い土地だった。

一緒に行きたい。

生まれて初めて、みつは村の外に出たいと思った。あの足軽隊を追いかけて、城下まで行ってみたい。

「ああ、見えんようなってしもうた」

亀が残念そうに呟いた。

行列は山を回りこんで、消えてしまっていた。

村人がぞろぞろと引き返していく。みつも亀と一緒に帰途に就いた。路傍の木々に新芽が吹きはじめている。空気にも温もりが感じられる。長い冬が終わろうとしていた。

何もかも終わり……。

ちっとも嬉しくはなかった。みつの心の中に穴が開いて、そこからすうすうと隙間風が入ってきているようだった。

家に戻ると、父が板壁の修繕をしていた。狂乱状態に見舞われるようになってから、そのままになっていた仕事だ。昨日、阿弥陀堂で足軽に杖で叩かれたといって、手足には青痣が出来ているが、体を動かすのには支障はないらしい。

母は納屋で機織りに余念がない。その足許では市が遊んでいる。いつもの暮しが戻ってきていた。

「足軽隊、帰っていったで」

亀の報告に、父は板に古釘を打ちつけつつ、はっ、と鼻先で笑った。

「犬どもが帰っていったか」

亀は奇妙な顔をした。

「犬だけじゃないで。お役人や足軽らぁやち」

「役人も足軽も、お上の犬じゃ」

父はがんがんと石で釘の頭を叩いた。みつは、眉をひそめて父の姿を見た。父がこれほどお上に対して乱暴な物言いをしたことはなかった。阿弥陀堂で役人や足軽たちから受けた暴行に怒っているのだろう。

みつは、中屋のすみの様子を見に行くことにした。昨夕、信八と二人ですみを家に連れ戻ってから、まだ会ってはいなかった。

中屋の外では、郷助叔父と鉄太郎が薪割りをしていた。郷助が斧で割った薪を、鉄太郎が軒下に積みあげている。

「おすみちゃん、おるかえ」

二人に聞くと、鉄太郎は「うん」と家の中を指さしたが、郷助叔父は返事もしないで、斧でがつっと薪を叩き割っただけだった。その勢いが尋常ではない強さであることにひっかかりを覚えつつ、みつは家の中に入っていった。

すみは土間の竈の前で火を熾していた。夕食の仕度でもしているのだろう。みつが入ってきたのに気がつくと、「みっちゃん」と弾けるようにいって腰を上げた。

昨日、死にそうなほど苦しんでいたのが嘘のように元気いっぱいだ。下腹もすっかりへこんでいる。

「世話かけたねぇ。お役人さんに負ぶってもろうて、悪かったわぁ。けんど、お侍さんの背中に乗るらぁて、一生に一度しかないろうね」と屈託なく笑った。

「もう、なんともないがかえ」

「なんもない。あのお腹の痛みはなんじゃったろうと不思議に思うくらいよ。それに、ほら、腹ぼても消えた。きく婆は子を孕んだいうのは思いこみじゃったんやろうといいよった。子が欲しい欲しい、とか、反対に、絶対、欲しゅうない、とか思いよったら、たまにそんなことがあるがじゃと。男でも、奥さんにつられて、一緒に悪阻になる人もおるらしい」

すみは、あけすけに大声で話している。みつはそっと土間の奥の寝間を見遣って、「ええがかえ」と小声になった。

唐辛子で燻されたり、役人に叩きのめされたりしたりく叔母は、正気に返りはしたが、朝から臥っていると、母から聞いていた。すみは、みつの視線に気がついて、あははは、と高笑いした。

「お母やんのことやったら、気にせんでええ。うちの腹ぼてのことなんぞ、怒ることらぁできゃせんき」

何のことかとみつが訝っていると、すみは笑いながら続けた。

「昨日、阿弥陀堂の境内で、お母やんに憑いた狸が、この女とは同穴の仲、いうたがやと。在原の業平さま、抱いてくれ、いうてお役人には腰は振るわで、お父やんは恥ずかしゅうて、逃げだしたかったと。これこそ、穴があったら入りたい、いうもんじゃろ」

「黙りやっ、すみっ」

寝間のほうから、りく叔母の鋭い声が上がった。がたっと音がして、寝間との間の戸が開いて、髪も乱れたままのりく叔母が現われた。その顔は醜く腫れあがり、目尻も鼻の頭も赤くなっていた。歩くのも大儀らしく、柱に手をかけて、すみに怒鳴った。

「男を見たらむらむらするがは、あたりまえじゃろがえ。他人に笑われることでもありゃあせん。だいたい、おまえじゃち、どこの村の者ともわからん男と寝よったがやろが」

みつはびっくりして、りく叔母の顔を見つめた。日頃、身持ちを良くすることを第一としている、りく叔母の言葉とは思えない。

まだ狂乱しているのか。

しかし、りく叔母の目は怒りに燃えているだけで、狂気が宿っているようではない。

「うちの振る舞いが恥ずかしいじゃと。よういうわ。うちの人やち、筏木村のおそでとまぐわいよったろうに。村でこそこそ噂になっちょった」

がたん、と家の外で薪を放りだす音がした。郷助叔父がずかずかと土間に入ってきた。

「りくっ、そんなこと大声で喚くなっ」

「喚くなやと。いくらでも喚いちゃるわ、おまえさんが若い娘に腰振ったのはようて、うちがお役人に腰振ったんが、なんで悪いっ」

「黙れ、黙れ」

「黙らんわっ」

りく叔母は怒鳴り返した。

すみが慌てて両親の間に入った。

「やめてや、二人とも。ええ大人がみっともないじゃろう」

りく叔母がせせら笑った。

「みっともない、みっともない。おまえでもそんなことをいうがかえ。この腹ぼて娘が」

「うちはもう腹ぼてじゃないちっ」

みつは親子三人の剣幕に押しだされるように、そろそろと土間から出ていった。

外では鉄太郎が軒下の積んだ薪に腰をかけていた。中の言い争いが聞こえていたのか、鉄太郎はふて腐れたように、みつにいった。

「狸は出ていったかもしれんけんど、騒がしいのは変わりはせんち」

「親子喧嘩のほうがましじゃないかえ」と苦笑いして、中屋を立ち去ったが、みつは心が掻き回されたような気分だった。

昨日、すみの太腿の間から溢れだしていた光。確かに、足軽隊のおかげで古狸は出ていったかもしれないが、すみの産みだしたものが外に出ていったのも確かだ。すみを背負っての道々、信八は、あの光の中で声を聞いたり、人の姿を見たりしたと洩らしていたが、みつには何も聞こえはしなかったし、何かを見ることもなかった。ただ、全身の力が漲るような、とてつもない心地よさは感じていた。尋常ではないことが起きたことだけはわかっていた。

家に戻る気持ちもしなくて、みつはそのまま往還に降りる石段を下っていった。往還の先には、七屋敷がある。今朝まで、そこの順平の家に、信八は寝起きしていたのだ。ほんの目と鼻の先にいたのだ。なのに、今はもういない。

遠くに行ってしまった……。

なぜ、なのだ。なぜ、遠くに行ってしまったのだ。うちを貰いに来るといっていたではないか。

粥釣の晩に、みつの家に来た侍がそういった。侍なら、信八だ。信八は、自分を貰いに来るといったのに……。

そんなことを、ぼんやりと考えて、みつは、はっとした。

何を馬鹿なことを。あれは粥釣の晩の村の若者衆の戯れ。侍は、村の若者だったのだ。みつを貰いに来るといった侍は……信八だったのだ。信八は、どうして遠くに行ってしまったのだろう。うちを貰いに来るといっていたのに……。

蚕の吐きだす絹糸のように、とりとめもない細い考えがするすると紡ぎだされていく。

信八が遠くに行ったのなら、うちも後を追いかけたい。遠くまで、遠くまで……。

白い絹糸のような思考は、ぬめぬめと輝きながらどこかに続いていく。

どこか遠く……遠く……ずっと遠くで、誰かが……何かが自分を待っている。誰だろうか。何だろうか。

頭の中に、白い靄《もや》がかかったみたいだ。みつはふらふらと七屋敷のほうに歩きだした。太陽が天頂で輝いている。

往還の路傍に、くっきりと黒い影を落として、男が立っていた。十右衛門だ。

顔の半分は大きく腫れて、青痣となっている。十右衛門は、みつの近づくのを、にたあと笑いつつ待っている。その瞳は水晶のようにきらきらと輝いている。

――待っておったぞ。

みつの頭の中で、声が響いた。

しかし、その言葉の意味は、みつにはわからなかったし、わかろうとも思わなかった。もう自分が何を感じているのか、何を考えているのか、わからなかった。

12

馬三郎が作配役部屋に顔を出すと、信八が隅のほうで帳簿をめくっていた。八畳ほどの部屋には、他に二人の作配役が仕事をしているが、堅蔵の姿はない。

岩原村で高熱を発したにも拘わらず、堅蔵は、足軽隊が出立した翌日、馬三郎たち残りの者と一緒に城下に戻ってきた。そのまま自宅療養となり、あれから五日が過ぎたが、まだ出仕してきてはいないようだ。

奉行所内では、岩原でお役目に精勤したせいだ、気の毒に、などと取り沙汰しているが、陰では、邪気に取り憑かれたのだと囁かれている。

馬三郎は控えの間から、信八に声をかけた。

「藤崎殿、ちくと話があるんじゃが」

同時に、外で、と目配せしたので、誰も聞いていないところで話したがっているのだと悟ってくれたらしい。信八は立ちあがって、一緒に廊下に出てきた。

「休みを取っていたと聞いたが、疲れは取れましたかの」

人気のないところを探して外廊下を歩きながら、馬三郎は尋ねた。

「はい、二日ほどお休みをいただいて、円行寺《えんぎょうじ》村の実家に戻っちょりました。のんびり書など読み耽って過すうちに、おかげさまで体の疲れは取れましたが……やはり、あの村の騒動は色々と気になっておりました」

岩原村にいた時から、信八は何かに心を奪われているようだったが、それは、まだ続いているらしい。馬三郎も同様だ。岩原村の騒動は、そう簡単に幕が下りそうもなかった。

使番たちの溜まりへと通じる渡り廊下の角は、人気がなかった。馬三郎はそこでやっと立ち止まり、用件を切りだした。

「岩原村の様子が、またちくとおかしゅうなっての」

「おかしいとは、どんな具合なのですか」

信八の声には熱がこもっていた。

「狂乱者の中に、再発の気味の者がおるらしい」

『過日の狂乱者六拾四人の内、気分不遜少々再発の様に相見候《あいみえ》者も有之趣《これあるおもむき》に候』

大庄屋の實蔵と惣老の順平の連名で、今朝届いた書状を思い起こしつつ、馬三郎は続けた。

「豊永郷の地下人が、五台山高善院の了慶律師に加持祈禱をしてもらいたいきに、赦しが欲しいとゆうてきた」

城下の西一里ほどのところにある五台山金色院竹林寺は行基《ぎょうき》開祖といわれ、歴代の土佐藩主の尊信を受けて栄えてきた藩下随一の寺だ。山内には、多くの脇坊《わきぼう》、門徒寺、末寺を擁し、そのひとつが高善院で、院主を務める了慶律師の法力は世に鳴り響いている。岩原村の村人も、高善院院主を崇めていることは、これまでの地下役の書状からも察せられた。

「それで、いかがなされたのですか」

「郡奉行さまに申し上げたところ、村の財政でやることじゃし、狂乱者の気分転換にもなるろうきいうことで、お赦しが出た。その件、早速、岩原村の地下役に伝えたので、明日にでも狂乱者たちを連れて村を出立するはずだ。宿の世話や、了慶律師への引き合わせなどは、五台山村の庄屋に頼んでおいた。まぁ、少々再発の様、と書状にあるだけなんで、たいしたことはないとは思うが、前回の騒動の後だけに、村の地下役だけに任せきりにしておくのも不安ではあるし……」と、馬三郎は含みをこめて、信八を見た。

「わたしに様子を見に行けとおっしゃるので……」

「わたしが出向けば、事が大袈裟になってしまうきの」

足軽隊の派遣で、騒動は一応、鎮静したことになっている。この一件の担当であった自分が直々に五台山に様子を見に行くと、そんな体裁を覆すことになりかねないと、馬三郎は憂慮していた。

「貴殿は岩原村の地下役とも顔馴染みではあるし、なにより今回の騒動について熟知しておる。本来なら畑山殿に頼みたいところじゃが、まだ療養中ということじゃし……」

信八はゆっくりと頷いた。

「それでは、所用がてら五台山に赴いたという形で、様子を窺ってきましょう」

「そうしてもらえればありがたい」

「いやいや、わたし自身、岩原の騒動には興味を抱いておりますので、むしろ、ありがたいお申し出でございます」

「ああ、聞いておるぞ。貴殿、岩原村での出来事を逐一、帳面に書きつけておったとか」

信八は少し面映ゆい表情になった。

「面妖な一件だけに、そのまま人々の記憶から忘れられてしまうのも、惜しい気がしまして……」

「確かにのお。今回の事件を目の当たりにした者がなんぞ書き残しておかんと、藩の書類には、豊永郷で妖気が起こる、くらいのことしか残りかねんしのう」と応じているところに、渡り廊下から足音がして、使番の一人がこちらにやってきた。かんかんに熾った炭を入れた鉄桶《てつおけ》を手にしている。随所の部屋の火鉢の炭を入れ替えに出てきたのだ。

「それでは、五台山村の庄屋、久保内壽平には、貴殿が赴く旨を伝えておくから、よろしく頼む」

馬三郎は信八に頭を下げると、話を切りあげて立ち去った。

先遣役部屋に戻ると、左助と清治がぼそぼそと頭を突きあわせていた。「人減らし」とか「徳弘殿」という言葉の断片から、またぞろ藩の人事のことを話しているのだろう。

岩原村から戻った当初は、郡奉行所内でも、今回の騒動は噂の種だったが、五日も過ぎると、早や忘れさられつつある。しょせん役人にとっての関心事は、山分の小さな村の憑き物騒ぎよりは、上の者の意向でしかないのだ。

文机の前に座り、五台山村の庄屋宛の手紙をしたためつつ、馬三郎は、先ほどの信八との会話を思い出した。

信八のいう通りだ。今回の騒動、ちゃんと記録しておかないと、忘れ去られるだけだ。そして後でどんなに話しても、狸に化かされただけとか、妄言、妄想として笑い飛ばされることになる。

しかし、あれは現実に起きたのだ。豊永郷の地下役からの書状や、作配役からの報告はまだ手許にあるはずだ。それらを書き写しておくくらいはしておこう。

馬三郎は庄屋への文を手早く書き終えると、文机の上をひっくり返して、これまで届いた書状や報告を捜しはじめた。

第六章　飛翔

1

夕暮れ時の柔らかな風に、春の気配が混じっていた。草鞋の底に当たる土にも、心なし温もりを感じる。そろそろ畑の畝《うね》を掘り起こす時期だ。のんびり五台山参詣などしている暇はないはずだのに……。

順平の胸の内で焦りがざわめいた。

土居村に続く往還を辿りつつ、後ろに続く百姓たちをちらと振り返った。草鞋の紐を足首にきっちりと結びつけ、杖を突き突き、一列になって従っている。中には、女も数人加わっていた。

郡奉行所には、足軽隊の派遣が無駄だったとはいいづらくて、狂乱者たちの中に少々再発の気味がある者がいると、控えめに報告してあったが、実は、その中には、最後まで足軽隊に反抗した五人の大将格の者たちや、新たに狂乱した者も混じっている。

以前のように、順平や組頭の家に押しかけたりはしないが、阿弥陀堂に集まっては、けたけたと高笑いしたり、飛び跳ねたり、奇態な動作を繰り返している。

定福寺の心海和尚に相談すると、かくなるうえは五台山高善院の律師に頼むしかないといわれ、郡奉行所からの赦しも出たので、早速、挙動の妖しい百姓十四人を連れて、五台山に向かって旅立つことになった。

日中は不穏なので、出立は夕刻とした。夜道を歩いて、明日の四つ刻までに五台山村に辿りつくつもりだ。阿弥陀堂で騒いでいた狂乱者が正気に戻りかけた頃合いを見計らって、五台山に行くと申し渡し、土に汚れた着物はそのままに、草鞋だけは履かせて連れだしたのだが、案に相違して抗《あらが》うでもなく、むしろ嬉々として、この夕刻の旅立ちを受けいれていた。

親の心子知らず、というが、庄屋の心、地下人知らず、というのだろうか。順平にとって、この旅は迷惑このうえなかった。五台山村での宿代に加えて、十四人の飯代、加持祈禱代と出費が嵩《かさ》む。しかし、放っておいて、またもや大騒動になっても困る。まったくどうして、このような災禍に見舞われたのか。大庄屋の山本實蔵の姉がいうように、豊永郷の惣老となったのが元凶ではないかとすら思えてくる。

木立が切れて、棚田の下に土居村が見えてきた。小さな民家の中で一際目立つ大屋根の家が山本家だ。

順平は、實蔵に一言、挨拶をしていくか、と思いついた。順平たちが五台山に向かうことは知っているが、今夕、出発とは把握していないはずだ。順平は供の忠助と丑にそのことを告げ、土居村に入っていった。

百姓たちを従えて山本家の長屋門をくぐると、広い庭のあちこちで家僕たちが農具を納屋にしまったり、鍬《くわ》入れのために畑の土に混ぜこむ藁をまとめたり、一日の仕事の後片付けをしていた。供の者や百姓たちを庭の隅に座らせると、順平は母屋の玄関に立った。

「ごめんくだされ」と声を張りあげると、實蔵の妻の類が顔を出した。

挨拶をして、實蔵はいるかと問うと、類は家の外を示した。

「孫与門さんと離れにおりますが」

孫与門が、と順平は驚いた。

息子は、今朝、春の家祈禱の打ち合わせに、大平村にある小笠原本家に出かけていった。毎年の平穏を祈る家祈禱は、本家と日取りを合わせて行うことになっていたのだ。しかし、大平村の途上にあるとはいえ、實蔵の家に立ち寄るとは、一言もいってはいなかった。

順平は、庭の池の先にある離れに足を向けた。

離れの座敷の障子は閉まっているが、中に人の気配はあった。ぼそぼそと話し声が洩れてくる。順平は縁側に身を乗りだして、そっと聴耳を立てた。

「百姓にあそこまで手荒な仕打ちをするこたぁなかったろうに。實蔵さん、足軽隊の乱暴を止めることはできんかったがかえ」

「わしも鉄砲や犬を見せるだけでええと進言したんじゃが……役人さま方は耳も貸してはくれんかったんじゃ」

「そんなのは言い訳じゃ。庄屋の使命は、朝廷からお預けいただいた百姓の身を守ることにあると、『同盟談話条条』にも謳《うた》われちゅうろうが」

「わかっちゅう、わかっちゅうちや、孫与門」

順平の背筋が寒くなった。

足軽隊の乱暴を止めるだと。藩のご方針に異を唱えるなど、考えるだけでも恐ろしい。しかも孫与門は、大庄屋である實蔵を詰問している様子ではないか。

順平はそっと縁側から離れると、庭先に戻って「實蔵さん、實蔵さん」と声をかけた。

障子戸が開かれ、實蔵が顔を出した。

「これは順平さんか」

その顔に少し慌てた色がある。順平は気がつかないふりをしてお辞儀した。

「今日より、狂乱の気味の残る百姓十四名を連れて五台山村まで行って参りまするので、ご挨拶をしていこうと思いましてのぉ」

「ああ、それはご苦労さまです。よろしく頼みますぞ」

「では、行って参ります」

順平はもう一度頭を下げて、立ち去るふりをしてから、思いついたようにいった。

「ああ、そうそう。孫与門がこちらにお邪魔しちょると聞きましたが」

一瞬の沈黙があった。實蔵が「それはまぁ……」とあやふやな返事をしたところに、孫与門が縁に姿を現わした。

「ああ、お父やん。ちょっと實蔵さんに話があって来ちょった」

「わしもおまんにちくと話がある。こっちに出てこいや」

實蔵の手前、にこやかな顔で順平は手招きした。孫与門は少し硬い表情で庭に出てきた。息子を池のそばまで連れていってから、順平は胸に詰まっていたものを吐きだした。

「いったいどういう了見じゃ、孫与門。庄屋同盟からは手を引けというちゃあるろうに」

「別に同盟に入っちゅうわけじゃない。實蔵さんと庄屋の役目について話しよっただけじゃ」

孫与門は反抗的に言い返した。

「庄屋の役目なら、お役人さまのいわれた通りにすることだけじゃ」

「これまで通りのやり方じゃあ、世の中ちっともようならん。藩の財政困難で年貢は年々厳しゅうなる。百姓は逃散でもせんとやっていけんと思い詰めるほどじゃ。今こそ朝廷から百姓の身柄を預かった庄屋が結束して立ちあがる時なんじゃ」

「立ちあがるち……。立ちあがってどうするがじゃ」

孫与門は、順平の耳許に囁いた。

「お役人に意見書を出す」

「お役人に意見書じゃと……」

順平はまじまじと孫与門を見つめた。

地下役が、役人に意見をいうなどとんでもない。そんな大それた考えが、息子の口から出てきたことが信じられなかった。

「馬鹿者っ」

思わず順平は怒鳴りつけていた。

「わしらは村や郷のことだけを考えておりゃあええんじゃ」

孫与門は不敵に笑っただけだった。

ややあって、「實蔵さんに挨拶して、そろそろ村に戻るわ」とだけいうと、離れに戻っていった。

こめかみにどくんどくんと脈打つ血を感じながら、順平はしばしそこに佇んでいた。

急に孫与門が自分の息子ではなく、恐ろしい考えを抱く見ず知らずの者に思えてきた。あの息子に家督を継がせるのは、とんでもないことかもしれない。庄屋や惣老となったら庄屋同盟に加盟して、何をしでかすやらわからない。しかし、弟の堅治に継がせるのも、長子相続の規範を破り、これまた家の平穏を乱す元となる。どうすればいいのだ。

順平は重い気分を抱えて、庭の隅で待っている百姓たちのところに戻っていった。

「出立ですか、旦那さま」

丑が待ちかねたように聞いてきた。

順平たちは山本家を出て、城下に向かう往還を進みだした。土居村を過ぎると、吉野川に沿って続く山腹の道が続いている。すでに宵闇は舞い降りつつある。急斜面に生える木々の幹の間に川が黒く沈み、あたりには夕風が吹き渡っている。

「気持ちええのお」

「なんぞ、ええことの起こりそうな心地がするわい」

順平の背後で、百姓たちが話している。

狂乱者が、なにが、善い事が起こるだ。先の孫与門との会話がまだひっかかっている順平にとっては、忌々しいだけだ。

しかし百姓たちは呑気に話しつづけている。

「五台山とはどんな山かのう」

「お寺があっちこっちにあって、それはきれいなところらしいで」

「楽しみじゃのお」

「うんうん、村を出るのは滅多とないことじゃきの」

こいつら、実は村を出てみたかったんではないか。

ふと順平の脳裏にそんな疑いが閃いた。

だからこそ、あんな騒動を起こして、外に出るきっかけを作ったのではないだろうか。

順平は後ろを振り向いた。

百姓たちは穏やかな顔で笑っていた。着古して薄くなった着物を重ね着して、汚れた足に草鞋の紐を括りつけ、周囲の景色を眺めつつ満ち足りた表情を浮かべている。陽に焼けた肌に皺が刻まれ、細められた目の奥が輝いていた。

まさか、そんなはずはない。あの騒動すべてが、ただ村を出るためだけの狂言であったなどということは……。

順平は自分の突飛な想像を嗤った。

しかし、つかんでいたと思っていたものが、指の間からわらわらとこぼれ散っていくような感じを覚えるのを止めようはなかった。

2

どこまでも平坦な土地いっぱいに田圃が広がっていた。すでに春の畝打ちも終わり、水を入れるばかりとなっている。田圃と空の間には、一筋の銀色の線が横たわり、その東方は朝焼けに染まっていた。

「海だぞっ」

一行の中の誰かが叫んだ。

みつは口を僅かに開いて、朝焼けの空と田圃を区切る光る筋を見つめた。

あれが海なのか。話に聞いていただけだが、なんと平らなのだろう。あの先はすべて水だというのか。

田圃から海まで、山なぞどこにもなかった。空がやたら広い。高い山々に囲まれた岩原の空とはなんという違いだ。

冷えこみの最も激しい夜明けにも拘わらず、肌に触れる空気も暖かだ。ここが、年に二度、米が穫れるというところなのだ。

何もかも違う。新しい場所、新しい土地。

ぞくぞくするような興奮が湧きあがってきた。

月と提灯の明かりを頼りに、夜を徹して険しい山道を歩きつづけてきたというのに、少しも疲れは感じてなかった。

生まれて初めて村を出たのだ。夜風の匂い、星空に黒々と影を落とす山容の違い、山から聞こえる獣の鳴き声すら、岩原とは別のものに思え、夢中になって歩を進めるうちに、いつか夜は明けはじめていた。

「この往還をまっすぐ行くと、城下に出るんじゃぞ」

十右衛門が愉快そうに、前方を示した。みつたちが脱してきた山系に沿って西に延びる道が続いている。田圃の中の一本道の先は、やがて海側からせりだしてきた山に挟まれ、朝まだきの薄闇に消えていた。

あの行く手に、城下がある。信八が住んでいるのだ。

信八に近づいていると思うと、胸がどきどきした。

狂乱してよかった。

みつは密かに思った。そんなこと、考えてはいけないとわかってはいたが、心の底の底を覗くと、狂乱を喜んでいる自分がいた。

最初こそ、朝、目覚めて、昨日は一日、狂乱していたと聞かされ、恥ずかしくてたまらなかったが、二、三日も過ぎると、それも薄れてしまった。なにしろ晴れ晴れして、気分がいいのだ。狂乱中のことは、ほとんど記憶にないが、強いていうなら、全身から溢れでる光の中に自分が消滅する感覚があった。正気に戻ると、ただすかっとしている。これが狂乱というならば、なんと心地よいものだろう。

しかも、狂乱するのは、みつ一人きりではなかった。他にも仲間がいるし、肉親の父もかつては狂乱していたと思うと、気が楽でもあった。

父やりく叔母もまた、狂乱中は、似たような心境だったのではないだろうか。口では、家族や村の衆に迷惑をかけて面目ない、などといっていたが、実は心の底では、ちっとも悪いとは思ってはいなかったことだろう。自分たちの与《あずか》り知らぬところで起きることなのだ。仕方ないのではないか。そう考えていたに違いない。その証拠に、娘が狂乱したと聞いて、夫に続いて、なんという不運だと嘆く母の横で、父はまるで同志を見つけたように、そっと微笑みを送ってきた。昨夕の旅立ちにあたっても、羨ましげな顔すらしていた。

一行の先頭を行く順平と忠助が、往還を逸れて、左手にあるこんもりした小さな山に向かって南へ下りはじめた。

「あれが五台山ぞ」

　みつの横を歩いていた寅蔵がいった。

「偉いお坊さまが、うちらのためにお祈りしてくれるがやとねぇ」

　紙漉職人の女房のしげの声には、どこか誇らしげな響きが混じっている。

「五台山のお坊さまいうたら、前に、若いお坊さまが、麓《ふもと》の鋳《い》掛屋《かけや》の娘と恋仲になって駆け落ちした話があったのおし」

　寅蔵が応じると、しげが「そうちや」と手を叩いた。

「岩原の国境を越えて、阿波に抜けたというぞね。讃岐国で捕まって、離ればなれに追放されたんじゃなかったかえ」

「うちの爺さんが、夕暮れ時に国境の山に消える二人を見たといいよったぞ。若い坊さまと娘じゃき、目についたらしい」と十右衛門も話に入ってきた。

　手に手を取って、山に消えていく若い男女。その姿が、みつの脳裏で、すみと山人に、それから自分と信八に重なった。

　みつはすでに背後になった往還を振り返った。あの先には、信八の住む城下があるというのに、そちらではなく、五台山に向かっているのが悔しかった。

　会いたい……。

いつか足取りはのろくなっていた。

「みっちゃん、どうしたんじゃ」

しんがりをついてきていた丑の声がした。

「ううん、なんでもない」

「疲れたんかえ」

「違う、違う」

みつは丑に笑いかけた。大人たちに混じって、幼馴染みの丑が一行にいることは心強かった。

気を取り直して、また足を速めた時、五台山のほうから、微かに、ごおおん、という鐘の音が流れてきた。明け六つの鐘だ。

「ありがたや」

十右衛門が手を合わせて拝んだと同時に、別の低い声が聞こえた。

――あたらしい……土地。

みつは驚いて、そちらを見た。十右衛門は殊勝に山のほうに手を合わせて、感にいったように呟いている。

「さすが五台山。鐘の音まで神々しいのおし」

さっきの声は空耳だったのだろうか。

ごぉぉんん、ごぉおおおん。

鐘は鳴りつづけている。その重々しい余韻の背後で、別の声がざわざわと聞こえてくる。

――やっと……やっと……着いた。

――おれらの……土地。

一行の者たちを見回したが、誰もそんなことをいっているようではない。しかし、声は確かに聞こえる。

――畑を拓こう……家を建てよう……。

みつの頭がくらくらした。

まるで周囲の者たちの体の中から聞こえてくるようだ。歓《よろこ》びと期待に溢れた生き生きとした声が。

――新しい……新しい……。

声は、みつ自身の中からも聞こえてくる。

何のことだろう。

足が止まりそうになった時、前を行く順平が叫んだ。

「田嶋寺《たじまでら》じゃ。みなの者、あそこで少し休憩するぞ」

五台山の手前に広がる田圃の中に、黒々とした杉林がこんもりと盛り上っていた。

3

ぎいいっ、ぎいいっ。

水を掻く櫂《かい》がこすれて、鈍い音を立てている。舟が穏やかな浦戸《うらど》湾の河口をゆっくりと横切っていくにつれて、緑に覆われた五台山が大きくなっていく。

松ヶ鼻の船着き場から出航した渡し舟には、乳呑み児に乳を与えている女や、世間話をしている商人らしい男連れ、手拭いで頬被りした荷運び人たちが乗っている。信八は船縁《ふなべり》に座り、潮風を受けつつ、近づいてくる五台山を眺めていた。

木々の間から屋根を覗かせる脇坊や門徒寺に囲まれるようにして、山頂の南面に五台山の本坊、金色院竹林寺がある。竹林寺と、高知城とは関係が深い。初代土佐藩主山内一豊《かずとよ》が城を築くにあたって、地鎮祭を執り行ったのは、竹林寺の律師、空鏡《くうきょう》だったし、新しい城に高知の名をつけたのもやはり空鏡だったといわれている。以後、山内家は竹林寺を手厚く庇護《ひご》してきた。四十年近く前に本堂を除いて焼失してしまったが、おかげで復興も早かった。

杉林の間から突きだした三重塔の九輪が、陽光を受けて金色に輝いている。信八の目指す五台山村は、五台山南参道の入口にある。城下からだと陸路より水路のほうが便利なので、岩原村の狂乱者の一行が到着するという今朝、渡し舟に乗ったのだった。

青く静かな波を湛《たた》えた浦戸湾を緑の山々が縁取っている。頭上では、白い鷗《かもめ》が飛んでいる。所用にかこつけての五台山訪問。いつもなら楽しめただろうが、信八は美しい景色も上の空で目に映しているだけだ。

鬼神は、すみを通して、何をこの世に伝えようとしたのか。

以前からの疑問が浮かび、同時に、みつの顔が蘇る。黒々とした一途《いちず》な瞳が、信八の胸に突き刺さる。数日来、ずっとこうだ。岩原村の騒動に考えを向けると、みつの顔がその狭間《はざま》に割りこんでくる。

信八は無理矢理、気持ちを集中した。

『まづ人は、生きてありし時の情《こころ》も、死《し》て神霊となりての情も違ふ事は有るまじければ、生きたるときの情もて、神霊となりての情をはかるべし』

円行寺村の実家に戻っていた時に読み耽っていた平田篤胤の『鬼神新論』の一節だ。この通りならば、岩御殿山で聞いた声、視た姿は、百姓たちの先祖の生きていた時の心が映しだされたものだったといえる。

岩原の地が拓かれる前、まだ木々に覆われた山林だった頃、彼の地に辿り着き、自分たちの土地に畑を拓くことを夢見た人々。

われらの土地、われらの畑。

人々は歓喜の内にそう叫んだのだ。

しかし、その土地は、畑はどうなったか。土地を切り拓いた者たちの子孫のものとなっただろうか。

村の百姓のほとんどは、年貢を納めて残った食べ物で飢えを凌ぎ、かつかつの暮しの中で働きつづけて死んでいく。村を治める地下役たちは、後代に住みついた武士の子孫だ。鎌倉武士だった小笠原家の先祖、都落ちして岩原に居を構えた貴族であった岡崎家の先祖。道番人を務める吉川家も、大庄屋の山本家もその先祖は武士だった。

百姓たちの土地は、武士のものとなってしまった。それは時代を経た今でも同じ、いや、もっと悪い。地下役の上に君臨するのは、自分たちのような役人。やはり武士だ。百姓たちの頭上に、武士は数々の階層を持って、どっしりと座りこんでいる。

平田篤胤はこうも記している。

『骨肉は朽ちて土と成れども、其霊《そのたま》は永く在りて、かく幽冥より、現人《うつしひと》の所為を、よく見聞居るをや』

祖霊が、生きていた時の心を持って、今の世を見たら、憤怒を感じることだろう。

祖霊は怒っている。

その怒りは、地下役に向けられる。さらにいえば、その矛先は、地下役を支配する信八のような役人へ、役人の上に君臨する藩主に……。

岩原村の憑き物騒動とは、藩政を根本から揺り動かす怒りの胎動だったのではないか。

鈍い衝撃があって、渡し舟が岸に着いた。五台山と、大畑山に挟まれ、下田川が湾に流れこむ手前の一角だ。

舟着き場の雁木《がんぎ》には、近隣の百姓たちが、穫れた作物を入れた籠《かご》や風呂敷包みを持って、到着を待ちかまえていた。これから城下に売りに行くのだろう。

船頭が舟を係留させたが、乗客たちは動かない。舟に乗っている者も、舟着き場で待っていた者も、ただ黙って、信八を見つめている。それで気がついた。

渡し舟に乗っている侍は、自分だけだったことに。みな、信八の下船を待っているのだ。

信八は腰を上げて、舟から下りた。やっと人々が動きだした。上陸した乗客たちと入れ違いに、百姓たちが乗りこんでくる。懐から渡し賃を大事そうに出して、船頭に渡している。

信八の目に、銭を渡す百姓の手が飛びこんできた。あかぎれでひび割れ、土のこびりついた黒い爪。そのまま視線は、陽に焼けた顔や、つぎの当たった粗末な着物に移った。

岩原村だけではない。百姓たちの人生は似たようなものなのだ。貧しい暮しの中で、黙々と働いている。

この百姓たちの先祖もまた、岩原と同じように、土地を拓いた人々だったことだろう。われらの土地、われらの畑。それが自分たちの新しい地であると信じて。

岩原の百姓の怒りは、どこでも同じではないか。岩原で狂乱騒動が起きたのは、鬼門に位置し、祖霊が出てきやすい場所だったからに過ぎないのかもしれない。

舟着き場を出ると、下田川沿いに五台山村の民家が並んでいる。五台山竹林寺参詣客をめあてにした茶屋も多く混じっている。

その茶屋の一軒で、庄屋の久保内壽平の家を尋ねると、すぐにわかった。山手に少し登ったところにある大きな屋敷だった。

立派な瓦屋根の長屋門をくぐって庭に入ると、藁葺屋根の大きな母屋が建っている。五台山の林を背後に漆喰造りの蔵があり、脇には納屋や牛小屋が並んでいた。五台山の南斜面と川との間の狭い土地に建てられているだけに、造りは岩原村の庄屋宅に似ていたが、平地に近いだけあって、ここでは陽光の強さと暖かさが優っていた。

母屋のほうに歩いていると、緊迫した声が聞こえてきた。

「勤学院の律師さまはまだおいでにならんのか。ちょっと様子を見に行ってくれ」

一人の男がばたばたと信八の横を駆け抜けていった。母屋の縁側では、羽織を着た小柄な老人が苛々と歩きまわっている。その前庭で手持ち無沙汰に座っている少年の姿を認めて、信八は叫んだ。

「丑っ」

丑はぱっと顔をほころばせて、信八のところに走り寄ってきた。

「藤崎さま、どうしてここに」

「岩原の衆が五台山に来ると聞いて、顔を出したんじゃが……」

「藤崎さまですかっ」

縁側にいた老人がしゃがれ声を上げた。

「野島さまから承っておりました。岩原村の者たちですが、大変なことになりましての」

庄屋の壽平らしかった。慌てて下駄を突っかけて信八の前にやってくると、いかにも弱りきった声で告げた。

「この近くの田嶋寺で休みよりましたところ、狂乱しはじめたと、付き添いの惣老さんから使いが来ましたんじゃ」

「おれが走ってきたんです」

丑が少し誇らしげに言い添えた。

「どんな様子なんじゃ」と、信八は丑に尋ねた。

「阿弥陀堂で騒いでいたのと同じですち。夜っぴて歩いてきたんで、寺の住職さんの出してくれた朝飯を食べて、ゆっくりしよったら、いつか四つ刻になってしもうて、またぞろ始まったがですけんど、もう放ってもおけんような騒ぎぶりで……」

「早速、高善院の了慶律師さまにご相談に行ったら、なんやらお忙しいようで、同じ山内にある勤学院の律師さまをお遣りになるといわれまして、今、そのお坊さまを待っておるところです」と、壽平が後を引き取って説明していたところに、門のところに袈裟《けさ》をつけた僧侶が現われた。

眉の太い精悍な顔つきをした男だ。背後には弟子らしい若い僧が一人、付き従っている。

壽平は信八に一礼すると、そちらに飛んでいった。律師は二、三言、壽平に何かいうと、すぐさま門を出ていった。田嶋寺に向かうつもりらしい。壽平は「藤崎さま。お先に参らせていただきますぞ」と声をかけると、家僕たちについてくるように命じて、僧侶の後に続いた。

信八も丑と一緒に庄屋の門から出ていった。律師は墨染めの衣の裾を翻し、ずんずんとすごい速さで、入り江沿いの道を東に歩いていく。遅れをとるまいと、壽平も家僕たちも小走りになっている。

五台山は真言宗の寺だ。この寺の律師というからには、かなりの修行を積んでいるのだろう。なかなかの健脚ぶりで飛ぶように進んでいく。あっという間に、老齢の壽平が遅れをとった。

「庄屋さん、わたしたちが急いで行ったたち、どうなるもんでもないです。ここは律師さまにお任せして、ゆっくりついていったらええんじゃないですろうか」

肩で息をしている老人に追いついたところで、信八は声をかけた。律師が行ったとて、狂乱が鎮まるという保証もなかったが、自分たちではなんともしようのないのは、よくわかっていた。

「そうですのぉ。憑き物の扱いは、五台山のお坊さまらぁはようご存知ですきにのぉ」

壽平は足を緩めた。その足取りは、信八や丑より遅いのだが、置き去りにもできないので、歩調を合わせることになった。

「五台山には、憑かれた者たちがよう来るのですか」

「まぁ、たまにですけんど。五、六年前には、村で突然、おかしゅうなってしもうた遍路がおりましての。あんまり暴れるんで、仕方のう犬みたいに首に縄つけて、了慶律師のところにお連れしたことがあります」

「それで、律師はどうなされたのか」

信八は興味をそそられて聞いた。

「遍路が高善院の玄関にうずくまったところに、律師さまはえらい剣幕で、妖魔畜生、速やかに逃走いたせと怒鳴りつけて、金剛杖《こんごうづえ》で式台をばんばん叩いたもんでございますわ。その遍路、縁の下に逃げこんだんですが、律師さまが金剛杖を振り回したら、最後には仰向けにすっ転んで気絶してしまいよりましたわ。後で正気に戻って故郷に戻っていったみたいですがの」

後ろで話を聞いていた丑が首を傾げた。

「みんなぁ、仰向けに転ぶがやなぁ」

「なんのことじゃ、丑」

「足軽隊が来た時、阿弥陀堂の境内で、おかしゅうなった村の者は、みな、仰向けに転んだがです。ほんでやっと正気に戻ったみたいやったけんど」

信八がみつと一緒に岩御殿山にいた時に起きたことだ。足軽隊に畏れ入って、狂乱者たちは正気に戻ったと、耳にしているだけだった。

「いったい、どうして仰向けに転んだんじゃ」

「それが不思議な話ながです。最初に、憑かれ方の弱かった者らぁが、十右衛門さんらぁ五人の者の背中に飛び乗っちゃぁ、ばたぁん、ばたぁん、いうて地面に仰向いて倒れていったがです。それが終わったら五人は背中になんぞ乗せる格好をして走りだして、岩原口番所の前に来たところで、また仰向けに倒れて、気絶してしもうたんです」

「ほう、遍路の時と同じじゃ」と、壽平が驚いたようにいった。

すでに五台山も大畑山も背後となり、民家の代わりに前方に田圃の広がりが見えてきていた。田圃の中にぽつんとある杉林のほうに、律師たちが急ぐのを眺めつつ、信八は「どういうことだろう……」と呟いた。

「弓叩きの吉太夫さんは、ありゃあ、憑いちょった霊をまず最初の五人の背中に戻したがじゃといいよりました」

「最初の五人とは誰のことだ」

「一等最初に、狗神に憑かれたと騒ぎだした者らぁです。吉太夫さんは、その五人に憑いた霊があちこち飛びちったきに、村の大勢がおかしゅうなったんじゃといいよりました。けんど足軽隊に怖じて、またもとのところに戻ることにした。ほんで、みんなぁの霊を背中に乗せた五人が走りだした。ところが、番所のところで憑いちょった霊が飛びたったもんで、倒れて気絶してしもうたんじゃろうと。けんど、どうも合点がいかんがです。憑いちょったんが阿波の古狸じゃったとしたら、なんで国境まで行かんと、番所の前で倒れたんですろうか」

岩原口番所は、氏神神社のすぐ下にある。岩御殿山を仰ぐ場所だ。五人の男がその前で仰向けに倒れた時、すみは山中で白い光を産みだしつつあった……。

信八の息が止まった。

村人に憑いていた霊は、岩御殿山に還ったのではないか。そここそ霊の出入りする場所、鬼門だから。そして、すみを通して、再び外に出てきた。もしかすると、狗神とも古狸とも名乗っていた霊は、すみの中で祖霊に吸収され、さらに強い形を取るようになったのではないか。だから信八は、祖霊の声と姿を視ることができたのかもしれない。

「吉太夫さんは、村の衆に憑いちょった霊は阿波に還っていったき、もう大丈夫じゃといいよったけんど、間違《まちご》うちょった。足軽隊が帰ったら、またぞろ狂乱が始まった。最初の五人だけじゃのうて、みっちゃんみたいにこれまで正気やった者まで……」

「みつじゃと」

信八が大声を出したので、丑はびっくりしたように口を閉じた。壽平も、きょとんとして信八を見つめている。

「みつがどうした。狂乱したというがか」

信八は立ち止まって、丑の肩を揺すった。

「は、はい。今、あのお寺で騒ぎよります」

信八は、杉林に向かって走りだした。

「藤崎さまぁ」

丑が壽平を残して追いかけてきたが、信八は足を緩めようとはしなかった。

杉林の入口の山門を抜けると、小さな寺があった。杉に囲まれた薄暗い境内では、岩原村の者たちが騒ぎ狂っていた。まわりでは、付き添いの順平や家僕たち、それに寺の住職や世話役らしい者たちがおろおろと立っている。本堂の戸が開かれて、中から読経の声が聞こえてくるのは、先に到着した勤学院の律師が祈禱しているからだろう。

みつはどこだと境内を眺めまわしていた信八は、狂乱者たちの叫びまわる言葉が、以前とは少し違っていることに気がついた。

「春になればと種を蒔き鍬は錆色とげとげ鎌の刃ぴりりりいい」

「しんどいしんどい汗もつれぞしんどいしんどいしんどいしんどい」

「畑はどこだ耕した土地はどこだらりらりどこに消えたぽっとらぽっとら」

意味不明の言葉が混じっているが、狂乱者が叫んでいるのは野良仕事のことだ。

「われらの土地、われらの畑っ」

頭上から野太い声が響いた。

そちらを見ると、堂の前の狛犬《こまいぬ》の背に、みつが立っていた。髪は解けて背中にかかり、着物は乱れて、赤い紐で前をなんとか縛っているだけだ。汚れた裸足のまま、口をかっと開いた狛犬の石像の上にすっくと立っている。

「みつ、降りてこい、みつっ」

信八は下から怒鳴ったが、みつはこちらを見ようともしない。

「われらの土地、われらの畑」

みつは野太い声で叫びつづける。幾つもの声がひとつになったような響きが、杉林に木霊《こだま》する。

狂乱者たちが騒ぐのをやめて、集まりだした。真ん中にいるのは、十右衛門だ。大狗神が憑いたといわれていた、最初の五人の一人。その十右衛門が、ついと地面に蹲った。

一人、また一人、狂乱者が次々と、鳥が羽ばたくように両手を広げて、十右衛門の背中に飛び乗り、ばたん、ばたんと仰向けに倒れはじめた。

「この前の時と同じじゃ。よかった、これで正気に戻りますろう」

いつの間にか追いついてきた丑が、信八の隣に来て囁いた。

境内が静かになったので、本堂から流れてくる読経がはっきりと聞こえる。仰向けに倒れた狂乱者たちは、すぐによろよろと起きあがり、ひとつところに集まって、へなへなと地面に座りこんだ。狂乱は去っているようだ。順平や家僕、寺の住職たちは、事態が鎮静しはじめたのにほっとしている。

しかし、信八は疑っていた。前回も、同じ経過で憑いていた霊は一度は岩御殿山に還ったが、また出てきたのだ。安心はできなかった。

それに、みつだけは、十右衛門の背中に飛び乗る者たちの中に入ってはいない。狛犬の背に立ったまま、じっと他の狂乱者たちを見下ろしている。

みつ以外の狂乱者たち全員が背中に飛びかかり終わると、十右衛門は立ちあがり、狛犬のほうに近づいていった。十右衛門の顔には薄ら笑いが浮かんでいる。

十右衛門の視線と、みつの視線がぶつかった。次の瞬間、みつがひらりと狛犬から飛び降りて、地面に這い蹲った。その背中に十右衛門が飛び乗り、弾かれたように地面に仰向けにどうと倒れた。

十右衛門に憑いていた霊を、みつに移したのだ。十右衛門だけではない。村の狂乱者に憑いていたすべての霊だ。

とんでもないことになりそうな予感に駆られて、信八はみつに向かって走りだした。

しかし辿り着くよりも早く、みつがすっと立ちあがった。両手を後ろに回し、背に何かを乗せた格好をして、山門に向かって疾走しはじめた。

「みつ、待てっ」

信八は後を追った。順平の叫び声がして、その家僕たちも続く。

みつは田嶋寺から飛びでると、田圃道を走りだした。なんという速さだろう。背に何かを担ぐ格好をしたまま、疾風の如く五台山に向かっている。

信八は必死で、みつを追いかけた。順平の家僕たちが次第に遅れをとりはじめる。

五台山村に入ると、みつは山手に方向を変え、五台山に向かう南参道に飛びこんでいった。昼なお暗い杉林の中を大きくくねりつつ参道が続いている。昔から、白馬の首が飛んだり、天狗が通る者の生き肝を取るなどという奇怪な噂のある大曲りと呼ばれる小径を、みつはまるで通り慣れた道でもあるかのように、戸惑う素振りもなくひた走る。険しい坂道を全速力で駆けていくのに、その足取りは緩む気配もない。

一方、信八の息が上がってきた。みつとの間がどんどん開いてくる。やがて、みつの姿を杉林の薄暗がりの奥に見失ってしまった。

やっとのことで南参道を登りきると、五台山の石段の前に出た。木立の間に、脇坊が並んでいる。一際、大きな寺が本坊の竹林寺だ。あたりには、みつの姿はないが、ここまで来たからには、竹林寺を目指したに違いないと、信八は仁王門をくぐった。

その先にもまた幅広い石段が続いている。その石段も登りきって中門を抜けると、ぱっと視界が開けた。柿葺《こけらぶき》の本堂の前には、参詣人の姿がちらほらとしていた。四国遍路の札所だけに白装束の遍路も混じっている。しかし、いつもの寺の静寂な空気は揺れていた。人々は境内のあちこちに集まって、不安な顔をしてざわざわと話している。参詣人たちが指さしたり、見つめたりしているのは、本堂の左奥の一段高いところにある三重塔のほうだ。そちらから人の騒ぐ声もしている。墨染めの衣を着た僧たちが慌てふためいて、三重塔に続く石段を駆け上がっていく。信八もそちらに急いだ。

三重塔は山頂の見晴らしのいいところにある。いつもは閉められている朱塗りの板唐戸《いたからど》は乱暴に開かれていた。

「体当たりして、戸を破ったぞ」

「なんて力だ」

「あの娘を止めろっ」

塔の前で、僧たちが中を指さして叫んでいた。信八は薄暗い塔内に飛びこんだ。仏殿の裏に回ると、梯子《はしご》がついている。頭上からは、どたばたと梯子を踏む音がしている。連子窓《れんじまど》から射しこむ光に、黒い人影がふたつ、もつれるようにして登っているのが見えた。後ろのほうにいるのは、止めようとしている僧侶だろう。信八が梯子に手をかけた時、「うわわわあっ」という悲鳴が起きて、頭上から黒い影が降ってきた。

みつに突き飛ばされて落ちたらしい。板の間にしたたか打ちつけられ、呻き声を上げている僧侶をそのままにして、信八は草履を脱ぎ棄てると、梯子を登りはじめた。

「みつ、やめろ、降りてこいっ」

下から怒鳴ったが、返事はない。ぎしぎしと梯子のきしむ音が返ってくるだけだ。

三重塔の上の層に登ると、天井が低くなり、柱も梁《はり》も剝きだしとなった。床板もないので、梯子を上がっていくみつが見える。片手を背に当てたまま、もう片手で梯子をつかんで登っている。片手を上の梯子に移す時に肩で体を支えるので、全身が左右に揺れ、まるで尺取り虫がずるずると這いあがっていくようだ。それでも、登る速さはかなりのもので、すでに三層目に達していた。

「みつ、みつっ」

声の限りに叫びつつ、信八は後に続いた。

最上階まで来ると、風が吹きすさんでいた。梯子にしがみついたまま、信八はみつの姿を捜した。

連子窓のひとつが開けられているのに気がついて、そちらに這い進んでいった。

窓の外に身を乗りだすと、三間四方の塔の周囲を高欄《こうらん》が取り囲んでいる。そこから浦戸湾がよく見晴らせた。入り組んだ緑の半島に囲まれた碧色の湾に、舟の白い帆が浮かんでいる。湾を隔てて右のほうに城下町が広がり、その中央には高知城の天守閣が聳えている。

みつは二層目の屋根の鬼瓦《おにがわら》の上に立っていた。屋根から下がった幾つもの風鐸《ふうたく》が、風を受けてりんりんりんと騒がしく鳴っている。解けた髪も着物もばたばたと翻っている。その体は風とともに揺れ、今にも落ちてしまいそうだ。

信八は高欄を乗り越えて、屋根に足を踏みだした。眼下には、五台山の寺域が小さく見える。僧侶や参詣者たちが、こちらを指さして大声を上げている。

「みつ、こっちに来るんだっ」

信八は四つん這いになって、勾配のついた屋根をじりじりと降りていきながら怒鳴った。

みつがゆっくりと振り返った。

黒々としていた瞳の色は薄くなり、目はどこを見ているかわからない。顔に表情はなく、仮面を被ったようだ。

みつは信八が目に入らないようだった。また前を向くと、叫んだ。

「われらの土地、われらの畑」

それはみつの声ではない。大勢の者たちの集まった声。歓喜と期待の籠った声だ。それは、みつの全身から発せられているようだった。

「われらの土地、われらの畑」

声に包まれ、みつの全身が白く輝きはじめた。みつの前には、浦戸湾が、高知の城下が、その背後に連なる土佐藩の山々が広がっている。そのすべてを抱きこむように、みつは両手を広げた。

飛び降りるつもりだ。

信八が思わず立ちあがり、みつのほうに駆け寄ろうとした時だった。

「みつっ」

どよめきのような声が響き、白い輝きがぱっと宙に飛びだした。跳躍の踏み台にされたかのように、みつの体は後ろにのけぞり、信八に仰向けに倒れかかってきた。信八はみつの体を片手で抱きしめ、もう片手で高欄の手すりをつかんだ。足許が滑り、瓦が二、三枚、転げ落ちていった。

仰向けになった信八の目に、白い輝きが音のない花火のように宙で爆発するのが映った。その光は四方八方、空に広がっていく。

——われらの土地、われらの畑。

光の中で、希望と歓喜の声が渦巻いている。頭の中にわんわんと木霊して、気が遠くなりそうだ。

これは怒りの声ではない。歓びの声だ。

高欄を握りしめたまま、信八は呆然としていた。

自分は間違っていた。

祖霊は怒ってなぞいない。生きていた時と同じ心を表しているだけだ。

祖霊の歓喜と希望に満ちた声は、力なのだ。未来に広がっていく力。それをどう受け止めるかは、人次第だ。百姓たちの狂乱すら、百姓たちにとっては歓喜と希望の爆発だったかもしれない。それを憑き物だと呼んだのは、人の心だった。

白い光が早春の陽光に溶けていく。風に乗って、光の残滓が城下へ、海へ、山へと広がっている。岩原の山奥から、鬼門から出てきた祖霊の声が、土佐藩全体に広がっていく。もしかして、それは国境を越えて日本の津々浦々にまでも及んでいくかもしれない。

――われらの土地、われらの畑。

歓喜と希望に満ちて叫んだ先祖たちの心は、この国のどこにも生きているから。

気を失ったみつが、信八の腕の中で、呻き声を洩らした。みつはゆっくりと目を開き、信八を見上げた。その顔に微笑みが広がっていく。

「藤崎さま……会いたかった……」

その目はちゃんと信八を見つめていた。その声は、みつ自身の声だった。

「おれもじゃ、みつ、おれも……」

信八は、みつを強く抱きしめて呟いた。

4

教授館の書庫の控えの間に顔を出すと、文吉は書物を片付けているところだった。障子窓を開け放ち、綿埃の舞う中で、襷がけして立ち働いている。おかげで、畳の上や文机に積み重ねられていた書物が、すっきりと姿を消していた。

「おめでとう」

馬三郎が声をかけると、文吉は照れた顔をした。

「早耳じゃのお」

「南会所におったら、藩の人事のことなぞ、すぐ聞こえてくるちや」

馬三郎は控えの間に入っていった。

文吉が、大目付管轄の下横目の役に任命されたと耳にしたのは、つい今朝のことだ。このところの人減らしで同輩たちが奉行所を去ることが多い中、めでたい話だった。親しい友である文吉の任官ときては、尚更だ。郡奉行所の勤めを終えるや、その足で馬三郎はお祝いをいいに立ち寄ったのだった。

「わしみたいな者に任官の誘いが来るとは、藩もおこぜ組の処罰が行きすぎて、人手が足りんようになってしもうたんじゃろ」

　手にしていた書物を傍らに置き、馬三郎と向かいあって座ると、文吉は謙遜していった。

「御者の博識が、これからの藩政には必要じゃとやっとわかったんじゃ。いや、よかった、よかった」

　下横目の職禄が貰えるようになれば、文吉の暮し向きも楽になる。馬三郎は我が事のように喜んでいた。

「これからの藩政……のう」と、文吉は意味ありげに馬三郎の言葉を繰り返してから、ふと話題を変えた。

「ところで岩原村の一件は、足軽隊派遣以来、鎮まったのか」

　馬三郎の顔が曇った。

「まあ、一応……というか」

　文吉は、何だ、と尋ねるように首を傾けた。馬三郎は、足軽隊派遣の後も、まだちらほら不穏な気配を見せる狂乱者がいて、五台山の了慶律師に加持祈禱をしてもらうために連れていったことを話した。

「ところが、廿枝《はたえだ》村の田嶋寺で休みよったところで、またぞろおかしゅうなっての。勤学院の律師が一応、鎮めたけんど、念のため竹林寺でも二日間祈禱してもろうて戻っていったんじゃ。四、五日ほどして、所用で郡奉行所に来ておった大庄屋が顔を出して、村人はすっかり落ち着いて、狗神持ちといわれた長丞という百姓とも、仲睦まじゅうやりゆうとはいいよったが」

「ほいたら、鎮まったようなもんじゃないか」

「まぁのお……」

實蔵の言葉を、馬三郎はあまり信じてはいなかった。百姓たちの心の底の底はわからない。長丞と仲睦まじくしているといっても、以前だって、表向きは仲良くしていたはずなのだ。同様に、狂乱がおさまったというのも、まだ半信半疑だ。

「数日前、竹林寺に花見に行ったついでに、岩原村の者どもが加持祈禱してもらいたがっちょった了慶律師を訪れたんじゃ。田嶋寺で村人が狂乱した時に、なぜ律師自身ではなく、勤学院の律師を遣わしたのか不審での。すると了慶律師は、自分が赴いても、勤学院の律師が行っても同じことだったとおっしゃるんじゃ。通常の家内安全、息災延命を願うのとは訳が違い、あれほどの邪気を払うためには、藩の御威光を借りるしかなく、うまく鎮静したのは、そのおかげだとの。ということは、足軽隊の派遣では、藩の御威光は見せつけることができんかったということになる。なんとも、すっきりせん気分じゃ」

馬三郎は、やれやれ、という気分で、あぐらをかいた膝を両手で叩いた。

文吉の顔に皮肉な笑みが浮かんだ。

「藩の御威光も、幕府の御威光も、だんだん薄れてきゆう時代じゃよ」

「おいおい、そんなこというてええかや」

文吉の大胆な発言に、馬三郎は思わずあたりを見回した。一日の講義も終わった教授館に人気はほとんどないが、藩や幕府を貶《けな》す言葉を誰が聞いているとも限らない。

しかし、文吉は意に介してはいないようだった。

「こんなこと、わしだけじゃのうて、誰もがいいゆうし、誰もが思いゆうことじゃ」と身を乗りだして、文机に残っていた書物を取りあげた。『緇覧委細《はらいせ》』と書かれている。読んだことはないが、それが国学者鹿持雅澄の著作だとは、馬三郎も知っていた。文吉は、その書物に挟まれた文書を取りだして、馬三郎に差しだした。

一読して、馬三郎は愕然とした。

昨今の我が藩は国政の動揺を映して、人心は不安に陥っている。万国の大君である天皇命《すめらみこと》の命に従い、人心を直《すぐ》く正しくしなくてはならないのに、幕府の役人は耳を傾けず、国も藩も混乱のままに置いている。このような幕府の役人は征伐すべきである、という主張が述べられていた。署名はないが、藩士間で回覧させる目的で書かれたもののようだった。

「こんなものが出回りゆうがか……」

「異国の脅威、国政の混乱、庶民の窮乏。それらが幕府に対する不満となって出てきゆう。これから大きな波がこの国に湧き起こる予感がする。侍も百姓も商人も、誰もその波から逃れることはできんのじゃないかと思う」

「おいおい、治安を護るお役目の下横目に仕官する御者がそんな物騒なことをいうたらいかんじゃろう」

馬三郎は冗談に誤魔化して、文吉に文書を戻した。文吉は、それをまた書物の間に挟むと、懐に押しこんだ。その本は、教授館の所蔵ではなく、私物のようだった。そして、襷を解いて、窓の障子戸を閉めた。

「わしも今日の仕事はお終《しま》いじゃや。どうじゃ、居酒屋ででも、一杯、やっていくか」

馬三郎は、先ほどの物騒な話題から逃れることができるので、ほっとした。

「そうじゃな。御者の仕官の祝杯でも挙げろう」

文吉と馬三郎は連れだって教授館を出ていった。すでにあたりは宵闇に包まれはじめている。教授館の門を出て、追手筋《おうてすじ》を通り、大きな武家屋敷の並ぶ郭中《かちゅう》から外堀を渡って下町に入っていくと、夕餉の仕度の匂いが漂ってきた。風呂敷を背負った行商人も、荷車を牛に曳《ひ》かせた運び人も家を目指して、疲れたように歩いている。商家は暖簾《のれん》を仕舞っているところで、裏通りからは、家に戻るようにと、子供を呼ぶ母親の声が響いている。

頬被りした百姓らしい男が二人、炭でも運んでの帰りか、空の炭俵を背負子《しょいこ》に括りつけて戻っていくのに目を遣って、文吉が聞いた。

「ところで、岩原村の百姓どもの呑んだ酒はわかったか」

一瞬の後、狂乱の原因を意味していることを思い出して、馬三郎はかぶりを振った。

「足軽隊と一緒に、一日二日、村に滞在したち、わかるはずもないわ」

文吉は何もいわずに、そのまま足を進めていたが、行きつけの居酒屋が見えてきた頃、またぽつりと口を開いた。

「その酒とやら、百姓ばかりでのうて、今に、この国の誰もかれもが呑むことになるかもしれんの」

「まさか、みなが狂乱するわけでもなかろう」

馬三郎は驚きを笑いに紛らせて答えた。

文吉も少し笑った。

「いやいや、存外、神代の物語を謡って舞うことになるかもしれん。それを憑き物と見るか、変革と見るか。狗神や古狸というか……それとも尊皇と呼ぶか。血気に逸《はや》る志士たちが狂乱する時代が来るやもしれん」

文吉のどこか楽しげな物言いは、馬三郎を不安にさせた。

「まるで、狂乱を求めゆうみたいじゃの」

「今の世には狂うことこそ必要なんじゃ。世を変えるには、それだけの力がな。狂乱を呼ぶのは、先祖の力じゃ。先祖を知り、礼拝することで、われらの道が教えられる」

しかし、その先祖の意向を間違って受け取ったら、どうなるのだ。我々はとんでもないところに連れ去られてしまうのではないか。

しかし、馬三郎が疑念を形にする言葉を探しているうちに、文吉は居酒屋に消えた。

「升酒、ふたつ貰うぞ」と、店の主にかける声が聞こえてきた。

終章

沓脱ぎ石を囲む野に、紋白蝶《もんしろちょう》が舞っていた。枯れ草の間から、青々とした若草が伸びはじめている。

春だ。

坂道を登ってきたみつは、ぽかぽかとした陽射しを浴びるように、顔を天に向けた。

五台山から戻ってきて一月が過ぎた。その時、狂乱して、竹林寺の三重塔に登ったといわれて驚いたが、まったく記憶になかった。信八に助けられて、塔から下ろされたということも、覚えてはいなかった。夢の中で、信八に抱かれた気がしたが、それも定かではない。みつが気を取り戻した時は、竹林寺の堂に寝かされていて、信八はいなくなっていた。

しかし、信八は自分を三重塔から助けおろしてくれたのだ。みつは幸せな気分でいっぱいになって、一行と共に村に戻ってきた。

信八に会いたいという気持ちが消えたわけではない。しかし、武士と百姓の娘。会って、どうなるというのだ。夢の中で抱かれたということだけで、みつは満足だった。

村の暮しは平常を取り戻した。春の温もりに癒されたかのように、毎日、繰り返されていた狂乱騒ぎはなくなった。村人たちは畑を耕し、種を蒔き、山菜を採りに野山に出かけ、山の木を伐って焼畑の準備を始めている。それでも、どこか以前とは違ってしまった感じがする。

父は妙に饒舌になった。以前なら内に呑みこんでいた考えを、口にするようになった。今の暮しに対する不満が多い。寅蔵は代わりに無口になった。道で会っても、何か考えこむように、地面の一点を見つめて歩いている。時々、十右衛門の家に行って、遅くまで話しこんでいる。りく叔母は、頭がおかしくなったと噂されている。お歯黒をつけるのもやめてしまい、身なりもだらしなくなり、始終、郷助叔父と口喧嘩している。そんな両親の喧嘩を、すみはおもしろがって、みつの前で再現してくれる。以前より一層、すみの言動はあけすけになっている。

そして、みつ自身もどこか変わったと思う。

みなと一緒に村に戻ってきてから、狂乱はしていない。狂乱が去るとともに、心のどこかがぽかんと抜けた感じがあった。しかし、抜けた空洞に、何かが芽生えていた。それが何であるかは、みつ自身にはわからなかったとはいえ。

沓脱ぎ石のところで、みつはしばし立ち止まった。

ここで恋する相手を待っていたすみのことを想った。

すみは、山人のことはすっかり忘れたように、今は村の熊市という男と恋仲だ。阿弥陀堂の境内で、毎日のように会っている。

みつはまた歩きだした。

岩御殿山の登り口が近づいてくる。太陽は頭上高くに昇り、四つ刻に近づきつつあった。

毎日、四つ刻になると、みつは山人の姿を求めて、岩御殿山に登る。

一昨日も、昨日も、その姿はなかった。

しかし、きっといつか現われると信じている。

山文を貰ったのだ。彼岸の日、見知らぬ男が届けてくれた。和紙にくるんだ中に、松の小枝が四本と、灰色の岩のかけらがひとつ入っていた。男は遠くからやってきたらしく、草鞋の紐は切れかけ、足は土埃にまみれていた。使いの者は、みつであることを確認すると、手の中に包みを押しつけて、何もいわずに去っていった。

四つ刻、待つ。岩御殿山。

その山文の謎解きが当たっているかどうかはわからない。山人から来た山文かどうかもわからない。どうして、山人に会いたいのかもわからない。

それでも、みつは四つ刻になると、岩御殿山に登っていく。少し息を切らせて、薄暗い小径を辿り、社に着いた。

社には、瑞々《みずみず》しい榊が飾られ、野苺《のいちご》が供えられている。長丞は今も変わりなく氏神を祀りつづけているのだ。

なんということもなく、その前で手を合わせて立ちあがった時、背後に人の気配がした。

振り返ると、信八が立っていた。

驚きに、声も出ない。それでも、みつは、心の底の底で、知っていた。そこに、いつか信八が現われるだろうことを。

信八も少し違って見えた。生き生きとした表情で、白い歯を覗かせて笑っている。岩原村にいた時の信八は、いつもどこかしゃちほこばっていたのに、今は硬いところが取れている。

気がつくと、腰には刀が差されていない。信八は、自分の左腰を叩いた。

「お役御免を申し出て、赦されたんだ。今は浪人の身よ」

信八は照れたようにいった。

みつは頷いただけだった。胸がいっぱいで、どんな言葉も出てこなかった。

信八は、みつに少し近づいた。

「これから田舎の村に戻って、郷士として野良仕事でもして生きていくつもりじゃ」

みつはやはり頷いた。頭がぼんやりして、何も考えられなかった。狂乱する前みたいだと思い、それから、みつはくすりと笑った。全身を縛っていたものが解けた。

「お百姓になるがですか」

「まぁ、そうだな」

信八はちょっと地面を見下ろして、それから意を決したように顔を上げた。

「貧乏郷士でしかないけんど……俺と一緒に畑を耕さんか」

その言葉の意味が心に滲みこんでくると同時に、みつの目に涙が溢れてきた。

東のほうから風が吹いてきた。風は、若葉の香りでいっぱいだ。

附記

この小説を書くにあたって、歴史家公文豪氏、及び大豊町史談会会長徳弘秀綱氏に大変お世話になった。ことに徳弘氏は岩原に何度も足を運び、古老に話を聞き、今ではほとんど忘れられた土地の記憶を掘り起こし、伝えてくださった。

また、徳弘氏の貸してくださった『岩原遺聞録草稿』は、村人の立場からの歴史が書かれていて、非常に興味深いものだった。これは、岩原神社の社掌、岡崎常盤が大正四年に綴った手書きの書である。岡崎常盤は当時五十四歳。『豊永郷奇怪略記』に出てくる氏神神社の神主、岡崎長門の孫にあたる。

神社の記録や村の古老の話を集めて綴ったという草稿の中、岩原神社境内、吉田神社の由来に関連して、狗神憑きの事件が紹介されていた。昭和四十九年発行の大豊町史においても無視されている『豊永郷奇怪略記』の事件が、地元の資料にも残っていたのだと喜んだのも束の間、一読して、はなはだ困惑してしまった。

年代が違うのだ。『岩原遺聞録草稿』では、事件の起きたのは、弘化元年から七年後の嘉永四（一八五一）年の八月頃となっている。『精神病者が漸次蔓延して同年十一月末には三十余名に達したる』と記述されている。彼らは『長之丞犬神なりと称して同人方に乱入して家人に危害を加へんと』して村は大騒ぎとなり、翌嘉永五年一月、郡奉行所より、松ヶ鼻の稲荷宮神官久武出羽、西村若狭、竹林寺の律師、国分寺の住持、豊楽《ぶらく》寺の住職、定福寺の住職が派遣され、一月十八日から二十四日までの七日間、邪気退散の祈禱を執行。祈禱結願《けちがん》の日には、『足軽三十余人郷士十余人来たりて小銃数百発を乱発して威嚇を加ふる等種々の方法手段を尽く』したと書かれている。

時期は異なっているが、この嘉永四年から五年にかけての騒動は、『豊永郷奇怪略記』と同様の経過を辿っている。しかし、祈禱に携わった人々は微妙に違う。祈禱を執行した稲荷宮の神官は、久武山城から久武出羽に代わっているし、高知市内にある竹林寺の律師や、南国市にある国分寺住持、さらに同じ豊永郷内の豊楽寺の住職は『豊永郷奇怪略記』には出てこない人物たちだ。さらに、『岩原遺聞録草稿』では、足軽隊の派遣も効をなさなかったので、その後、引き続き、岡崎長門の養子、岡崎一学が一月二十五日から二月十四日まで祈禱をしたこと、しかし、それでも人々の狂乱は鎮まらないので、長門が京都に赴き、吉田神社で十七日間の祈禱をし、神霊を勧請して三月十二日に帰宅。十三日から十五日までの三日間、御鎮座奉祝祭を行い、さらに三月十六日からの十五日間、長門、一学の親子で邪気退散の祈禱を行った末に、ようやく四十余人の乱心者たちは鎮まったという。そしてここでも、乱心の原因は狗神ではなく古狸のせいで、近隣のあちこちで狸の死骸が見つかったと報せが来たので、一学が見に行ったという後日譚が付け加えられている。

これらの年代、事件経過の齟齬《そご》はどういうことだろうか。

『豊永郷奇怪略記』の著者野島通玄が、事件のあった年を間違えたというのは、ありそうもない。追記には、以前の手紙を参照して書いたと記しているし、郡奉行所の役人であったのだから事件年には気を配っていただろう。というのも、事件のあった一八四四年が、弘化元年に改められたのは、この年の十二月二日。岩原村での狂乱騒ぎが勃発した一月の段階では、まだ天保十五年だった。当時の手紙も、すべて天保十五年の日付が入っていたはずだ。しかし、『豊永郷奇怪略記』では、事件が起きた年は弘化元年になっている。事件の七年後に野島通玄が手紙を筆写した時、天保十五年を当時の常識となっていた弘化元年に書き改めたのだろう。それだけの手間をかけたのだから、年代には配慮していたはずだ（因みに、この小説では、『豊永郷奇怪略記』の記述に従って、すべて弘化元年で通している）。では、『岩原遺聞録草稿』が事件年を間違ったのかというと、そちらも簡単には頷けない。『岩原遺聞録草稿』の筆者、岡崎常盤の生年は、文久元（一八六一）年。常盤の物心つく時まで、祖父長門が生存していたかどうかはわからない。しかし、常盤は、父一学の語る嘉永年間の狗神憑き騒動の話を実際に耳にして育ったことだろう。また、常盤は執筆時、岩原神社の記録を参照したらしく、祈禱に加わった僧侶、神官の名、日付や日数は、具体的である。なにより、嘉永年間の狂乱事件の決着の証《あかし》として京都より勧請された吉田神社は、岩原神社境内に確かに存在するし、明治時代に書かれた『神社明細帳』には、当神社が『嘉永五年、邪気退散のために、京都吉田神社より勧請』と明記されている。

嘉永年間に起きた事件が、単に弘化元年の事件の間違いだったというには、疑問が残る。

徳弘氏の話によると、村の古老は、集落からずいぶんと離れた山の下方を通る道を指さして、「足軽隊はあそこから鉄砲を放ちながら近づいていったと」と教えてくれたという。『豊永郷奇怪略記』では、足軽たちは阿弥陀堂の境内に入るまで、狂乱者たちを刺激しないようにこっそりと近づいていったと書かれている。これが事実ならば、山の下方の道で発砲したはずはない。藩の出来事の記載された山内家史料には、弘化元年の派遣しか出てこないが、もしかしたら、二度に亘る足軽隊の派遣があったかもしれない。

『岩原遺聞録草稿』における嘉永年間の事件の記述は、弘化元年の記憶と混同されて伝えられた部分は大きいかもしれない。しかし、弘化元年から七年後、再び岩原村で狗神憑き騒ぎが起きたのではないかと、私は推測している。

野島通玄が、土佐西部の赴任先、中村の官邸で『豊永郷奇怪略記』を書いたのは、嘉永六年。もしかしたら、嘉永四年から五年にかけて再び起きた岩原村での狗神憑き騒ぎを耳にして、自分の関わった事件を書き記す必要を感じたのかもしれない。

いずれにしろ、弘化元年、嘉永年間の事件を記した他の資料は見あたらず、真相は闇に包まれている。

現在の岩原は、過疎化の進む静かな山間の村だ。土讃線と吉野川を見下ろす山の高みに建てられた家々の多くは雨戸をたてられ、無人となり、昼間に訪れてもひっそりしている。段々畑には三椏《みつまた》や茶が植えられ、家の庭には誰も穫らなくなった蜜柑や柚がたわわに実っていたりする。戦後にできたアスファルト道の道端に、小笠原順平やその一族の墓が固まるようにまとめられ、道の蛇行を断ち切るように、険しい石段や石垣を築いた小径など、かつての村人の生活道がうっすらと残っているばかりだ。

参考文献

『土佐藩』平尾道雄　吉川弘文館
『高知県の歴史』山本大　山川出版社
『鬼神論―神と祭祀のディスクール』子安宣邦　白澤社発行　現代書館発売
『憑依の視座』川村邦光　青弓社
『エクソシストとの対話』島村菜津　小学館

解説

島村菜津

〝わたしは顔をさがしているの
この世が造られる前の顔を〟

イェイツ（訳文は『図説 月の文化誌』片柳佐智子訳より）

今もまだ、あるだろうか。
その昔、フィレンツェのアルノ川沿いの静かな一角に、それは粋な『ゾエ』という名のバールがあった。週末の夜ともなると、店には町中の気のきいた若者たちがやってきて、グラスワインやカクテルを片手に、明け方までわいわい盛り上がるのだった。私は、そのゾエという謎めいた名の響きが好きだった。

それは、ギリシャ語の生命という言葉に由来する。

古代ギリシャの哲学者たちは、生命というものには、二つあると考えていたという。その一つは、生物学、ビオロジーの語源にもなったビオス。だが、このビオスは、個々の、限りある生命のことである。

古代ギリシャ人は、個というものを超えた根源的で、永遠に続く生命というものがあると考え、これをゾエと呼んだ。

さらに、その二つの生命は、ある特別な機会にだけ、つながったり、行き来することができる。たとえば、死といったものもそうした機会の一つである。

思うに、古来世界中で大事にされてきた宗教的な儀式や様々なオカルトめいた現象には、多かれ少なかれ、その母なる生命と一体化したいという人類の切望と祈りが潜んでいる。

高知県の山村の憑《つ》きもの騒動に材をとったこの『狂』という小説が掲げるテーマも、そうした壮大にして、深淵なものである。ホラーの名手でもある作家が、このグロテスクな憑依《ひょうい》という現象を扱いながらも、全体として、逞しい生命力の漲《みなぎ》る光と救済の物語に仕上げていることに、おそらく肩透かしを喰らったと感じる愛読者もいることだろうが、そこが、むしろ、この作品の新しさなのだ。

しかも覚書さえ、手の凝った創作かと勘繰る読者も多かろうが、物語は、１８４０年半ば、高知県の山村で実際に起きた集団狗神憑き事件をモデルにしている。ここで紹介される『冨永郷奇怪略記』などすべての文献は実在すれば、顚末を見届け、これにある種の畏《おそ》れを抱きつつ記した役人、野島馬三郎も実在の人物である。つまり、かなり忠実に騒動を再現しつつも、人が何者かに憑かれるとはいかなる現象なのかを考察した稀有な作品である。

憑きものといえば、西洋にも、ヴァチカンに公認されたエクソシストと呼ばれる悪魔祓いを行う司祭が存在する。聖書にキリストの数々の悪魔祓いをはじめ、「鎖は引きちぎり、足枷は砕いてしまい」といった夥《おびただ》しい悪魔憑きの逸話が登場することもあり、4世紀半ばには、すでにエクソシストの肩書きが登場する。ところが、中世から16世紀をピークとして、悪魔憑きと呼ばれた人々を魔女狩りの名のもとに迫害、多くの人が拷問を受け、火刑に処せられた。その悪夢の時代のトラウマを抱えたカトリック教会が、戦後、近代化の道を歩むにあたって、エクソシズムの儀式は、悪魔憑きという現象をめぐる議論とともに、〝古き迷信〟として闇に葬られ、ごく最近まで神学校でも語られることはなかった。

ところが、この30年、イタリアでは、そのエクソシストが10倍に増え、現在は３００人近くが活躍し、カトリックが近年、勢力を伸ばす中南米やアフリカでも、じわじわとその数が増えている。70年代の古典的映画『エクソシスト』（ウィリアム・フリードキン監督）の成功以来、憑依ものはハリウッドの映画でも定番の一つだが、この春には、ローマにエクソシスト修行に出かけた実在のアメリカ人司祭の物語が、アンソニー・ホプキンス主演で公開される。西洋では、憑依という現象は、過去の遺物ではなく、つとめて現代的なテーマなのである。

　ならば、日本ではどうか。実は、１９９５年、福島県では、ある新興宗教の信者たちが、キツネ憑きと判断された信者たち６人を死に至らしめるという事件が起きている。２００８年、主犯格の女教祖には死刑判決が下った。こちらもまた、現在進行形なのである。

　この東洋のキツネ憑きや物《もの》の怪《け》を、西洋の悪魔憑きと異質なものとして比較を避ける向きもある。しかし、私には、西も東も、憑依という現象の根底にあるものは共通しているように思える。

　この小説で描かれた狗神憑きは、西日本を中心に残る現象で、日本では古来、憑依する動物としては、キツネの次に狗神が多く、その後に蛇、猫と続く。が、それらは何かと言えば、これが実に曖昧模糊《あいまいもこ》としている。

　たとえば、『今昔物語』には、文徳天皇の女御、染殿后《そめどののきさき》が物の怪に悩まされ、高僧にお祓いをうけるという話がある。その高僧が、染殿后に祈禱をすると、突然、そばにいた侍女が暴れだし、泣き喚き始める。このとき、侍女の懐から正体を現すのは、キツネである。

の総称らしい。
日本の物の怪というものは、どうも、死霊や生霊、キツネなどを含めた目に見えない存在

一方、悪魔という存在も、その輪郭は捉えどころがない。ハリウッド映画が飽きもせずに具現化する角が生え、毛深く、黒い翼に燃える獣のような眼の悪魔像は、カトリックが、長い歴史の中で異教の偶像として退けてきたアニミスティックな神々の残像に過ぎない。

また、神学的には堕天使とされているが、現役のエクソシストたちによれば、悪魔とは、人間に何らかの影響を及ぼしうる、目に見えない霊的存在だという。唯一の存在でもない。彼らの中には悪霊や死霊の憑依を仄《ほの》めかす司祭もいる。

しかも西洋にも、ヘビやクモの憑依する世界もある。たとえば、南イタリア各地に残るタランテッラの踊りは、そもそも、手のひらほどのクモ、タランチュラに刺された人が、その毒のせいで狂ったように踊り出し、これを音楽によって癒すという呪術的儀式だった。ところが、実際、この地方に棲息するクモには毒はなく、地元の農民たちは、このクモを「悲しみと無口のクモ」、「水のクモ」などと呼んでいたという。嚙まれた人の中には、ひどい痙攣《けいれん》状態になり、背を反ってクモのような奇妙な動きをする者もいる。それは、いわゆる「悪魔憑き」と言われる人が見せるグロテスクな変容に酷似している。

民俗学者エルネスト・デ・マルティーノ（1908〜1965年）は、南部の貧しい農村

地帯に多くみられるタランティズムを、社会の中で抑圧され、働きづくめの農村のこと女たちが、その苦悩を解き放つ一つの装置なのではないかと考えた。

だが、ちょうど『狂』の集団狗神憑き事件が起こった１８４０年頃、イタリアのタランティズムは、カトリック教会に取り込まれていく。プーリア州のある聖堂では、マルタ島で毒ヘビに嚙まれながらも奇跡的に回復した聖パウロが、毒グモに嚙まれた人々の守護聖人となり、広場や民家で公然と行われていた儀式は、聖堂の中へ隠される。

それでも、古来続く現象は、そうやすやすとは消えない。やがてクモに嚙まれた女たちが祭壇に放尿したり、教会の井戸に飛び込もうとする者まで現れるに至り、音楽も禁じられてしまう。そして興味深いことに、せっかく、首をすげ替えたこの聖堂の聖パウロ祭の儀式は、カトリック教会から今も公認されていない。

あまりにも、土着の神が臭うからではないか。憑依され、変容するという現象と代々、親しんできた土地の農民たちにとっては、その憑き神の名が悪魔であろうが、架空の毒グモであろうが、そんなことはさしたる問題ではなく、大切なのは変容し、非日常的な空間を創造することだといわんばかりである。

もはや、好奇の目に晒《さら》されるばかりとなったこのタランティズム現象を、地元の郷土史家は、こう嘆いている。

「客観的な目で見れば、我を失い、錯乱する人たちは、ヒステリー症か、トランス状態に陥っているとしか思えない。しかし、それが儀式として成立していた時代、村という共同体は、タランタータ（クモに嚙まれた人）を狂人や危険人物とは見なさず、受け入れた。長々と続く踊りに根気強くつきあい、癒しの喜びをともに分かち合った。

だが今では、彼女たちは、無知や狂人のレッテルをはられて行き場を失い、聖なる儀式は、好奇心から奇行を覗こうとする観客で溢れている」

つまり、『狂』も覚書の中に、作家も「すべての事象に説明をつける科学性に不満を抱いている」ときっぱりと言い切っているように、この作品は、ヒステリーやトランス状態という言葉をあてがい、わかった気になっている現代に喧嘩を売っているのだ。そればかりか、黒船来航、幕府や藩の財政難、飢饉に伴う農村の貧困といった当時の時代背景は、不思議なほど、今の日本に重なる。だからこそ、憑かれて狂う人々への、そして顚末に何らかの神秘を感じ、「決して妄言にあらざるなり」と報告した江戸末期の役人への、作家のまなざしは、限りなく温かい。深読みかもしれないが、この作品は、世界中に均質な価値観と均一な商品が溢れ、閉塞感の中で悶々とする現代の民が、その本来の創造的なエネルギーを解き放つすべを、小説を通じて模索しているようでもある。

最後にもう一つ、注目すべきは、記録も乏しい170年近く前の山村の人々の暮らしの描写である。

作家がタヒチの広大な土地を手放し、郷土でもある高知県の山間部に移り住んで間もなく、一度だけ、お邪魔したことがある。川沿いの町を抜け、10軒ばかりの集落を越え、さらに急な斜面を登った先に、ぽつんと一軒だけ立つ宿を改装し、悠然と暮らしていた。しかも、早朝に腰から鎌をさげ、頼まれもしないのに、滝壺にある竜神さまの祠《ほこら》へ続く山道の草刈りをする。大岩に絡む太い蔓《つる》も、丁寧に刈りとる。そして、せっせと草刈りをした後で、鬱蒼とした河原の斜面におい茂るミョウガを、ビニール袋一杯、詰め込んで土産に持たせてくれた。希少な文献はもちろんのこと、こうして日々、自然の懐に分け入り、汗だくになりながら、心と身体とで思考する。そんな作家ならではの生き生きとした農民の暮らしの描写もまた、じっくりと味わってほしい。

——作家

この作品は二〇〇八年一月小社より刊行された『鬼神の狂乱』を改題したものです。

狂《きょう》

坂東《ばんどう》眞《ま》砂《さ》子《こ》

平成23年2月10日　初版発行

発行人――石原正康
編集人――永島賞二
発行所――株式会社幻冬舎
〒151-0051東京都渋谷区千駄ヶ谷4-9-7
電話　03(5411)6222(営業)
　　　03(5411)6211(編集)
振替00120-8-767643
印刷・製本―中央精版印刷株式会社
装丁者――高橋雅之

幻冬舎文庫

ISBN978-4-344-41626-0　C0193　は-20-1